M000187211

GRANTRAVESÍA

AMY TINTERA

Traducción de
Laura Lecuona

GRANTRAVESÍA

ALIANZA

Título original: *Allied*

© 2018, Amy Tintera

Publicado según acuerdo especial con International Editors' Co.
y The Fielding Agency.

Traducción: Laura Lecuona

Imagen de portada: © 2017, John Dismukes / Capstone Studios, Inc.
Diseño de portada: Michelle Taormina
Ilustración de portada: Sarah Coleman

D.R. © 2019, Editorial Océano, S.L.
Milanesat 21-23, Edificio Océano
08017 Barcelona, España
www.oceano.com

D. R. © 2019, Editorial Océano de México, S.A. de C.V.
Homero 1500 - 402, Col. Polanco
Miguel Hidalgo, 11560, Ciudad de México
www.oceano.mx
www.grantravesia.com

Primera edición: 2019

ISBN: 978-607-527-839-1   **33614082191155**

IMPRESO EN MÉXICO / *PRINTED IN MEXICO*

UNO

Emelina Flores no era ninguna heroína.
El aire estaba cargado de humo. Oyó a alguien reír a lo lejos. Era un sonido lleno de frenético júbilo y Em supo enseguida que se trataba de Olivia, su hermana. No era necesario volverse para confirmarlo.

Las llamas envolvían los pilares blancos al frente de la residencia del gobernador. Era una casa de dos pisos, grande y alegre: lo primero que veían quienes visitaban la ciudad de Westhaven. No había ninguna razón para destruirla.

Excepto que eso complacía a Olivia.

Em miró atrás. Olivia Flores estaba a unos pasos y las llamas iluminaban su regocijado rostro. Su cabello oscuro ondeaba al viento. Junto a ella, Jacobo sonreía ante las flamas que él mismo había creado. También podía usar su magia ruina para hacer llover y extinguir las llamas, pero ésa no era la idea.

Detrás de ella había alrededor de cien ruinos apiñados: todos los que quedaban en el mundo. Hacía apenas unas semanas había más, en Ruina, y en ese entonces habían pensado que podrían regresar a sus hogares y vivir en paz. Pero Olivia nunca encontraría la paz.

Aren estaba parado al lado de Em, ambos a una distancia prudente del fuego. Él le dio un codazo en el brazo y señaló con la cabeza algo frente a ellos. Ella siguió su mirada. La gente de Westhaven estaba huyendo. Algunos llevaban bolsas y montaban sus caballos, pero la mayoría iba a pie y se alejaba sin llevar consigo una sola pertenencia. Cientos bajaban las calles atropelladamente, todos rumbo al este. En esa dirección estaban Ciudad Real y el castillo. Y estaba Cas: el rey Casimir.

No era la primera vez que Em y Olivia tomaban una ciudad y expulsaban a los humanos que la habitaban, pero sí, la primera vez que lo hacían en Lera.

Em volvió a mirar a Olivia. Su hermana observaba a los humanos, pero no hacía nada por detenerlos. Sus miradas se encontraron y Olivia hizo un gesto de: *¿Contenta?*

Em asintió con la cabeza. Siempre había sido buena para las mentiras.

—En esa casa hay gente —dijo Aren señalando el rostro de una mujer pegado a una ventana con la boca abierta, como si estuviera gritando. Em no podía escucharla a esa distancia.

—Olivia bloqueó las puertas.

Y Em no era ninguna heroína.

Ella había sugerido que los ruinos invadieran Westhaven, la ciudad al oeste de Ciudad Real. Estaba lo suficientemente lejos del castillo para mantener a salvo a Cas, pero no tanto como para que no pudiera llegar con él si lo necesitaba. Em había estudiado Lera al hacer su plan para robar la identidad de la princesa Mary y casarse con Cas, y conocía bien las ciudades circundantes. Tomaba sólo un día llegar a Westhaven a pie desde Ciudad Real.

8

—Ven —le dijo Olivia a Jacobo—, vamos a asegurarnos de que los demás edificios estén vacíos —y pasó a grandes zancadas junto a Em y Aren.

—Se acabaron los fuegos —dijo Em serenamente.

Olivia se detuvo y miró hacia atrás.

—¿Qué dijiste?

—Se acabaron los fuegos. Necesitamos un lugar donde dormir.

—Lo que tú digas, hermana.

Jacobo dio media vuelta, de modo que continuó retrocediendo. Volvió a sonreír viendo el fuego.

—Ése lo apagaré en un rato, antes de que se extienda, pero no nos apresuremos.

Porque si se apresuraba, la gente que estaba dentro podría sobrevivir. Se quedó viendo a Em fijamente, como si la estuviera incitando a mencionar ese detalle.

—Está bien —respondió Em.

Él se volteó y caminó con Olivia por el sendero de tierra que serpenteaba hacia la ciudad. Delante de ellos, las ventanas de las casas y edificios brillaban contra el cielo nocturno: los habitantes habían dejado encendidos velas y faroles en su huida.

Los ruinos se fueron acercando poco a poco a Olivia y Jacobo. Mariana se mordió los labios al pasar junto a Em, evidentemente esperando que le comunicara algún plan o le diera instrucciones. Ella alguna vez había pensado que Em era tan inepta como inútil, pero ahora siempre la buscaba para que la orientara.

Em no tenía nada que decirle.

Se escuchó un grito proveniente de la casa. La mujer se había alejado de la ventana, tal vez rendida tras darse cuenta de que Olivia había amarrado con cuerdas las manijas de las ventanas más grandes para que fuera imposible abrirlas. Em esperaba que hubiera ido por una silla o algo para intentar romperla.

—Em —dijo Aren en voz baja.

—Ve con los ruinos —dijo ella, y dio un paso hacia la casa.

—¿Quieres que te ayude? —preguntó él.

—No —Em nunca le pediría a Aren que la ayudara con un fuego. Los dos habían quedado atrapados en las llamas que habían destruido el castillo de Ruina, su hogar, pero sólo él tenía cicatrices: su piel oscura estaba cubierta desde la cintura hasta el cuello. Las cicatrices que ella había adquirido en el incendio del castillo de Olso eran mucho menos serias: sólo cubrían su brazo izquierdo y una parte de su torso.

Mientras caminaba hacia la casa, Em volteó a ver a Aren. No había obedecido su orden de ir con los otros ruinos: estaba paralizado en su lugar, mirándola. Quizá tenía curiosidad de saber si ella en verdad iba a salvar a esa gente.

A ella misma le daba curiosidad.

Del lado oeste de la casa había una puerta con una caja pesada enfrente. La empujó hacia un lado y metió la mano en el abrigo. Alejó el rostro mientras agarraba la manija con la mano cubierta por el abrigo y abría la puerta de par en par. Enseguida retrocedió. Por la puerta salió una gran cantidad de humo.

—¿Hola? —dijo apenas con un murmullo. Carraspeó. Un vistazo de la zona le confirmó que no había nadie más que Aren cerca—. ¡Hola! ¿Hay alguien ahí? —volvió a llamar, esta vez más fuerte.

Apareció entre el humo una figura: una mujer con la boca cubierta con una tela blanca. Salió de la casa como rayo, tosiendo. Un niño pequeño la seguía, también con la boca cubierta con algún trapo.

La mujer se desplomó sobre Em, era un desastre de histeria y lágrimas. Em se tambaleó hacia atrás y las manos de la mujer no encontraron más que aire. Ella cayó de rodillas, luego se giró y tomó a su hijo, que tenía las mejillas mojadas por las lágrimas.

—¿Estás bien? —prácticamente le gritó al niño. Él tosió y asintió con la cabeza. Ella lo estrujó contra su pecho y volteó a ver a Em—: Gracias… muchas… gracias —sus sollozos no la dejaban hablar.

Em pasó el dedo por la *O* de su collar, el collar de su hermana, pero rápidamente lo soltó al darse cuenta de que a ella no le gustaría lo que estaba haciendo.

—Tienen que irse —dijo—. ¡Ahora!

La mujer se paró sobre sus piernas temblorosas y cargó a su hijo. Tenía las mejillas manchadas de hollín y pestañeó, viendo a Em con ojos llorosos. Era evidente que estaba tratando de reconocer quién era.

—Emelina Flores —dijo Em.

La mujer tomó aire. Todo Lera sabía quién era Em: la muchacha que había matado a la princesa de Vallos y se había hecho pasar por ella para casarse con el príncipe; la joven que se había aliado con el reino de Olso para atacar Ciudad Real e invadir Lera.

—Usted vino con el rey Casimir para recuperar Ciudad Real —dijo la mujer.

Em arqueó las cejas. También había hecho eso, apenas dos días antes. Las noticias volaban.

—Vaya a Ciudad Real —dijo Em—. Pida audiencia con el rey. Se la darán si les dice que tiene un mensaje sobre mí.

La mujer asintió con la cabeza y se enjugó las lágrimas. Enderezó los hombros, como si le alegrara que se le encomendara una tarea.

—Dígale a Cas... al rey Casimir que estamos aquí.

—Le diré que usted me salvó —asintió la mujer con más entusiasmo del necesario.

Em no iba a pedir eso, y se sintió tan avergonzada como orgullosa al imaginar a la mujer comunicándole eso a Cas.

Tomarás la decisión correcta.

Ésas habían sido las palabras de Cas apenas un día antes, la última vez que lo vio. Estaba tan seguro de que Em lo escogería a él, que no permitiría que su hermana acabara con todo. Casi deseó poder ver su cara cuando descubriera que había tenido razón.

Tal vez se mostraría petulante y nada sorprendido.

—Dígale que encontraré el modo de hacerle llegar un mensaje, tarde o temprano —dijo Em.

—Yo puedo dárselo —dijo la mujer con avidez.

—No tengo un plan. Mejor no le diga esa parte... o sí. No sé.

La mujer entrecerró los ojos, mientras una parte de su confianza se esfumaba de su expresión. Em sabía cómo se sentía eso. Les había mentido a Olivia, a Aren, a todos, cuando dijo que tenía un plan. En realidad, no tenía idea de lo que harían a continuación.

—Sólo dígale que por ahora está a salvo, pero necesito tiempo para resolver el siguiente paso.

La mujer pareció tranquilizarse.

—Lo haré.

—Vaya —pidió Em señalando al este.

La mujer dio un paso adelante, de nuevo con lágrimas en los ojos, mientras cerraba sus dedos alrededor del brazo de Em.

—Se lo agradezco mucho. Les diré a todos que usted me salvó.

Se dio media vuelta y corrió. Em dejó escapar una risita de incredulidad.

Emelina Flores, la chica que había matado a la princesa, la que había destruido Lera y cabalgado con su rey para volver a levantarla.

Emelina Flores, la heroína.

Nadie lo creería.

DOS

—Los ruinos no tienen *cuernos* —Cas trataba de no sonar exasperado, pero no podía disimularlo del todo.

El hombre frente a él lo miró con mucha suspicacia.

—He visto algunos cuadros —dijo.

—El artista se tomó algunas libertades —Cas se removió en el trono.

El Gran Salón estaba lleno de ciudadanos de Lera formados en filas para hablar con él. En ocasiones, esa habitación se había llenado de mesas para cenar o había albergado músicos, contra la pared del fondo, para que la gente bailara. Ese día, sin embargo, estaba vacía, sin mesas, tan sólo con una alfombra azul que iba del centro de la habitación a los pies de Cas. Los guardias estaban a sus costados y se mezclaban con la gente en busca de armas ocultas en las canastas.

Él había insistido en que se destinaran unos días para que la gente de Lera le planteara sus dudas sobre los ruinos y los guardias estaban haciendo todo lo que podían para mantenerlo a salvo en el proceso. Cas pensaba que la cantidad de guardias en el salón era excesiva, pero dado que recientemente había sobrevivido a un apuñalamiento, a un disparo de flecha y a un envenenamiento, quizá no eran tantos a fin de cuentas.

Al cabo de dos horas ya estaba preguntándose si en verdad había sido un buen plan. La mayoría de la gente de Lera nunca había visto a un ruino y los rumores no los describían nada bien. Una alianza con los ruinos parecía poco realista, en el mejor de los casos.

—¿Está seguro? —preguntó el viejo, que seguía escéptico con respecto a los cuernos. Su rostro estaba descompuesto, como si se hubiera visto obligado a replantearse de pronto todas sus ideas... o como si pensara que Cas estaba loco. Esto último era más probable.

—Completamente seguro. Conozco a muchos ruinos.

Eso es algo que el hombre debía saber: todo mundo sabía que Cas se había casado con Emelina Flores, que Olivia había matado a su madre y que él había pasado un tiempo con los ruinos en Vallos después de que su propia prima lo envenenó. Como fuera, no se veía muy convencido.

—Gracias por venir —dijo Cas. El hombre abrió la boca para decir algo más, pero dos guardias se abalanzaron sobre él y le mostraron la salida.

Los guardias que lo rodeaban eran mucho más acartonados y serios que Galo, el mejor amigo de Cas y capitán de su guardia. Pero él le había pedido unos días libres para viajar al norte y ver cómo estaba su familia, y Cas había accedido.

—¿No quieres un descanso? —preguntó Violet. Parada a su lado, saludaba a la gente que llegaba y se presentaba como gobernadora de la provincia del sur. Con su hermoso rostro y su sonrisa tranquila, ella relajaba a la gente.

—No, lo mejor será que continuemos. Por lo menos quiero terminar con todos los que ya están en el salón.

Violet asintió e hizo señas a los guardias para que dejaran pasar a la siguiente mujer, quien se acercó inclinando la cabeza, con el cabello claro cayendo sobre sus hombros.

—¿Es cierto que los ruinos te pueden matar con la mirada? —preguntó mientras se erguía.

—Sí, es cierto —dijo Cas—. Algunos pueden. Pero creo que es más importante el hecho de que deciden no hacerlo, ¿no le parece?

Y así siguió por una hora: la gente planteaba preguntas y Cas hacía su mejor esfuerzo por responderlas. Algunas personas eran abiertamente hostiles, como la mujer que gritó que el padre, el abuelo y el bisabuelo de Cas se avergonzarían de que su descendiente defendiera a los ruinos. Tomando en cuenta que el padre de Cas estaba muerto como consecuencia directa de sus políticas hacia los ruinos, no supo cómo reaccionar.

Pasaba mucho tiempo empeñado en no pensar en su madre y su padre muertos. Desde que había regresado al castillo, había tenido tiempo para tomarse las cosas con más calma y pensar detenidamente en lo que les pasó. De vez en cuando se sentía abrumado por el dolor, y luego por la culpa, por extrañar a gente que había asesinado a tantos. Lo mejor era no pensar en ellos.

Por suerte, la mayoría de los leranos que habían ido a hablar con él eran lo bastante amables para no sacar a colación a los difuntos reyes. Pocos apoyaban sus ideas sobre los ruinos, pero algunos tenían curiosidad y eso le daba esperanzas. Los ruinos y los leranos no serían los mejores amigos en un futuro cercano, pero quizá podrían estar en la misma habitación sin matarse.

—Hay una persona más —dijo Violet cuando Cas finalmente se levantó del trono—, pero a ésta creo que debes atenderla en privado.

El guardia los condujo hacia fuera. El Gran Salón estaba en el segundo piso del castillo, que no había sufrido daños con la invasión de Olso unas semanas atrás. El primer piso tenía las paredes ennegrecidas y algunos cuartos totalmente destruidos. El segundo piso, en cambio, seguía siendo brillante y alegre, con las paredes pintadas de rojo, verde, azul y morado: un color distinto cada vez que se doblaba la esquina.

El despacho de Cas también estaba en el segundo piso. Técnicamente, había sido de su padre, pero casi nunca se había usado. El difunto rey prefería tener las reuniones en su biblioteca privada, donde había sillones cómodos y vista al mar. A Cas le gustaba la pequeña oficina, escondida en el rincón oeste del castillo.

Una mujer joven esperaba frente a la puerta del despacho con cuatro guardias. Su ropa estaba manchada de tierra u hollín, pero su rostro brillaba como si acabara de limpiárselo. Había un pequeño niño a su lado.

—Su majestad —dijo inclinando la cabeza—, gracias por recibirme.

—Nada que agradecer. Pase, por favor —Cas abrió la puerta y entró majestuosamente. A su izquierda había un gran escritorio de madera con estantes de libros desplegados en la pared detrás de él. Al frente había una ventana alta con vista a la entrada oeste del castillo, con cuatro sillas y una pequeña mesa redonda. Como de costumbre, en la mesa había una jarra de agua y una tetera junto con algunos panes y pastelillos. Se volvían a llenar varias veces al día, aunque Cas nunca veía al empleado hacerlo.

Les hizo a la mujer y al niño una señal para que se sentaran. El niño se lanzó de inmediato hacia la mesa a mirar los pastelillos.

—Come los que quieras —dijo Cas. La mujer le dio permiso con un gesto de la cabeza. Los ojos del pequeño brillaron, tomó una tarta y se desplomó en una de las sillas.

Mientras Cas se sentaba, la mujer le extendió una lata.

—Es pan de queso. Sé que es su favorito.

—Gracias —dijo él con una sonrisa, a pesar de que iba a ser necesario tirar ese pan. Tenía prohibido comer cualquier cosa que no se hubiera preparado bajo la estricta supervisión de un guardia, o fuera preparado por el propio Cas, algo que siempre hacía reír al personal de la cocina.

El guardia le quitó el recipiente. Tres guardias los habían seguido al despacho; uno de ellos estaba casi encima de él.

—¿En qué le puedo ayudar? —le preguntó Cas a la mujer.

—Le traigo un mensaje de Emelina Flores.

Cas levantó las cejas.

—Violet —dijo en voz baja.

—Por favor, esperen afuera —les dijo ella a los guardias.

—Su majestad —empezó a decir el guardia que revoloteaba a su alrededor.

—Los llamaré si los necesito —dijo Cas con firmeza.

Era evidente que el guardia quería argumentar, pero salió con presteza y se llevó consigo a sus dos compañeros. Violet vio a Cas de manera inquisitiva y él con un gesto le dio a entender que se quedara. Ella cerró la puerta y atravesó el cuarto para acompañarlos.

Cas se volvió hacia la mujer.

—¿Dónde vio a Emelina Flores?

—En Westhaven. Yo trabajo… trabajaba en la casa del gobernador. Los ruinos invadieron la ciudad.

Cas ya lo sabía. Había enviado soldados para que siguieran a los ruinos y apenas el día anterior le habían informado sobre sus movimientos.

—Emelina dijo que por el momento usted se encuentra a salvo, pero necesita un tiempo para decidir el siguiente paso. Más adelante le hará llegar otro mensaje.

Cas esbozó una sonrisa. Ya había deducido eso, pero era lindo escucharlo.

—Ella me salvó —dijo la mujer y, señalando a su hijo, agregó—: A los dos. Los ruinos prendieron fuego a la casa y nos quedamos atrapados dentro, pero ella nos salvó.

—No me sorprende —dijo Cas—. Ella no es quien la gente dice.

La mujer asintió con la cabeza, entusiasta.

—No, no lo es. Se lo he estado diciendo a la gente.

—Muy bien, siga haciéndolo —y después de una pausa y de tronarse un nudillo, añadió—: Y... ¿cómo está ella? ¿Se veía bien?

—Se veía bien. Es más alta de lo que imaginaba.

—Sí —dijo Cas riendo.

—No creo que los otros ruinos supieran lo que estaba haciendo cuando me salvó. Esperó a que se hubieran ido.

Él asintió. Olivia por ningún motivo debía saber que Em había rescatado a esta mujer. Tal vez ella misma había incendiado la casa.

—¿Tiene en dónde quedarse?

La mujer negó con la cabeza y con gesto de preocupación volteó a ver al pequeño, que seguía comiendo su tarta alegremente.

—Hemos instalado albergues —se volvió hacia Violet y preguntó—: ¿Le pides a alguien que los lleve a la cocina a comer algo y luego al albergue?

—Por supuesto, su majestad —respondió Violet.

—Gracias por traerme el mensaje —le dijo Cas a la mujer.

Violet abrió la puerta para transmitirles las instrucciones a los guardias.

La mujer hizo una nueva reverencia a Cas al salir. El niño iba tras ella, con los ojos redondos como platos mirándolo fijamente. Ahora tenía la boca manchada de cereza.

Violet cerró la puerta. Cas atravesó el despacho a grandes zancadas y se dejó caer en el sillón de su escritorio.

—¿Cuánto falta para mi siguiente reunión? Y a propósito, ¿qué trataremos en ella? ¿Ya tienen una lista de candidatos a secretario? Tú no tendrías que estar al tanto de todo esto.

Violet caminó hacia el escritorio y se sentó en una de las sillas frente a él. Había sido indispensable en la fortaleza y había demostrado ser una alianza aún más poderosa cuando trabajaron para asegurar el poder de Cas como rey.

—Sí, tienen un par de candidatos; pronto te reunirás con ellos. Y tu siguiente junta es dentro de media hora con los nuevos gobernadores y conmigo. Encontraron a Jovita.

Cas de inmediato levantó la mirada.

—¿La encontraron? ¿Dónde?

—Acabamos de recibir las noticias. Algunos soldados están siguiéndola discretamente, como pediste, pero ha reunido un ejército de cazadores y exsoldados que te traicionaron. Es una tropa pequeña, pero más grande que cuando se fue de Lera, hace apenas algunos días.

—¿Y crees que este ejército... me va a atacar?

—A ti y a los ruinos. Tal vez no en ese orden. Se dirige al oeste, cosa que nos preocupa.

—¿Por qué?

—Porque al oeste no hay nada más que selva... hasta llegar a Olso.

Cas aspiró bruscamente.

—Crees que hará un trato con August.

—No podemos estar seguros. Podría simplemente estar planeando esconderse en la selva por un tiempo, pero nuestro mensajero dice que hasta ahora no ha mostrado ningún indicio de que vayan a detenerse.

La rabia hervía en sus venas con más intensidad de la que esperaba. Jovita ya había perdido una vez frente a los ruinos. Había enviado a cientos de soldados de Lera a Ruina para que los masacraran. También había perdido frente a Cas, cuando la mayoría de los leranos se alinearon con él. Pero ella se negaba a aceptar la derrota, incluso cuando Lera estaba bajo amenaza de un ataque de Olivia.

—¿Los soldados que la están siguiendo podrían matarla? —preguntó Cas. Las palabras brotaron de su boca tan de repente que casi se sorprendió de oírlas.

También Violet parecía sorprendida.

—Estoy segura de que podrían hacerlo si das la orden antes de que llegue a la frontera de Olso.

Él mismo debería haberla matado cuando había tenido la oportunidad. Le dijo a Em que lo haría, pero luego vaciló, hasta que fue demasiado tarde. Se habría ahorrado muchas molestias si se hubiera deshecho de ella.

Ese pensamiento lo sobresaltó y miró a Violet, que tenía una expresión un poco alarmada. Seguramente se había dado cuenta de lo enojado que estaba.

—Lo discutiremos en la junta —dijo él y llevó la mirada a su escritorio.

—Claro —dijo Violet poniéndose en pie—. ¿Algo más?

Él siguió mirando el escritorio, fingiendo que examinaba una lista de refugiados en los albergues de Ciudad Real.

—¿Es posible averiguar con certeza si Jovita fue quien me envenenó en la fortaleza?

—Podríamos tratar, por supuesto. ¿No crees que haya sido ella?

—Lo creo, pero ella siempre lo negó. Quisiera saberlo con toda seguridad.

—Veré si alguien tiene información.

—Gracias.

Tal vez si supiera con toda certeza que Jovita había tratado de asesinarlo, sería más fácil para él ordenar que la mataran. Sin duda ayudaría a calmar esa desagradable sensación en la boca de su estómago. Ella merecía morir, pero él tenía que estar seguro.

TRES

Galo era un hombre fabuloso, diligente y admirable. Al menos según sus progenitores. Esos elogios fueron inesperados y, sorprendentemente, inoportunos.

Su padre le dedicó una gran sonrisa desde el otro lado de la mesa. Galo llevaba apenas unas horas en casa, pero en ese lapso ya había visto a su padre sonreír más veces que en toda su vida.

Su madre colocó para el postre una bandeja de frutas en medio de la mesa y, en tanto, dejó su mano en el hombro de Mateo por un instante. Galo nunca antes había llevado a un novio a casa, y sus padres parecían encantados con él. Pero en esos momentos parecían encantados con todo lo que Galo hacía.

—Ahora que estás de regreso en el castillo, ¿harás algún cambio en la guardia? —preguntó su padre.

Galo gruñó y se removió en su asiento. Lo que más lo desconcertaba era la euforia de su padre por su trabajo como capitán de la guardia del rey. Él había sido una eterna decepción para su exigente padre y, tres años antes, cuando había dejado la casa paterna para alistarse en la guardia, su padre había dicho algo como: *Supongo que no podrás encontrar nada mejor.*

Pero ahora Galo tenía el puesto de guardia de más alto rango del castillo y ni siquiera su padre podía encontrar motivo de queja.

—No he pensado mucho en eso —mintió Galo—. Todavía estamos haciendo ajustes.

—Esto está delicioso —dijo Mateo masticando un mango y a todas luces intentando salvar a Galo de esa conversación. Sabía que de lo último que él quería hablar era de su trabajo de proteger a Cas. Y ésa era una de las razones por las que había ido a la casa familiar.

—Hay mucho más si quieres —dijo la madre de Galo con una sonrisa, y era cierto. La cocina estaba bien abastecida y la casa no había sufrido los estragos de la guerra. Los padres de Galo no eran adinerados, pero siempre habían tenido suficiente para comer y un hogar confortable.

Galo no había estado seguro de que la casa siguiera en pie. El día anterior había salido de Ciudad Real temiendo lo peor, de hecho: que su hogar hubiera desaparecido y sus padres estuvieran muertos. Sin embargo, los guerreros de Olso nunca se habían aventurado demasiado al norte, sino que concentraban sus recursos en las dos ciudades más grandes, Ciudad Real y Ciudad Gallego. Su tierra natal, Mareton, estaba igual que siempre. Los lugareños ni siquiera se habrían enterado de que había guerra si no fuera por los mensajeros que llevaban noticias de otras partes del país.

—Oí que los ruinos siguen en Lera —dijo su padre—. Pero el rey no va a permitir que se queden, ¿cierto?

Su madre se inclinó hacia delante y bajó la voz, como si alguien pudiera oírla y juzgarla, para decir en un susurro:

—No les deseo el mal, pero sí pienso que deberían regresar al lugar de donde vinieron. Aquí no los aceptamos, ¿sabes?

Galo se había equivocado: lo último de lo que quería hablar era de los ruinos. Sus padres nunca los habían odiado, pero tampoco hablaban de ellos de manera especialmente amable, y Galo se dio cuenta de que se sentía inquieto. El exterminio de los ruinos siempre lo había hecho sentir incómodo, pero ahora que los conocía le daba vergüenza oír a sus padres hablar de ellos de manera tan despreocupada.

—El rey Casimir tiene una relación cercana con Em... con Emelina Flores —dijo. Cas había dejado en claro que no tenía ninguna intención de ocultar su cariño por Em—, y ellos no tienen un hogar adonde volver.

—Pero bien podrían reconstruir —dijo su madre. Tomó una fruta de la bandeja, que la abuela de Galo había pintado a mano. Era fácil decirles a los ruinos que reconstruyeran su vida entera cuando ellos no habían perdido nada.

Su padre pareció interpretar la expresión en el rostro de Galo y cambió de tema de inmediato. Hizo algunas preguntas más sobre las últimas semanas —el envenenamiento de Cas, el viaje a Vallos, el regreso a Ciudad Real— hasta que Galo descubrió a Mateo intentando disimular un bostezo y lo utilizó como excusa para retirarse a su cuarto.

Deseó las buenas noches y le dio la mano a Mateo para conducirlo a la parte trasera de la casa, donde estaba su habitación. Era pequeña y tenía pocos muebles: una cama y un armario. No iba de visita muy seguido.

Galo se sentó pesadamente en la cama con un suspiro. Mateo se quitó los zapatos, se echó de espaldas junto a él y pasó la mano por sus oscuros rizos.

—Les caigo bien a tus padres —anunció.

—Le caes bien a todo mundo —dijo Galo con una sonrisa.

—Bueno, sí, pero como a tu padre no le parece bien nada de lo que haces, pensé que eso se extendería a mí.

Aunque Mateo lo había conocido apenas ese día, Galo le había contado algunas anécdotas sobre su padre.

—Por lo visto, ya no todo le parece mal —refunfuñó Galo—. ¿Es raro que todos esos halagos me incomoden?

—Sí —le dijo Mateo mirándolo fijamente. Ya habían tenido esa misma conversación.

—Sólo digo que a Cas lo capturaron y lo apuñalaron y lo envenenaron en los últimos tiempos. Quizá no soy tan buen guardia después de todo.

—¿Puedes dejar de repetir eso?

—¿Recuerdas cuando Aren dijo que no estaba haciendo bien mi trabajo? A lo mejor él tenía...

—¿A quién le importa qué piense *Aren*? —interrumpió Mateo—. Ese tipo es de lo peor, y la guardia completa tiene la culpa de que Cas haya sido capturado: no puedes seguir responsabilizándote por eso. Además, el día que lo apuñalaron tú ni siquiera estabas ahí.

—Porque dejé que lo capturaran.

Mateo hizo un ruido de enfado.

—Y Jovita no te dejó acercarte a Cas cuando lo estaba envenenando. No tenías manera de detenerla.

—Porque dejé que lo encerraran —Galo se tendió junto a Mateo.

Mateo se puso de lado, echó el brazo sobre el estómago de Galo y acomodó la cabeza en su hombro.

—No todo es tu responsabilidad, Galo. No tienes que salvar al mundo entero.

—Tengo que salvar por lo menos a Cas. Es mi trabajo.

Mateo resopló.

—Por favor, tienes que salvar a todo mundo. Es tu rasgo más atractivo... y el más fastidioso.

Puede ser que Mateo tuviera algo de razón. De hecho, así habían empezado a estar juntos: Galo había ayudado a Mateo a impedir que enviaran a su hermano a unirse a los cazadores. En esos días, Galo apenas conocía a Mateo, pero corrió el riesgo de igual manera. Por supuesto, sus hoyuelos también habían jugado su parte.

—Además, tú sí salvaste a Cas. Él está de regreso en su castillo, protegido cada minuto del día. Lo lograste.

Galo no estaba tan seguro. Cas estaba vivo gracias a Em, no a él. Gracias nada menos que a Aren, que los había ayudado a salir de la fortaleza y a alejarse de Jovita sin un enfrentamiento. Toda la guardia lo sabía, y Galo se daba cuenta de que algunos dejaban de hablar cuando él entraba a una habitación. Sabía que muchos pensaban que no estaba capacitado para ser capitán de la guardia y que Cas lo había elegido sólo porque eran amigos.

Galo odiaba reconocerlo, pero quizá tenían razón. Se sentía abrumado de tan sólo pensar en todas las tareas que tenía como capitán, y ni siquiera sabía bien *cómo* cumplir la mitad de ellas. El anterior capitán de Cas estaba muerto, al igual que el último capitán de la guardia del rey. Por lo general, los capitanes contaban con al menos una década de experiencia, no tres años de servicio y relaciones convenientes con la familia real.

Por no mencionar que él no planeaba ser un guardia para siempre. El trabajo tenía partes buenas, pero a menudo era aburrido y repetitivo. Podría haber renunciado el primer año de no haber sido por su amistad con Cas y el hecho de que su padre se lo habría recordado toda la vida.

Deslizó el brazo bajo los hombros de Mateo y apretó uno ligeramente.

—Creo que voy a dimitir —dijo en voz baja.

—No seas idiota —le dijo Mateo con cariño.

—Lo digo en serio.

Mateo levantó la cabeza con un sobresalto.

—¿En verdad estás pensando en renunciar a ser capitán?

—Sí. Creo que voy a pedir abandonar la guardia por completo.

Mateo se incorporó con expresión perpleja.

—Creo que estás exagerando.

También Galo se incorporó, cruzó las piernas y se recargó contra la pared.

—Hay quienes podrían hacerlo mejor, y ahora mismo Cas necesita a la mejor gente.

—¿Ésta es alguna especie de reacción extraña al hecho de que tu padre se sienta orgulloso de ti? No deberías renunciar sólo por él.

—No tiene nada que ver con él. Se trata de lo que es mejor para Cas y para mí. Están renovando la guardia: es el momento perfecto para que entre un nuevo capitán. Ahora mismo puedo ser de más ayuda en algún otro lugar.

—¿En dónde? —preguntó Mateo frunciendo el ceño.

—No lo sé —y señalando el cuarto preguntó—: ¿pero esto no te hace sentir algo raro? ¿Que nuestras casas estén bien, como si nada hubiera pasado?

—¿Raro como aliviado? Sí.

—No, raro como… que tuvimos una suerte increíble. Las construcciones de Ciudad Real desaparecieron, todos los que vivían en Ciudad Gallego siguen desplazados, toda la gente de Westhaven tuvo que salir huyendo y los ruinos lo perdieron todo. No lo había pensado antes, pero Cas dijo que Em volvió al sitio del castillo en Ruina, el lugar que antes era su casa:

estaba quemado por completo. Todo el país quedó reducido a cenizas.

Mateo sólo se le quedó viendo.

—Es que tengo este increíble sentimiento de culpa y no sé dónde ponerlo. Lo que sí sé es que quedarme en la guardia no es en este momento la mejor decisión —añadió Galo.

—Ahora es cuando *deberías* quedarte en la guardia. Nada está a salvo.

—Es mejor hacerlo ahora que la locura está temporalmente detenida.

Si algo había aprendido en los últimos meses era que las épocas de tranquilidad no duraban mucho. Siempre había más peligro a la vuelta de la esquina.

Mateo lo miró como si aún no entendiera. Galo no esperaba que lo hiciera. Había sido guardia tres años; Mateo se había enrolado pocos meses antes de que llegara Em y todo se desmoronara. No había estado ahí en los aburridos años anteriores, los que Galo esperaba que volvieran.

—¿Y si no estás en la guardia qué vas a hacer?

—No tengo idea.

CUATRO

Em rescató a otros tres humanos después del incendio. Eso ya era un poco ridículo.

A dos los encontró escondidos en un granero. Gritaron cuando ella los descubrió, volvieron a gritar cuando vieron su collar y se dieron cuenta de quién era, y luego la miraron confundidos cuando les dijo que se callaran y corrieran. No estaba segura de que llegaran muy lejos.

El otro simplemente iba deambulando por la carretera como un tonto; lo hizo volverse y le dijo que regresara a Ciudad Real. Él sonrió, aceptó y le dio unas palmaditas en la cabeza.

Habían sido unos días extraños.

Em salió de su habitación y atravesó la silenciosa casa que estaba compartiendo con Olivia. Tenía un piso, con una gran sala, cocina y comedor visibles en cuanto se atravesaba la puerta. En la parte de atrás había tres recámaras y un cuarto que se había convertido en despacho. Todo indicaba que los que vivían ahí eran maestros. Tenían varias paredes cubiertas de libros y el despacho estaba lleno de manuales, artículos y ensayos.

Em pasó al comedor y se dejó caer en una de las sillas. Puso la mejilla en la gran mesa de madera y extendió los brazos sobre ella. Siempre desayunaba sola, en esa mesa. Era para ocho personas, pero siempre era ella y nadie más. Le sorprendía que Olivia no se hubiera conseguido una casa lejos de ella, pero quizá le había parecido que ésa era tan grande como para evitarse la una a la otra.

Se escuchó un grito afuera. Al principio, Em no se movió. Los gritos no eran algo inusual. Hacía más de un año que no lo eran, pero resultaban especialmente comunes cuando Olivia merodeaba por ahí.

Pensó en volver a la cama y no hacer nada. No podía ser responsable de algo que no veía.

Se levantó despacio. Esa excusa nunca funcionaría. Ni siquiera ella la creía.

Caminó a la puerta y salió. Su casa estaba en la calle Market, en medio de Westhaven. Al final, había una serie de tiendas y carros de comida, ahora abandonados y saqueados por los ruinos.

Olivia estaba parada en la calle, rodeada de aproximadamente veinte ruinos. Todos estaban a caballo, listos para emprender un viaje.

Em miró a los ruinos. Eran los que evidentemente se habían alineado con Olivia: Jacobo, Ester, Carmen, Priscila y varios más, muy poderosos. No era de sorprender que hubieran elegido a Olivia: con la mayoría de ellos, Em casi no había hablado desde que había llegado al trono. Nunca seguirían a una ruina inútil.

—¿Van a salir? —preguntó Em.

—Sí —respondió Olivia mientras montaba su caballo.

—¿Volverán?

—Por supuesto —respondió Olivia cortante.

Olivia no se veía bien, a pesar de los días de descanso y tranquilidad en Westhaven. Su piel aceitunada estaba llena de manchas; su oscura cabellera, rala y lacia. Em no estaba segura de si a Olivia le faltaba sueño o si el uso constante de su magia finalmente estaba cobrando su factura.

—Va a atacar la ciudad al sur —dijo una voz detrás de Em. Al volverse, se encontró a Aren, quien caminaba hacia ellas. Se paró junto a Em y miró a Olivia—. Fayburn, ¿cierto?

Ella sólo se le quedó viendo.

—Anoche oí a Jacobo y Ester hablando de eso —explicó Aren.

Olivia suspiró ruidosamente y dirigió una mirada de desaprobación a Jacobo y Ester.

—¿Qué? —Ester no parecía avergonzada en lo más mínimo. Era varios años mayor que Em, con una cara larga que a menudo parecía molesta, o quizá se veía así siempre que Em andaba cerca. No era ningún secreto su desdén por los ruinos inútiles—. ¿El plan es un secreto? ¿Necesitan permiso de Em? —sus palabras eran un modo de ponerla a prueba.

Olivia evidentemente se dio cuenta y se irguió.

—Por supuesto que no.

—¿Cuál es el plan? ¿Atacar humanos al azar para divertirse? —preguntó Aren.

—Sigue subestimándome, Aren; estoy segura de que a la larga te funcionará —dijo Olivia. Aren se tensó. Tanto Em como él sabían bien que más valía no desestimar a Olivia—. Voy a tomar todos los pueblos grandes de aquí a Ciudad Gallego, empezando con Fayburn.

—Ése equivale al menos a cinco pueblos o quizá diez, dependiendo de lo que consideres *grande*.

—Perfecto. Planeo invadir cada uno y matar a la mayoría de los humanos. ¿No quieres dibujarme un mapa, Em, tú que conoces Lera tan bien?

Dijo la última oración a modo de reto. En ocasiones, Em estaba segura de que Olivia sabía que ella no estaba de su lado. Otras veces, estaba convencida de que su hermana nunca sospecharía que ella, o cualquier ruino, podría traicionarla. En todo caso, no en tan gran escala.

—¿Y todo eso para qué? —preguntó Em—. ¿Sólo para matar a todos?

—No. Los supervivientes huirán a Ciudad Real. Luego tomaremos las ciudades del norte hasta que los tengamos a todos atrapados en Ciudad Real. Ahora el sur está medio desierto de cualquier forma, así que de eso nos preocuparemos después. De esa manera, todo el norte de Lera será de los ruinos y más adelante decidiremos qué hacer con Ciudad Real. Quizá los dejaremos vivir ahí un tiempo. Podrían ser útiles —y señalando a Aren agregó—: Después de todo, Aren ha encontrado un buen uso para los humanos.

El estómago de Em se hizo un nudo. Olivia podría matar a miles de personas si tenía la libertad de llevar a cabo ese plan.

—No tenemos a suficiente gente —dijo Em—. Cuando nos hayamos ido de aquí, tal vez los humanos simplemente regresen.

—Creo que podemos prescindir de algunos ruinos para que viajen entre nuestras ciudades conquistadas. La gente aprenderá lo que pasa si regresa a una ciudad ruina —los labios de Olivia se torcieron en algo parecido a una sonrisa—. Además, el actual ejército de Casimir deja mucho que desear, ¿no? ¿Acaso su prima no sigue intentando destronarlo? Y de seguro no han escuchado las últimas noticias de Olso. Esos guerreros no se repliegan por mucho tiempo.

Em tragó saliva. Desafortunadamente, Olivia tenía razón. Cas no podía combatir a *tres* enemigos a la vez. Era la ocasión perfecta para que los ruinos se abalanzaran. Era el tipo de escenario con el que su madre soñaba.

—Es un buen plan, ¿no lo crees? —preguntó Olivia con aire de suficiencia.

—Es un plan riesgoso.

—Los mejores planes lo son. Tú me lo enseñaste.

El nudo en su estómago se endureció. Era cierto que Em le había enseñado eso. Olivia estaba libre gracias al plan riesgoso de Em, a que había matado a una princesa a sangre fría y había planeado matar a muchos más. El rey Salomir era el que había secuestrado y encolerizado a Olivia, pero era verdad que desde entonces Em no había dado un buen ejemplo.

Em se tocó la garganta, donde solía colgar el collar con el amuleto de la letra O, de Olivia. Lo había guardado en un cajón unos días atrás, pero todo el tiempo olvidaba que no lo traía y se tocaba buscándolo.

Los ojos de Olivia siguieron el movimiento.

—Lo guardé —dijo Em tranquilamente—. Así es como la gente me reconocía. Preferí ser más discreta.

Era verdad, pero no toda la verdad. El collar se había convertido en un recordatorio constante de su hermana y Em prefería no tenerlo a la vista.

Olivia se dio la media vuelta antes de que su hermana pudiera ver su expresión.

—Puedes venir si quieres —dijo con voz suave—, pero sé cómo te afecta ver a los humanos morir. Supongo que hoy en día tienes más en común con ellos que con los ruinos, ¿no es así?

Algunos ruinos susurraron mostrando su acuerdo.

Olivia se volvió hacia Em y arqueó las cejas. A todas luces quería que Em los acompañara, así sólo fuera para demostrar que ella no podría detenerlos. Tenía razón. Ni siquiera si Aren iba con ella, podrían detener a veinte ruinos.

—Vamos —dijo Olivia cuando vio que Em no respondía.

Pateó los costados del caballo y emprendió el camino. Los otros ruinos la siguieron.

—¿Qué hacemos? —preguntó Aren en voz baja al verlos marcharse.

—Nada —Em cerró los ojos y dio un largo suspiro. Mientras ella se preocupaba y se autocompadecía, Olivia había hecho un plan. Había organizado a sus partidarios y ahora no había nada que Em pudiera hacer para salvar a la gente de Fayburn.

Y eso no iba a ayudar a granjearles el cariño del pueblo lerano. Bastante le había costado ya a Cas convencer a su gente de que no todos los ruinos querían hacerles daño.

—Tenemos que averiguar quién está con nosotros sin asomo de dudas —dijo Em—. Necesitamos un plan para detenerla.

—Conozco a algunos. Puedo hablar con Mariana e Ivanna, y ver quién podría estar de nuestro lado.

—Muy bien, hazlo. Reunámonos con ellas mañana a primera hora.

—¿Tenemos algún plan que plantearles? —preguntó Aren.

—No precisamente, pero creo que sé por dónde tenemos que empezar.

—¿Por dónde?

—Por asociarnos con Cas y el ejército de Lera.

CINCO

Iria había pasado tres noches en una celda. Había llegado a Olso sucia y exhausta después de atravesar el océano, e incluso había agradecido la diminuta cama llena de bultos de su celda. Al menos no se mecía y sacudía con las olas. Siempre había odiado viajar en barco.

Pero sólo había dormido bien la primera noche. En la mañana estuvieron entrando un guerrero tras otro a fulminarla con la mirada, a gritarle. Por lo general, no permitían que los prisioneros en espera de juicio recibieran visitas. Por lo visto, Iria era la excepción.

La cuarta mañana se despertó temprano; el sol aún no se asomaba por la pequeña ventana en el fondo de su celda. Se sentó en la cama y esperó, con las rodillas apretadas contra su pecho.

Ése no sería un buen día: sería procesada por traición.

Escuchó afuera los sonidos del nuevo día mientras salía el sol: murmullos, cascos de caballo por la calle. Incluso le llegaba el olor a pan recién horneado: había una panadería cerca del juzgado y algunas mañanas la brisa llevaba el aroma hasta su celda.

No lejos de ahí estaba el lugar donde había crecido, y de niña había visitado varias veces esa panadería. Las mañanas eran frías durante todo el año y ella iba a la escuela en el primer turno, así que con frecuencia entraba muy temprano, antes de la hora de clases, a comer un tibio y esponjoso pan dulce. La dueña, una mujer madura de sonrisa amable, en ocasiones le regalaba una taza de chocolate caliente; entonces Iria se sentaba en uno de los bancos junto a la ventana y veía a guerreros, jueces y otras personas del gobierno entrar en un torrente al juzgado.

Hacía poco había ido a la panadería, en una breve visita a casa, entre sus viajes a Lera y Ruina. La amable dueña había fallecido y un joven encantador había tomado su lugar, pero los roles sabían diferente y ya no vendían chocolate caliente. Al salir de la panadería con su decepcionante pan, había pensado en Aren y se había preguntado si habría llegado a Ruina y si tendría comida suficiente. Había sido idea de ella llevarles comida a los ruinos cuando el rey decidió mandar a August.

Ahuyentó los recuerdos de Aren cuando un guardia caminó con fuerza por el pasillo central de las celdas. Había por lo menos veinte en esa ubicación, pero Iria no había visto ni oído a otros presos. Quizá pensaban que la traición era contagiosa.

Se puso en pie cuando el guardia se detuvo frente a su celda. La puerta se abrió con un golpe. Otro guardia apareció junto al primero.

—Ya es hora —dijo éste—. Extiende los brazos.

Hizo lo que le pedían y el guardia esposó sus muñecas. Las cadenas tintinearon cuando bajó las manos.

—Sígueme.

El guardia salió de la celda y ella caminó detrás de él. El otro iba pisándole los talones. Pudo ver más adelante a otros dos en sus uniformes rojo y blanco. No era fácil escapar de las cárceles de Olso, pero estaba claro que no querían correr riesgos.

Las celdas se unían al juzgado a través de un largo corredor; mientras caminaba, su corazón latía con violencia. No había visto a su familia o amigos desde que había regresado a Olso, y era algo que temía y deseaba a la vez.

Llegaron al final del pasillo y el guardia abrió la puerta. Al poner el pie en los pisos de mármol, la luz la obligó a entrecerrar los ojos.

Iria conocía bien ese juzgado: los techos altos, los pisos blancos relucientes, las puertas de vitral que al abrirse dejaban pasar una ráfaga de aire frío. Su padre era juez. Se preguntó si todavía lo sería o si también a él lo habrían castigado por lo que ella había hecho.

El juzgado estaba lleno de gente que se giraba para verla fijamente a su paso. La madre de Cas, exreina de Lera, solía ser la traidora más famosa de Olso; ahora todo parecía indicar que Iria acababa de arrebatarle el título.

Sofocó una oleada de pánico. Aún no estaba del todo segura de cómo había llegado ahí. Su familia era muy apreciada en Olso y no había tenido ningún problema para pasar los exámenes y convertirse en guerrera. Había derrotado a los más duros competidores para obtener el honor de ayudar a Emelina Flores a ejecutar su plan de derribar a Lera. Y entonces cayó el castillo de Lera, los ruinos aceptaron asociarse con Olso e Iria fue proclamada heroína. Recordaba nítidamente el orgullo en los ojos de su madre cuando volvió de Lera la primera vez. Había superado sus expectativas, algo nada fácil tratándose de su madre.

Y ahora Iria estaba a punto de ser juzgada por traición.

Aren. Su rostro aparecía en su cabeza y se negaba a irse, por mucho que intentara ahuyentarlo. Por él había traicionado a los guerreros en la selva. La alternativa había sido dejar que mataran a Aren o traicionarlos, y la decisión no fue difícil: ella no lo pensó dos veces antes de lanzar el grito de advertencia que le había salvado la vida a Aren. No había dudado en correr cuando él la tomó de la mano.

Él, sin embargo, sí vacilaba mucho. Seguía en Lera —o quizás habría regresado a Ruina— por miedo a dejar a los ruinos. Aun cuando Olivia le horrorizaba y atemorizaba, la había escogido por encima de Iria debido a las marcas de sus cuerpos, a los poderes que tenían en común. Ella había visto el conflicto en los ojos de Aren, pero lo cierto era que él había vacilado.

Sin embargo, eso ya no importaba. A no ser por un milagro, ella pasaría en la cárcel el resto de su vida.

Te encontraré. No me importa si tengo que buscar en todos los calabozos de Olso. Te encontraré, lo prometo. Las últimas palabras que le había dirigido Aren, hacía apenas un par de semanas, resonaban en sus oídos. En aquel momento, le creyó. Recordaba haber pensado que, por supuesto, el más poderoso de los ruinos la rescataría.

Sin embargo, se topó con la dura realidad durante el viaje por mar, cuando la encerraron en la celda. Aren nunca había ido a Olso; los ruinos estaban al borde de una guerra con Lera. Ella no era su prioridad y desear que milagrosamente la rescatara sólo serviría para decepcionarla.

Un grito la hizo levantar la cabeza bruscamente y, a través de las ventanas frontales, vio a un enorme grupo de personas afuera del juzgado. Casi todas llevaban abrigos negro con café —en Olso, la moda era mucho menos importante que en Lera— y había algunos uniformes rojos de guerrero esparcidos entre ellos. Algunas personas llevaban pancartas; alargó el cuello y alcanzó a leer algunas.

EXIGIMOS LA VICTORIA.

GUERRA A LOS RUINOS.

Algunos manifestantes estaban tratando de entrar al juzgado y unos guardias batallaban para impedirlo.

Iria sintió que la jalaban de las cadenas, instándola a caminar más rápido, y dio la espalda a los manifestantes. Los guerreros de Olso habían sufrido derrotas humillantes en Lera y en su propio país, y por lo visto no todo mundo estaba dispuesto a rendirse.

El guardia abrió la puerta a la sala. Las bancas a izquierda y derecha estaban llenas pero todos guardaban silencio, y tuvo que contener las lágrimas al echar una ojeada a los rostros. Muchos eran familiares.

Detectó a sus padres casi de inmediato. Su madre no se había tomado la molestia de volverse para verla entrar. Estaba en pie, rígida, con la mirada fija al frente. Ella no se mostraba comprensiva ni siquiera con las cosas más nimias, así que difícilmente mostraría compasión por una hija traidora. Iria lo sabía, pero dolía de cualquier manera. Su padre sí había volteado a verla, con los ojos llenos de lágrimas y el rostro cubierto de enojo y decepción.

Al frente de la sala estaba el juez, en una plataforma ligeramente elevada. A su izquierda, una mujer a la que Iria no conocía —tal vez una funcionaria— y a la derecha, August. Ahora *rey* August, dado que Olivia había matado a casi toda su familia. De todos los herederos al trono de Olso, August era el último al que Iria habría elegido.

En circunstancias normales, el rey no estaría presente en el juicio, pero Iria era especial. Con rostro impenetrable, la vio entrar a la sala. Ya era un rey poco popular, pues la gente, con toda razón, lo culpaba del ataque de los ruinos al castillo de Olso.

Frente al juez había una larga tarima, donde se esperaba que Iria se mantuviera en pie durante el proceso. El guardia la dejó ahí sin quitarle las cadenas de las muñecas.

Iria se atrevió a echar un vistazo por encima del hombro. Detrás de ella estaba Daven, un muchacho con el que había salido algunas veces un par de años atrás. Él la fulminó con la mirada con tal desprecio que Iria deseó haber sido un poco más malvada cuando terminó con él.

Volvió a mirar al frente. El juez hizo un gesto para que los asistentes guardaran silencio, y los suaves murmullos a su alrededor se desvanecieron.

—Iria Urbino —dijo el juez—: está usted acusada de traición, asesinato y colusión con el enemigo. Puede hacer alguna declaración sobre estas acusaciones, si lo desea.

Iria juntó las manos para evitar que le temblaran.

—Nunca asesiné a nadie.

El juez señaló a la derecha de Iria.

—Guerrero Rodrigo, ¿puede decir algo sobre esas acusaciones?

Iria miró alrededor y encontró a Rodrigo en pie. Era un guerrero al que conocía bien. Había estado presente cuando escapó con Aren, en el momento en que él y los demás guerreros mataron a los ruinos sin advertencia previa y sin razón alguna.

—Tres guerreros murieron cuando ese ruino, Aren, nos atacó y se fue con Iria —dijo.

Iria enfrentó al juez y dijo:

—Y dos ruinos murieron. Los guerreros los mataron.

—Tal como se les ordenó —dijo el juez.

—Era una orden equivocada.

—Eso no lo decide usted. Usted juró seguir siempre las órdenes de sus dirigentes. Como no lo hizo, tres guerreros murieron. ¿Tiene algo más que declarar con respecto a las acusaciones?

Las lágrimas estallaron en sus ojos. No se veía ningún milagro cerca. No sabía qué estaba esperando: ¿comprensión? No con el tema de los ruinos. No cuando Olivia acababa de incendiar buena parte del castillo y de asesinar a la familia real.

Miró de reojo a August. Lo único que podía salvarla era que él le concediera el perdón.

Él volteó a verla; su mirada era fría. Las ojeras revelaban falta de sueño. Ni siquiera parecía enojado, sólo... vacío. Como si nada pudiera importarle aunque él lo quisiera. No la ayudaría.

—Se suponía que eran nuestros aliados —dijo en voz baja, dejando de ver a August. Carraspeó para que toda la sala la oyera—: Me enviaron a ayudarlos, y me castigan por haberlo hecho.

—Su lealtad debe estar siempre con nosotros, no con ellos —dijo el juez haciendo a un lado unos papeles—. Ya escuché todo lo que necesitaba.

—¡No, aún no! —una voz conocida resonó en la sala. Iria volteó sobresaltada y descubrió a Bethania parada entre la multitud, con los puños apretados. Estaba tan enojada que sus despeinados caireles oscuros prácticamente vibraban. Iria conocía bien esa postura: el año que habían salido juntas, Bethania siempre estaba apretando los puños. Luego, ya no se aguantaron la una a la otra.

—Silencio, por favor —dijo el juez.

—Ella sirvió a los guerreros con lealtad por muchos *años* —gritó Bethania. Iria había sido guerrera sólo por cuatro breves años, pero Bethania tendía a exagerar—. Le asignan tareas imposibles, le piden que se haga amiga de los ruinos, y luego,

45

cuando hace precisamente eso, ¿la castigan? ¿Qué clase de persona se habría quedado viendo cómo asesinaban a su amigo?

—¿Alguien la escolta fuera de la sala, por favor? —pidió el juez con un gesto de impaciencia.

Dos guardias tomaron a Bethania de los brazos y la arrastraron hasta las puertas. Ella no dejaba de forcejear.

—Son tan malos como Lera si hacen esto —gritó—. ¡Son unos cobardes!

Los guardias la sacaron y sus gritos se fueron apagando mientras la alejaban a rastras.

Iria se secó las lágrimas de la mejilla con el hombro. Dadas las expresiones de piedra del resto de la sala, no muchos estaban de acuerdo con Bethania. Incluso sus padres guardaban silencio.

—Iria Urbino, la declaro culpable de los tres cargos —dijo el juez—. La sentencio a cadena perpetua en la Cárcel Central de Olso —y, mirando al lugar por donde Bethania había desaparecido, agregó—: Quisiera únicamente señalar que si la hubieran juzgado en Lera, le habrían impuesto la pena de muerte. Considérese afortunada de ser ciudadana de Olso. Espero que aproveche la oportunidad de reflexionar sobre sus delitos.

Algunas personas aplaudieron. Iria inclinó la cabeza y cerró los ojos; el ruido seguía resonando en sus oídos.

—Vámonos, prisionera —dijo un guardia bruscamente.

Intentó esconder las lágrimas mientras se la llevaban.

SEIS

❧❧❧

Tras regresar al castillo, Cas pasó algunas semanas eva- luando el daño a la construcción. Habría podido ser mucho peor: los guerreros seguramente habían apagado las llamas poco después de que él escapara. Había que hacer mucho trabajo de limpieza y pintura y varias habitaciones tendrían que volver a amueblarse por completo.

Los aposentos reales, las habitaciones de sus padres, al parecer estaban en perfectas condiciones. No había entrado para confirmarlo por sí mismo.

—Las doncellas quisieran saber si pueden empezar a limpiar los aposentos —dijo Xavier, el nuevo secretario de Cas. Estaba frente al escritorio de éste con papel y pluma, mirándolo como si no supiera que esa pregunta provocaba que el pánico se disparara por su espalda.

—Mmm… —dijo Cas, y prácticamente pudo oír un suspiro molesto de su padre. Él estaría decepcionado de Cas de todas las maneras posibles, y con toda seguridad le disgustaría su tono, tan poco imponente.

—Tienen una de las llaves, pero no estaban seguras de si debían entrar… —Xavier no terminó la frase. Sabía que Cas tenía la otra llave.

—Vamos a... —se interrumpió antes de decir *esperar*. Era tonto esperar. Él deseaba que tarde o temprano Em volviera; esos aposentos supuestamente eran para el rey y la reina. Por lo menos podría pedir que despejaran y limpiaran la habitación. No tenía que mudarse ahí de inmediato.

—Mañana —dijo, sin hacer caso del hueco en su estómago—. Esta noche revisaré los aposentos y el personal podrá limpiarlos mañana. Pídeles que guarden en cajas las pertenencias de mis padres y que las almacenen.

Xavier asintió y escribió algo en su papel.

—Por hoy eso es todo —dijo Cas—. Que tengas una buena tarde.

—Gracias, su majestad —Xavier hizo una reverencia y salió del despacho.

Cas se levantó del escritorio y salió junto con Xavier. Unos guardias iban detrás de él. Todavía no se acostumbraba a que lo siguieran a todos lados, y esperaba que Galo se relajara un poco después de que estuvieran instalados.

Pasó a su habitación por la llave y se fue directo a una de las puertas de los aposentos reales.

—Voy a entrar solo —les dijo a los guardias sin volverse siquiera. Pensó que quizá lo había dicho para no acobardarse de nuevo.

Metió la llave en la cerradura y abrió la puerta. Entró por la sala que conectaba las habitaciones del rey y de la reina; nunca la había visto tan oscura y callada. Las cortinas estaban corridas y una pequeña franja de luz del atardecer titilaba sobre la alfombra gris.

Sus padres no usaban mucho la sala y estaba tan inmaculada como siempre, con una cobija perfectamente doblada sobre el sofá y los sillones rojos brillantes tan firmes que parecían nuevos.

48

Dio vuelta a la izquierda, en dirección a los aposentos de su padre. En ocasiones la pareja real compartía las habitaciones de la izquierda y dejaba el resto para niños o invitados especiales pero, hasta donde Cas sabía, sus padres nunca habían compartido una recámara.

Caminó por el cuarto que hacía las veces de armario y vestidor de su padre y abrió la puerta que daba al dormitorio.

Las cortinas se habían quedado abiertas y una luz anaranjada bañaba la habitación. Los ojos de Cas omitieron la cómoda, el armario, la silla en el rincón con un libro abierto. No estaba seguro de qué buscaba. ¿Algo que llevarse consigo? ¿Algo con lo que recordar a su padre que no fuera su legado de guerra y muerte?

Quizá no debía quedarse con nada. ¿Tenía permiso de extrañar a alguien que había destruido tantas vidas? ¿Tenía permiso de recordar lo bueno?

Caminó hacia la cómoda y abrió el primer cajón. Dentro había mancuernillas, pisacorbatas y algunas otras cosas, pero nada especial. El segundo cajón era más grande; Cas apartó algunas bufandas y se encontró con una pila de cuadernos forrados de cuero.

Sacó uno. Estaba casi seguro de que su padre no llevaba diarios —la reflexión y el examen de conciencia no eran lo suyo— y al abrirlo confirmó que estaba en lo cierto. Eran dibujos: del castillo, de gente que Cas no conocía y una versión más joven de su madre. De niño veía a su padre garabateando en esos cuadernos con cierta frecuencia. Decía que lo relajaba.

Cas encontró varios dibujos de sí mismo: de bebé, de dos años, luego de alrededor de cinco. En este último se veía sonriente y rollizo, y aunque sólo era un boceto a lápiz, en las pinturas profesionales que estaban colgadas por el castillo no se veía muy distinto.

Después de eso, las páginas estaban en blanco. En ese punto su padre debía haber abandonado el pasatiempo.

Cas tomó los cuadernos, cinco en total, y los puso bajo su brazo. No tenía la fuerza necesaria para revisarlos por completo en ese momento, pero quizás algún día la tendría.

Entonces, fue al cuarto de su madre. Su perfume seguía inundando el ambiente, y el olor trajo consigo recuerdos tan fuertes que tuvo que detenerse un momento a la entrada. Cerró los ojos y tomó algunas bocanadas entrecortadas.

Cuando pasó el impulso de tirarse al suelo, entró. En la habitación de su madre había más cosas: botellas y cremas por doquier, cuatro libros abiertos diseminados y varias prendas de ropa tiradas sobre las sillas.

Sabía qué cosa de su madre quería y la encontró en uno de los cajones de la cómoda. Era su prendedor de guerrera, algo que ella había conservado a pesar del evidente desprecio que sentía por su país natal. Tomó también un collar y un anillo que le habían regalado sus padres cuando era joven. Cas los guardó en su bolsillo y salió rápidamente de la habitación.

Sintió un gran alivio al dirigirse a la puerta para salir de los aposentos reales. Lo había estado evitando durante mucho tiempo y ahora deseaba haberlo hecho antes sólo para quitarse ese peso de encima.

Salió de los aposentos y al caminar por el corredor se encontró a Galo esperando con los guardias. Cas lo miró sorprendido; al ver a su amigo desapareció una parte de la tensión que sentía en el pecho.

—Regresaste —dijo Cas.

—Acabo de llegar —dijo Galo mirando los cuadernos que Cas llevaba bajo el brazo. Les dijo a los otros guardias que podían irse.

—¿Vas a dejar de pedirles que me sigan a todas partes? En el castillo no es necesario, en verdad —dijo Cas cuando se fueron.

—Les pediré que se retiren cuando estemos instalados —y mirando hacia la puerta detrás de Cas, preguntó—: ¿Todo bien?

—Mañana van a limpiarla —respondió Cas y luego añadió, señalando los cuadernos—: sólo estoy recogiendo algunas cosas.

Galo lo miró con los ojos entrecerrados: Cas no había respondido su pregunta.

—¿Qué tal el viaje a casa? —preguntó éste dando la media vuelta y caminando hacia sus aposentos.

—Bien. Raro. Tengo que hablar contigo, cuando tengas oportunidad —dijo la última frase con prisa, como si necesitara sacarla cuanto antes.

—Ahora mismo tengo oportunidad —dijo Cas.

Lo llevó a su sala de estar y dejó los cuadernos en una mesa. Ya encontraría dónde guardarlos; de preferencia, en un lugar donde no tuviera que verlos.

Se desplomó en un sillón y le hizo a Galo una señal para que se sentara frente a él.

—Quisiera renunciar como capitán de la guardia —espetó Galo.

Después sólo hubo silencio. Se alcanzaba a oír el tictac del reloj detrás de Cas.

—¿Qué? —dijo éste al fin.

Galo juntó las manos. Cas nunca lo había visto tan nervioso.

—Quisiera renunciar a mi cargo de capitán y quisiera dejar la guardia por completo, si me lo permites.

—¿Por qué? —Cas sintió una oleada de pánico. Su madre y su padre estaban muertos, su prima había huido (y probablemente en ese mismo momento estaba conspirando en su contra) y la muchacha a la que amaba sólo podía enviarle mensajes por conducto de mujeres a las que rescataba. Galo era una de las pocas personas que le quedaban.

—No estoy calificado para ser tu capitán —dijo Galo—. Me diste el puesto porque somos amigos. Había decenas de guardias más aptos que yo.

—Ya no —señaló Cas. Muchos guardias habían muerto en la invasión de Olso al castillo de Lera; muchos otros, en la batalla de Fuerte Victorra. Estaban en proceso de reclutar a más hombres y mujeres para entrenarlos.

—Sigue habiendo muchos más calificados —dijo Galo—. Con gusto te puedo recomendar a algunos.

—¿No crees que el hecho de conocerme te convierte en el más calificado? —preguntó Cas.

—No. De hecho, lo veo como un obstáculo.

—¿Por qué?

—Me importa lo que quieres. Te dejo salir del castillo a hurtadillas…

—Eran otros tiempos —dijo Cas. Tiempos menos peligrosos.

—De cualquier manera, nuestra amistad no ayuda a mantenerte a salvo, evidentemente. En fechas recientes te han apuñalado, envenenado y disparado una flecha en el hombro.

—No estabas ahí cuando me dispararon la flecha —dijo Cas.

—Porque te perdí.

—No creo que sea razonable culparte a ti de que Olso haya invadido Lera.

—Estuve ahí cuando te apuñalaron y te envenenaron —dijo Galo arqueando las cejas.

Cas soltó un ruidoso suspiro y se apoltronó en la silla.

—Eres una sola persona, no puedes asumir la culpa de todo.

—No soy un buen capitán, Cas. No tengo experiencia. Ahora tú necesitas lo mejor. Es el momento ideal para cambiar los mandos, mientras volvemos a levantar el castillo.

Una molesta voz le susurraba a Cas que todo lo que decía era cierto. Le había dado el puesto a su amigo. Habían pasado apenas unas cuantas semanas después de que, a caballo por el bosque, Cas le había ofrecido el trabajo, pero parecía toda una vida. Estaba reorganizando su guardia y tal vez un cambio no era tan mala idea.

—¿Pero quieres dejar la guardia por completo? —preguntó Cas.

—No siento que sea el sitio más indicado para mí —dijo Galo juntando y separando las manos—. La verdad es que nunca me ha gustado ser guardia. Me alisté porque no tenía muchas otras opciones, y luego me quedé por ti.

—Oh —dijo Cas, y de repente se sintió un tonto por no haberlo sabido. Él suponía que Galo quería ser capitán de su guardia, pero nunca se le había ocurrido preguntar.

—Sin embargo, quiero ayudar —dijo Galo—. Sólo que no pienso que la guardia sea el mejor lugar para mí.

—¿Tienes alguna predilección? —preguntó Cas—. En este momento, tengo muchas vacantes —lo dijo sonriendo, pero en su voz no se percibía ningún sentido del humor.

—Iré adonde tú quieras que vaya. Podría quizás unirme a los soldados. Por lo menos mientras resolvemos la situación de Olivia. Soy bueno con la espada.

—Tal vez.

—Mientras tanto, puedo ir a uno de los albergues. No ocuparé los cuartos de los guardias.

—De ninguna manera. Pediré que te preparen una habitación. ¿Qué te parece el viejo cuarto de Jovita?

—No, no es nec...

—No discutas conmigo —dijo Cas con firmeza y Galo cerró la boca—. De hecho, estoy ansioso por darle a alguien esa habitación —seguía esperando tener una respuesta sobre Jovita y su envenenamiento, pero todavía se enojaba de sólo pensar en ella—. Piensa qué quisieras hacer y dame algunas opciones para tu reemplazo. Tendrás que seguir cumpliendo con tus deberes hasta que haya elegido a alguien.

—Por supuesto.

—Y si cambias de opinión, siempre serás bienvenido en la guardia del rey.

—Gracias —dijo con cierta rigidez, como si fuera una respuesta automática y no una opción que se plantearía en verdad.

—Lo siento —dijo Cas—. Yo debí saber que no te gustaba.

—Eso es absurdo. No había modo de que lo supieras si yo no te lo decía.

—Bueno, eso es cierto —Cas rio, aunque seguía sintiéndose estúpido—. ¿Pasó algo con tus padres que haya hecho que quieras irte ya?

—No... Sí... No lo sé —Galo se inclinó hacia delante y recargó los codos en los muslos.

—Por lo general, mi padre no está orgulloso de mí, y de repente lo estuvo, por algo que yo sabía que no era lo mío. Eso facilitó la decisión.

Cas parpadeó, un poco asombrado.

—¿Tu padre no está orgulloso de ti?

—No. En la escuela nunca me fue bien, y era algo que a él le importaba mucho. Que yo me alistara en la guardia era a sus ojos un último recurso.

—¿Y lo era?

—No. Quedarme en Mareton y trabajar en el molino o en el campo era el último recurso. Y él lo sabía, sólo que no le gustaba ponérmela fácil.

—Oh, lo siento.

Cas de pronto se dio cuenta de que Galo sabía todo sobre la familia de Cas, pero Cas sabía muy poco de la suya.

—Pero ¿ahora que tienes su aprobación vas a renunciar? —preguntó.

—Bueno, resulta que yo nunca quise su aprobación —dijo Galo con una sonrisa triste—. Sé que es algo que tú entiendes.

—Sí —Cas reclinó la cabeza con un suspiro—. Vaya que sí.

SIETE

—Todavía estás a tiempo de cambiar de opinión.

Galo guardó una camisa en la bolsa y levantó la mirada. Mateo estaba a la entrada de su habitación con los brazos cruzados sobre el pecho. Ese día no estaba de servicio y llevaba una vieja camisa gris desgastada de las mangas que dejaba apreciar su moderada musculatura. A Galo siempre le había gustado esa camisa.

—No voy a reconsiderarlo —respondió. Ya había perdido la cuenta de cuántas veces había dicho eso en los últimos días. No era solamente Mateo: los guardias, el personal... todos creían que cambiaría de opinión sobre abandonar la guardia.

Mateo exhaló un poco fastidiado.

—¿Por lo menos ya encontraron a un nuevo capitán? ¿Por qué te estás mudando?

—Cas termina mañana con las entrevistas. Y no me estoy mudando: sólo me voy a los pisos de arriba.

Apretó el cordón de la bolsa y la echó sobre su hombro. No tenía muchas cosas: casi todo el tiempo vestía la ropa que se les daba a los miembros de la guardia y de su casa había llevado muy poco.

—¿Quieres venir conmigo? —propuso.

—Supongo —dijo Mateo con un gruñido, pero sus labios esbozaron una sonrisa cuando Galo lo tomó de la mano y lo condujo hacia el pasillo.

Galo se alejó rápido de los cuartos de los guardias, esperando no hacer una escena. Sabía que la mitad de los guardias se alegraba de que se fuera y la otra mitad estaba enojada de que los abandonara. Por el momento, no quería toparse con ninguno.

Subió por las escaleras y caminó con Mateo por el soleado pasillo. La puerta de la vieja sala de estar de Jovita estaba abierta y Galo entró.

Jovita tenía cuatro habitaciones: una sala de estar, un despacho, un dormitorio y una pequeña zona para el baño. Galo nunca había entrado y recorrió despacio las cuatro habitaciones. Eran enormes, apropiadas para la mujer que, después de Cas, era la segunda en la línea sucesoria del trono. A Galo seguía pareciéndole extraño ocuparlas; tenía la sensación de que debían asignársele a alguien importante.

Mateo estaba sentado en la orilla de la cama cuando Galo volvió a entrar al dormitorio. Señaló una mesa en el rincón, donde alguien había puesto una charola de té y galletas.

—Hasta te trajeron un refrigerio.

Galo arrojó la bolsa sobre la cama.

—Todavía no puedo creer que Cas me haya dado este cuarto.

—A mí no me extraña: es un cuarto familiar. ¿Y ahora qué? —preguntó Mateo dejándose caer de espaldas.

Galo se sentó a su lado. Era una buena pregunta. Seguiría trabajando como guardia por algunas semanas más para asegurarse de que el nuevo capitán se adaptara bien al cargo, pero después de eso no tenía idea. No estaba preparado para nada que no fuera proteger a la familia real, algo que nunca le había gustado especialmente, y resultó que ni siquiera era bueno para eso.

—¿Le escribiste a tu padre? —preguntó Mateo.

—Sí. Les escribí a los dos y les dije que iba a renunciar —miró a Mateo, quien sólo se quedó observándolo. Los dos sabían que podría habérselos dicho en persona, pero Galo se había acobardado.

—No tienes que demostrarles nada, Galo —dijo Mateo con tranquilidad—. Ninguna persona sensata te culpa de lo que le pasó a Cas. Sigue vivo gracias a que muy pronto te diste cuenta de que lo estaban envenenando.

—No busco demostrar nada —se notaba que era una mentira—. ¿Podemos dejar de hablar de eso?

Mateo se incorporó rápidamente y se puso en pie, con el disgusto escrito en el gesto.

—Voy a regresar abajo.

Galo tomó a Mateo de una presilla y lo acercó hasta que las piernas de uno chocaron con las rodillas del otro.

—Lo siento. No te vayas —y enganchando el dedo en otra presilla añadió—: Por fin tengo un cuarto propio.

Los diminutos cuartos para dos personas eran la parte que menos le gustaba de ser guardia, sobre todo desde que había conocido a Mateo. Antes tenía el estricto principio de no salir con compañeros de trabajo porque era casi imposible sostener una relación en ese ambiente, pero entonces apareció Mateo y sus viejas reglas se largaron por la ventana.

Mateo se acercó un poco y le puso una mano en el cuello.

—Me preocupa que te vayas —dijo en voz baja.

—¿Adónde me iría?

—No lo sé, pero si no estás en la guardia no tienes que quedarte aquí y… —se encogió de hombros viendo al suelo.

Galo levantó la cabeza y rozó los labios de Mateo con los suyos.

—No me iré a ningún sitio —dijo dulcemente—, te lo prometo.

Em estaba sentada en la veranda mirando el sol asomarse entre los árboles. Había despertado más temprano que de costumbre; echó un vistazo al cuarto de Olivia y la encontró aún dormida. Su hermana lucía joven e inocente y verla así le recordó las mañanas en su casa, cuando entraba corriendo en su cuarto y brincaba en su cama para despertarla.

Em se puso en pie y bajó de la veranda. Caminó despacio por la silenciosa carretera; a cada paso, la opresión en el pecho aumentaba.

Olivia había vuelto del viaje a Fayburn contenta y orgullosa. Em no preguntó nada, sabía que todo mundo estaba muerto.

En un rato tendría una reunión con los ruinos y el día anterior había pasado todo el tiempo tratando de resolver qué les diría. Todos sabían que no había podido impedir que Olivia fuera a Fayburn… que ni siquiera había hecho el intento.

—Em.

Sobresaltada, levantó la vista y se topó con Ivanna parada en el jardín frente a una pequeña casa. Llevaba su cabello cano recogido en una trenza y ya estaba vestida y arreglada, a pesar de la hora.

—¿Vas a la reunión? Todavía es un poco temprano, ¿no? —preguntó Ivanna.

—Quise salir antes a dar un paseo.

—¿Puedo acompañarte? Yo también estaba por salir a caminar.

—Claro.

Ivanna adaptó su paso al de Em para caminar a su lado, aunque respiraba más rápido y pesado. Em se quedó escuchando su respiración en silencio durante varios minutos.

—¿No solías caminar alrededor del castillo con mi madre? —le preguntó al fin.

—Sí. Ella siempre se levantaba antes del amanecer, igual que yo. Con frecuencia nos encontrábamos y paseábamos por el castillo y el pueblo.

—¿De qué hablaban?

—De nada muy importante. Tu madre no confiaba en mí.

—¿No? —exclamó Em, mirándola con sorpresa.

—Bueno, confiaba en mí tanto como cualquier ruino, pero nada más. Tenía a un pequeño grupo en el que en verdad depositaba su confianza. Conmigo solía hablar de trabajo o de Olivia y de ti. Sobre todo de Olivia y de ti.

—¿Y me conviene saber lo que decía de nosotras?

Ivanna inclinó la cabeza.

—¿Tienes la impresión de que no le gustabas a tu madre? Eso no es cierto.

—No —respondió Em en voz baja—. Sé que me quería, pero a veces pienso en ella y en lo que esperaba de mí, y me aterra. Me pregunto si, en caso de que nada de esto hubiera pasado, habría yo terminado torturando gente para Olivia y para ella, como lo planeaba.

—No era lo único que planeaba para ti. Creo que tenía intenciones de usarte para negociar con Olso. Conocía tus puntos fuertes. No me sorprendería si las cosas hubieran resultado un poco parecidas... con un matrimonio arreglado con August.

—Ella sólo me habría dejado casarme con él si teníamos el plan de matarlo poco después de la boda.

—Ah, por supuesto, pero antes habría obtenido lo que quisiera.

Em no sabía si habría aceptado casarse con August por su madre. Tal vez, si Cas nunca hubiera estado en el panorama. Quizá se habría casado con él y juntos habrían conquistado Lera. Qué idea tan perturbadora.

—Nunca entendería que yo traicionara a Olivia —dijo Em.

—No —coincidió Ivanna.

Em pateó una piedra con la punta del zapato.

—Una vez me dijo algo. Creo que fue para hacerme sentir mejor con mi inutilidad, pero últimamente he pensado mucho en eso.

—¿Qué es?

—Decía que Olivia iba a ser la reina ruina más poderosa de todos los tiempos. La ruina más poderosa, punto. Pero yo era la única que tenía poder sobre Olivia.

Ivanna la miró expectante, atenta a que prosiguiera.

—Porque Olivia no puede hacerme daño ni controlarme. Puede controlar a los humanos e incluso, si en verdad se lo propusiera, a otros ruinos. Pero a mí no.

—Es cierto —dijo Ivanna.

—Y eso significa... significa que yo podría matarla. Para mí sería fácil matarla. No usa espada y su fuerza no es física. Eso todo mundo lo sabe —las palabras salieron de su boca precipitadamente. Había pensado una y otra vez en todas las maneras en que podía detener a Olivia y siempre volvía a la evidente: podía matarla.

—Lo sabemos —dijo Ivanna con voz suave—, pero nadie espera que lo hagas.

—Si la matara salvaría a mucha gente, ¿cierto? —mientras hablaba, rodaban lágrimas por sus mejillas—. No hay manera de que podamos detenerla antes de que mate a más gente, quizás a cientos o miles de personas, y yo podría salvarlas si tan sólo...

—Em —Ivanna se detuvo y la tomó de las manos—: nadie espera eso de ti. Tal vez Aren también podría matarla. ¿Alguna vez le pedirías eso?

—Por supuesto que no.

—Tu madre con frecuencia usaba el asesinato como solución, y es lo que Olivia elige siempre. Tú misma lo has usado. Pero puedes decidir hacer las cosas de manera distinta a partir de ahora.

Em secó sus lágrimas con la mano.

—De cualquier forma, tengo que asumir el hecho de que Olivia matará a gente que yo podría haber salvado.

Ivanna negó con la cabeza.

—No puedes plantearlo así: Olivia es responsable de sus propias acciones. ¿Tú culpas a Cas de todo lo que hizo su padre?

—No —dijo Em en voz baja.

—Y él no te culpa a ti de lo que hizo tu madre. Llega un momento en el que tenemos que aceptar que la gente toma sus propias decisiones y de eso no somos responsables, ni siquiera si es parte de nuestra familia. Tú esperabas que Casimir se enfrentara a las decisiones de su familia, aun si eso significaba perderla. Es hora de que esperes lo mismo de ti.

Em respiró entrecortadamente. Nunca se lo había planteado de ese modo, pero Ivanna no se equivocaba. *En efecto*, había esperado que Cas les diera la espalda a Jovita y a su madre, cuando ésta aún vivía, para hacer lo correcto. Ni siquiera se había detenido a pensar lo difícil que eso sería para él. A ella le había parecido lo más evidente: la familia de Cas había cometido genocidio y él debía corregirlo. Pero ahora que se enfrentaba a un problema similar con Olivia, se daba cuenta de lo terrible que debía haber sido para él.

—Y no olvides que Olivia no es la única ruina poderosa —agregó Ivanna—. Matar a una ruina no resolverá nuestros problemas, no a largo plazo.

—Tienes razón —dijo Em en voz baja.

—Suelo tenerla —dijo Ivanna con ligereza.

Em tomó a Ivanna del brazo cuando empezaron a caminar de nuevo.

—Gracias —dijo Em—. No tengo a mucha gente con quien hablar en estos días.

—Me he dado cuenta. Todas las mañanas tomaré este camino, por si quieres acompañarme.

—Eso sería agradable.

Caminaron dando vueltas hasta que el sol se elevó en lo alto del cielo y entonces se dirigieron al hogar de Mariana, que se había instalado a dos cuadras, en una calle tranquila donde todas las casas eran iguales.

Mariana se asomó a la puerta sonriente, aunque sus ojos registraron nerviosamente la calle detrás de Em e Ivanna.

—Nadie nos siguió —la tranquilizó Em. Vio a Mariana de arriba abajo. Llevaba un vestido rosa que llegaba al suelo, con los brazos descubiertos. Tenía el cabello negro trenzado en una corona, con los extremos recogidos en un chongo en la nuca. Su piel morena estaba radiante y Em se preguntó si se había hecho algo distinto o simplemente hacía mucho que no la veía descansada.

—Te ves preciosa —dijo Em.

—Gracias —Mariana balanceó las caderas y el vestido osciló de un lado a otro—. Encontré este vestido en una caja. No creo que quien vivía aquí lo vuelva a usar, así que me tomé la libertad.

—Está precioso —dijo Em entrando a la casa. Mariana era apenas un año mayor que ella. Si nada de todo esto hubiera pasado, probablemente estaría usando vestidos bonitos para ir al castillo de Ruina a bailar con Aren o con algún otro guapo muchacho ruino.

Aren estaba sentado a la mesa del comedor, del lado izquierdo, junto con Davi y algunos otros ruinos. Ivanna y Davi tenían cincuenta y tantos años; eran dos de los únicos ruinos maduros que no habían muerto y formaban parte del consejo ruino. De hecho, todo el consejo ruino estaba presente, a excepción de Jacobo. En esos días, nunca se alejaba de Olivia.

Había como treinta ruinos más, abarrotados en el comedor, recargados en la pared o sentados en el suelo. Sólo habían invitado a ruinos en los que Em confiara, los que estaban horrorizados con las acciones de Olivia y dispuestos a trabajar con Cas.

Em se sentó al lado de Aren. Su apuesto rostro reflejaba preocupación: era su gesto permanente desde que se habían llevado a Iria a Olso.

—¿Volvió a salir Olivia esta mañana? —preguntó Mariana mientras se sentaba frente a Em, entre Ivanna y Davi.

—Sigue durmiendo. Dijo que hoy entrenaría a algunos ruinos —dijo Em.

—Han estado en el campo que está atrás de la panadería —dijo Ivanna—. Llevaron algunos de los rehenes para practicar.

Em se frotó la frente. Olivia había tomado a varios humanos como rehenes y los tenía encerrados en la cárcel de la ciudad. Desde que había descubierto que Aren tomaba el poder de los humanos, había estado tratando de hacer lo mismo.

—Supe que por lo menos les está dando de comer —dijo Patricio en voz queda. Era un joven ruino con el poder de destruir el cuerpo, como Aren. Em no lo conocía bien, pero era cercano a Mariana y ella respondía por él. A su lado estaba Selena, a quien Em recordaba de niña, pero ya debía tener alrededor de catorce años. Tenía una expresión solemne que la hacía ver aún mayor.

—Los necesita vivos —dijo Aren entre dientes.

—Sugeriría que entráramos a hurtadillas para liberarlos, pero Olivia simplemente iría por más —dijo Em—. Creo que por el momento debemos dejarlo como está.

—Si no vamos a hacer nada por ayudarlos, entonces no entiendo por qué seguimos en Lera —dijo Davi.

—Olivia matará a todo mundo si nos vamos —dijo Em—. ¿Han oído de su plan de conquistar el norte? Si nos quedamos, al menos podremos retrasarla por un tiempo.

—Perdón, pero eso no es problema nuestro —señaló una joven llamada Gisela. Estaba recargada en la pared, atrás de Davi y Mariana. Su edad era cercana a la de Em, tenía la piel clara y el cabello negro y lacio; casi todo el tiempo se estaba moviendo, ya fuera caminando de un lado a otro, tamborileando con los dedos o jaloneándose el cabello. Tenía el mismo poder que Olivia y Aren, pero Em sabía que no tenía ni la mitad de la fuerza de ellos.

—¿No te importa si Olivia mata a toda la gente de Lera? —preguntó Aren.

—Me importa, pero no estoy dispuesta a exponerme para defenderlos. Ellos nunca han hecho nada por defendernos a nosotros.

Se oyeron en la sala murmullos de aprobación.

—Sé que la gente de aquí no merece nuestra ayuda —dijo Em—. Sé que nunca podremos perdonarlos del todo por lo que nos hicieron. Pero no tenemos que ser iguales a ellos; podemos ser mejores y no dejarlos tener el mismo destino que nosotros.

Varias personas voltearon a ver a Aren. Seguían haciendo eso de vez en cuando: consultar a un ruino con poder para respaldar lo que Em estaba diciendo.

—Estoy de acuerdo —dijo él poniendo los ojos en blanco, como si estuviera cansado de seguir ese juego—. No voy a dejar a Olivia aquí para que asesine a quien se le antoje.

Em lo miró agradecida. En cuanto llegaron habían hablado seriamente de irse de allí, y al principio Aren no estaba convencido de que debieran quedarse. Él quería ir a Olso para sacar a Iria de la cárcel. Em se sintió muy mal por pedirle que se quedara, pero era el ruino más poderoso: necesitaba su ayuda para detener a Olivia y a los ruinos leales a ella.

—Pero si la mitad de los ruinos se va, Olivia no podrá llevar a cabo el plan de invadir todas las ciudades —dijo Mariana.

—No somos la mitad —dijo Em echando una mirada alrededor de la sala: acaso una tercera parte de los ruinos eran sus incondicionales—. Y es evidente que Olivia no está contando con su apoyo de cualquier forma. Dense cuenta de que no está entrenando a ninguno de *ustedes*.

—Supongo que tienes razón —dijo Mariana mordiéndose el labio.

—Entonces, ¿cuál es tu plan? —preguntó Ivanna—. ¿Vas a impedir que Olivia tome el control de Lera?

—Tarde o temprano, sí —dijo Em—. Creo que si nos asociamos con el ejército de Lera tendremos la posibilidad de repeler a Olivia. Pero por ahora quisiera que hiciéramos un conteo de todos los ruinos. No estoy segura de cuántos tenemos en total, así que averigüémoslo. Después, si ustedes quieren, me gustaría empezar a investigar quién estaría de acuerdo con trabajar con el rey Casimir.

—¿Trabajar de qué manera? —preguntó Mariana al mismo tiempo que Gisela decía *No*.

Em la miró.

—¿No?

—No —repitió cruzando los brazos—. Ésa es mi respuesta a la pregunta de si trabajamos con Casimir: no.

—Tenemos que empezar a pensar a largo plazo —dijo Em tratando de que la desesperación no se reflejara en su voz. Si no podía convencer a los ruinos de ayudar a Cas, él estaría condenado—. ¿Vamos a regresar a Ruina?

—¿Y por qué no? —preguntó Gisela—. Es nuestro hogar.

Patricio frunció el ceño, una expresión que varios otros ruinos de la sala imitaron, y declaró:

—En realidad no, ya no. No queda nada. Nos quitaron nuestro hogar.

—Tendríamos que empezar todo desde cero —dijo Em—. Tomará años reconstruir siquiera la mitad de lo que teníamos.

—¿Estás sugiriendo que mejor nos quedemos aquí? —preguntó Mariana.

—Es una posibilidad. Pero si nos quedamos, tendremos que tratar con el rey tarde o temprano. Nada de esto es nuestro —dijo señalando con un gesto la casa en la que estaban—. Invadir una ciudad y robarse todo no es un plan a largo plazo.

—Olivia tiene un plan a largo plazo —dijo Gisela. Arqueó las cejas mirando a Em, retándola.

—Un plan que incluye matar a todo mundo —dijo Aren.

—Un plan que no incluye trabajar con alguien que asesinó a todas nuestras familias —dijo Gisela con brusquedad.

Em reprimió una oleada de pánico. Por lo menos la mitad de los ruinos de la sala estaba asintiendo con la cabeza para mostrar su acuerdo con Gisela.

—¿Qué los convencería? —preguntó veloz—. Si pudieran obtener del rey Casimir lo que quisieran, ¿qué le pedirían?

—Algunas personas han mencionado que el rey debería indemnizarnos —dijo Ivanna—, y no puedo más que estar de acuerdo. Nos lo quitaron todo.

—Bien —dijo Em—, eso es razonable.

—Quisiera a mis padres de vuelta —dijo Gisela—, pregúntale si puede darme eso.

—No podemos cambiar el pasado... —comenzó Em.

—No quiero dinero, quiero a mis padres —interrumpió Gisela.

—No estás siendo razonable —atajó Aren—. Em sólo está tratando de...

—¡Uno por uno! —Ivanna tuvo que gritar para que la oyeran. Gisela se recargó en la pared con cara de pocos amigos. El silencio se apoderó de la sala.

—¿*Y si renuncia al trono?* —preguntó Mariana finalmente.

Enseguida Em volteó a verla.

—¿Qué?

—Fue su familia la que nos hizo esto. Quizás alguien más debería gobernar Lera —y mirando a Gisela agregó—: ¿Eso te convencería?

—Tal vez —dijo Gisela encogiéndose de hombros.

—No creo poder pedir eso —dijo Em—, y ni siquiera estoy segura de que sea buena idea. Él nos apoya. Con un nuevo dirigente quizá no tengamos tanta suerte.

—Si es la única persona de todo Lera que nos apoya, esto no funcionará de cualquier manera —dijo Ivanna.

Em tragó saliva. Ivanna tenía razón.

—Es… hasta cierto punto… razonable —dijo Aren a regañadientes—. Debería haber consecuencias por lo que su familia nos hizo. Pero tal vez no necesita renunciar al trono por completo.

Gisela hizo un ruido de enojo.

—Podríamos pedir que se despoje al monarca de una parte de su poder —explicó Aren—, para que como rey tenga menos autoridad —y viendo a Gisela añadió—: eso sería un buen acuerdo, ¿no te parece?

Gisela sólo se encogió de hombros.

—¿Y creen que él aceptará? —preguntó Mariana.

—No lo sé —dijo Em.

—¿Tenemos manera de comunicarnos con él? —preguntó Mariana.

—Em podría ir al castillo —dijo Aren, y Em lo miró con sorpresa—. ¡¿Qué tiene?! En los establos alrededor de la ciudad hay muchos caballos, y llegar allá tomaría tan sólo medio día.

—¿Qué le voy a decir a Olivia? —preguntó Em.

Aren se sobó la nuca, pensativo.

—¿Quizá que vamos por más alimentos? ¿O por comida para los caballos? De hecho, creo que nos estamos quedando sin víveres —miró a Mariana en busca de confirmación y ella asintió—. Si Cas pudiera darte un carro lleno de alimentos, podrías volver y decir que lo robaste.

—Olivia sospechará de cualquier forma —dijo Gisela.

—Ya sospecha —aclaró Em.

—Tenemos que establecer un modo de comunicarnos con ellos. Puedes ir a entablar una conversación inicial con Cas y planear un modo de hablar en el futuro —dijo Ivanna—. Nada de esto importa si no están dispuestos a negociar con nosotros.

Em se sintió aterrada. Había sido ella quien había convencido a Cas de que regresara a Lera, cuando lo que él quería era renunciar al trono. ¿Ahora iba a decirle que querían despojarlo de su poder?

Miró a Gisela de reojo. *Olivia tiene un plan a largo plazo.* Si Em no actuaba, se arriesgaba a perder a los pocos ruinos que estaban de su lado.

—Iré a hablar con Cas —asintió con gravedad.

OCHO

Todos le mentían a Olivia.

Al menos, todos los que importaban.

Olivia se quedó viendo fijamente a su hermana. Em estaba en la cocina revolviendo una olla de sopa en la estufa. Mostrándose despreocupada, como si acabara de recordar algo y quisiera mencionárselo a Olivia, soltó:

—Voy a salir a buscar pienso para los caballos —lo dijo sosteniéndole la mirada a su hermana: siempre había sido buena para las mentiras—. A primera hora.

—Tú sola —Olivia no lo dijo en tono interrogativo.

—Usaré una capa, nadie me reconocerá. Y no necesito ayuda.

—Es un poco riesgoso para pienso, ¿no te parece?

—Necesitamos a los caballos, Liv. No voy a dejarlos morir de hambre.

Olivia exhaló con frustración.

—Está bien, ve —una parte de ella quería creerle a Em. Quizás era cierto que necesitaban pienso.

O quizá, probablemente, iba a ver a Casimir.

—No estaré fuera mucho tiempo. Si acaso un día.

—No hay problema —dijo Olivia con una indiferencia que en realidad no sentía—. ¿Por qué no le pides a Aren que te acompañe? —sonó a que la estaba poniendo a prueba. No podía ir con Aren, Olivia lo sabía, porque entonces, ¿quién la vigilaría a ella?

Em tuvo el decoro de mostrarse avergonzada y bajó la mirada.

—Sola estaré bien.

Olivia podía enviar a un ruino a seguir a Em. Si en ese momento le decía a Jacobo, velaría toda la noche tan sólo para asegurarse de sorprenderla en cuando saliera.

Pero Em no era ninguna tonta. Revisaría para cerciorarse de que nadie la siguiera, dado que ya no confiaba en Olivia.

La desconfianza era mutua.

Además, Olivia no necesitaba confirmar lo que ya sabía: su hermana era una traidora. Todavía no había descubierto qué tan grave era la traición de Em, pero con el tiempo se sabría, y a ella no le preocupaba su inútil hermana.

Aren, por otro lado...

De tan sólo pensar en Aren, Olivia tuvo que contener una oleada de enojo. Él se atrevía a usar sus poderes sobre ella, pero no era eso lo que en realidad la enfurecía.

Tomaba poder de los humanos. Podía usarlos para hacerse más fuerte... más fuerte que *ella*.

Y ella no podía hacerlo. Había capturado a algunos humanos para practicar con ellos, pero todos sus intentos habían fracasado hasta ese momento. Era exasperante.

Salió por la puerta, muy erguida. No, no había fracasado. Si seguía intentándolo, tarde o temprano descubriría cómo hacerlo.

—Esto ya casi está listo, si quieres cenar —le dijo Em a Olivia cuando ésta salió pisando fuerte.

—No tengo hambre —contestó ella, y azotó la puerta.

Con los ojos entrecerrados por el sol del atardecer, caminó dos cuadras hasta el juzgado de Westhaven. Era un edificio pequeño, semioculto tras unos árboles muy altos en medio de la calle Oak.

Dentro estaba silencioso, casi desierto. Jacobo estaba sentado con los pies apoyados sobre el escritorio en medio de la sala. Se levantó de un salto cuando Olivia entró.

—Olivia.

Le gustaba cómo decía su nombre. Su voz tenía un dejo de reverencia. Todos deberían decir su nombre de la misma manera.

—Hola, Jacobo —era varios años mayor que ella; tenía el cabello oscuro y una mirada muy dura. A pesar de su gesto de enfado, era apuesto. Antes de su secuestro no lo conocía bien, y tampoco al volver le prestó mucha atención, gracias a que estaba preocupada con Aren, el traidor.

Pero Jacobo estaba demostrando ser casi tan poderoso como Aren. Podía arrancar árboles de raíz y comandar vientos tan poderosos que derribarían una casa pequeña. Era un poder que de vez en cuando podía ser útil.

—¿Cómo están los prisioneros? —preguntó Em.

—Bien. Les di de comer hace una hora. Ester está con ellos ahora.

—No tienes que quedarte… no se van a ir a ningún lado —dijo Olivia. Después de todo, ella tenía las únicas llaves.

—Lo sé —dijo él y luego la miró a la cara. Había estado esperando el momento de verla.

Ella sonrió, complacida.

—Puedes irte. Te veo en la cena.

Sabía que él estaba decepcionado; últimamente había visto varias veces esa expresión en su rostro, mientras él se empeñaba en demostrarle su valía.

No era que no le simpatizara: sólo que ya no confiaba en él... ni en nadie. Las dos personas en las que más confiaba del mundo, Em y Aren, la habían traicionado. Ya no podía contar con nadie más que consigo misma.

No le importaba. No había necesidad de depender de nadie más. Ella era la ruina más poderosa sobre la tierra.

Jacobo salió del edificio y sus pisadas se fueron perdiendo a lo lejos. Olivia caminó por el pasillo y se deslizó por la puerta. La cárcel sólo tenía seis celdas, tres a cada lado, y a juzgar por su impoluto aspecto, no se usaban muy a menudo. Cada una tenía una pequeña cama, un lavamanos, un escusado y barrotes perfectos para que los humanos se quedaran justo en donde ella los quería.

El hombre a su izquierda se echó atrás contra la pared al verla entrar. Llevaba el brazo en un cabestrillo. Una ruina, de nombre Ester, estaba sentada en el suelo frente a la última celda con la mirada fija en el hombre ahí encerrado.

—¿Qué haces? —preguntó Olivia.

Sin volverse, Ester dijo:

—Practicando. Estoy tratando de hacer que él vea el océano —y sacudiendo la cabeza y agitando su negra y corta cabellera, agregó—: No, no nada más verlo: *sentirlo*, olerlo.

Olivia caminó hasta la celda para ver al hombre, echado en el suelo con los ojos hacia el techo. Parpadeó lentamente y se puso a temblar.

—Creo que a ése ya lo agotaste —dijo Olivia—. Su mente no se recuperará si no te detienes.

Ester suspiró y se puso en pie.

—Tienes razón.

—No es que me importe, pero sé que tú preferirías seguir practicando. Y no podrás hacerlo si lo vuelves loco.

Ester sonrió y tocó por un instante el brazo de Olivia al pasar junto a ella. No mostraba la misma devoción que Jacobo, pero Olivia sabía apreciar su desdén por los humanos. Ester desapareció por la puerta y Olivia se sentó frente a la celda central. Había una mujer en el suelo, hecha un ovillo, mirando fijamente a Olivia, pero no se movió.

—Ven acá —dijo ésta.

La mujer vaciló, pero sólo por un momento. Se enderezó y con dificultad se acercó a la puerta de la celda, para después dejarse caer en el suelo. Tenía la piel debajo de los ojos estropeada por unas oscuras ojeras.

—El brazo —ordenó Olivia.

La mujer lo pasó por los barrotes. Olivia lo tomó y lo acercó a ella de un tirón. La mujer dio un grito.

Olivia puso las dos manos sobre su brazo y lo agarró con fuerza. Nada. Apretó un poco más. Nada. Sentía cómo latía el corazón de la mujer, podía ubicar con exactitud cada uno de sus huesos, sentir cómo la sangre corría por sus venas. Podía matarla con una veloz mirada. Sin embargo, no podía descubrir cómo usar a los humanos para avivar su propio poder.

Soltó el brazo.

—¿Estás toda rota? ¿Qué te pasa?

Porque, desde luego, el problema no podía ser de Olivia. Si Aren podía hacerlo, ella también. Y *tenía* que ser capaz de hacerlo.

Olivia nunca lo reconocería ante Em, pero su hermana tenía razón en considerar que su plan era *riesgoso*. Eso, de hecho, era una manera amable de decirlo; *insensato* habría sido más apropiado. Era casi imposible conquistar diez ciudades de Lera con tan sólo un puñado de ruinos.

Pero no *completamente* imposible. No, si aprendía a extraer fuerza de los humanos, de la misma manera en que Aren lo hacía. Entonces nada ni nadie podrían detenerla.

Se puso en pie de un salto, salió del cuarto pisando fuerte y caminó por el pasillo. Seguro había algún truco. Se había prometido que no le dirigiría la palabra a Aren, y mucho menos le pediría ayuda, pero tenía que saber cómo lo hacía.

Recorrió la calle Market a grandes zancadas; algunos ruinos estaban sentados a las mesas frente a la panadería. Jacobo estaba con Carmen y cuando la vieron acercarse, dejaron de hablar.

—¿Han visto a Aren? —preguntó.

Carmen hizo un gesto de disgusto. Ella, como Aren, podía controlar y arruinar el cuerpo, y en la última semana había dejado ver con toda claridad el desdén que sentía por él. A Olivia no le impresionaban los poderes de Carmen, pero sí agradecía su actitud.

—Creo que está en los jardines —dijo Carmen.

Olivia se dio la media vuelta y se dirigió al pequeño terreno cercano al parque. Al acercarse a la verja alcanzó a ver a Aren de rodillas arrancando la maleza entre las verduras.

—¿Qué estás haciendo? —le preguntó.

Aren se recargó en los talones, se secó el sudor de la frente con el antebrazo y volteó a verla.

—¿Qué te parece que estoy haciendo?

—¿Y por qué estás deshierbando el jardín de los humanos?

—Me ayuda a no arrancarte a ti la cabeza —dijo mirándola a los ojos, en actitud desafiante.

La rabia le oprimía el pecho. De ella se esperaba que fuera una heroína de los ruinos y Aren tenía el atrevimiento de hacerla sentir como si estuviera haciendo algo *malo*. Como si fuera la mala, sólo porque a ella no le agradaba la gente que había asesinado y desterrado a su gente.

—Dime cómo lo haces —exigió.

—¿Qué?

—Los humanos. ¿Cómo sacas su energía?

Él se encogió de hombros.

—No lo sé. Sólo ocurrió un día con Iria.

—¿Nada más con ella? ¿Lo has intentado con alguien más?

Aren siguió con lo que estaba y arrancó otro hierbajo de la tierra.

—No es la única. Funcionó con otros.

Olivia, enfadada, pateó una piedra. Una parte de ella había estado deseando que fuera Iria la especial, no Aren.

—Dime cómo lo haces.

—Ya te dije que no sé —se apoyó en los talones y la miró a la cara para añadir—: Pero si lo supiera, jamás te lo diría.

Olivia cerró los puños. Su magia ruina ardía en sus venas y la dejó salir. La mano de Aren se alejó de la maleza y en un movimiento hacia atrás se dio a sí mismo un puñetazo en la cara.

Aren le dirigió a Olivia una mirada cargada de veneno. Ella, con aire de petulancia, se dio la media vuelta.

Todo su cuerpo se quedó paralizado. Ningún hueso ni músculo estaban ya bajo su control.

—Ten cuidado, Olivia —le advirtió Aren.

Un estremecimiento recorrió su espalda cuando él la liberó. Quería voltear y fulminarlo con la mirada, quizá romperle la nariz, pero le preocupaba que su rostro reflejara su impresionado estado. No habría podido controlar todo el cuerpo de Aren. Tan sólo manejar su mano había requerido un gran esfuerzo.

Pero él la había paralizado como si nada.

* * *

Aren miró a Olivia salir de los jardines dando fuertes pisadas. Esperó hasta perderla de vista y se puso en pie, tomó el saco de maleza y lo echó en la pila con el resto.

Emprendió el camino. Su casa estaba al oeste, lo cual no era una coincidencia. Al oeste estaba Olso, al oeste estaba Iria. No alcanzaba a ver Olso, por supuesto. Estaba a varios días de cabalgata por la selva, y luego se enfrentaría a una frontera sumamente vigilada.

Pero de cualquier manera, Iria estaba al oeste, y el día que llegaron él se dirigió hacia allá y casi siguió andando. Había hecho falta toda su fuerza de voluntad para no montar un caballo y dirigirse hacia allá. A esas alturas, ella seguramente ya estaba en la cárcel, y él había prometido salvarla. La salvaría.

Pero no podía pedirle a Em que le permitiera partir de Lera en ese momento. Ella lo necesitaba si pretendía impedir que Olivia matara a todo mundo. La prioridad de Olivia era hacerse con el poder en Lera; la de Em, detenerla. Sabía que Em quería que salvara a Iria, y ambos sabían que tenía tiempo. Olso no ejecutaba a la gente.

Aren pateó una piedra deseando haber protegido a Iria cuando había tenido la oportunidad. Si Olivia no los hubiera atacado a Iria y a él, habría tenido la fuerza para detener a los guerreros.

Si no hubiera sido tan estúpido de dejarla, quizá no se la habrían llevado. Iria estaba enojada con él por haber tratado de dejarla en Lera, y con toda razón. Si se hubiera quedado con ella, a lo mejor todo el tiempo habría estado a su lado.

Oyó unas risas que venían de la panadería y levantó la mirada. Ahí estaban Olivia y Jacobo con Ester, Priscila y algunos otros ruinos, lo que significaba que habían dejado solos a los humanos en el juzgado.

Rápidamente dobló una esquina, dio unas vueltas y tomó el camino largo al juzgado. Agarró cuatro manzanas del puesto de frutas que él mismo había reabastecido esa mañana. La calle Oak estaba vacía. Subió corriendo los escalones y entró al edificio. Estaba vacío, el escritorio en medio del salón, desocupado, y la puerta de la izquierda, entreabierta. Dio un paso y la empujó lentamente.

Seis celdas se extendían frente a él, cuatro de ellas estaban ocupadas. Una mujer a la izquierda y un hombre a la derecha. Dio un paso adelante. Otra mujer, otro hombre.

No había pensado qué decirles exactamente, así que nada más deslizó una manzana entre los barrotes de cada celda. La mujer al fondo estaba acostada, pero no se giró. Los otros tres humanos se le quedaron viendo con malevolencia. Una manzana no significaba gran cosa si estaban presos y Olivia amenazaba sus vidas todos los días.

De pronto sintió que le temblaban las piernas. Se desplomó en el suelo con la espalda contra la pared entre las dos celdas. Acercó las rodillas al pecho y recargó la frente en ellas.

Las lágrimas empezaron a rodar por sus mejillas. No podía rescatar a nadie. Ni a Iria ni a las personas encerradas en esas celdas ni a los ruinos aterrorizados por Olivia.

Era más fácil cuando odiaba a todo mundo, como la primera vez que rescataron a Olivia, cuando caminó a la frontera de Ruina con Em y con ella, y discutieron sus planes para los ruinos. Aren había pensado que nunca jamás volverían a ver a Cas, a Iria o a ninguno de ellos. Ahora no estaba seguro de cómo había logrado reunir tanto odio.

Trató de pensar en lo que su madre diría en esa situación. Quizá: *Tus dones sólo pueden llevarte hasta cierto punto. Usa tu cabeza.* O: *No puedes controlar las acciones de todos los que te rodean, pero puedes controlar cómo respondes.* O incluso: *Ten fe, Aren. Pon lo mejor de tu parte y al final todo se resolverá.* Nada de eso parecía oportuno. Hasta su parlanchina madre, inclinada a dar sermones, se habría quedado sin habla en esa situación.

—¿Eres Aren? —preguntó una voz de mujer.

Se secó los ojos con la mano y vio por encima del hombro a la mujer de la primera celda. Se había movido al extremo izquierdo, tal vez para poderlo ver. Estaba sentada en el piso con las piernas cruzadas, y la rabia de su rostro de hacía unos momentos había desaparecido.

—Sí —respondió. Volteó para verla de frente y preguntó—: ¿Nos conocemos?

Ella negó con la cabeza.

—Oí que ella te mencionó cuando hablaba con Jacobo. Dijo: "Ten cuidado con Aren: puede tratar de liberarlos".

Aren se restregó la cara.

—No puedo liberarte. Ellos tienen el único juego de llaves. Lo siento.

—Eres ruino —dijo mirando las marcas de su cuello—. Cuando dijo que podías intentar rescatarnos pensé que quizás eras humano.

—No todos los ruinos son como Olivia —dijo agarrándose de los barrotes—. Escucha: haz lo que ella quiera. Aquí las cosas están… tensas. Tal vez no estaremos aquí durante mucho tiempo. Si aguantas un poco más, puedo intentar sacarte de aquí.

La mujer recargó la cabeza en la pared.

—Honestamente, Aren, eso no inspira mucha confianza —dijo el hombre de la celda detrás de Aren, riendo sardónicamente.

—Lo siento —dijo, y las palabras se atoraron en su garganta. Quería decirle a la mujer que estaban trabajando para salvar todo Lera, que tenía que cuidarse de no provocar que toda la fuerza del enojo de Olivia cayera sobre ellos. Pero todo sonaba estúpido: no era excusa para dejarlos ahí a su suerte, y quizá condenados a morir.

—Lo siento —volvió a decir en voz baja. Se paró despacio—. ¿Necesitas algo? Puedo traer más comida si quieres.

—Otra cobija estaría bien —dijo la mujer—. De noche aquí hace frío.

—Para mí también —dijo uno de los hombres.

—Claro —dijo, aliviado de poder hacer algo por ellos. Salió del salón y dejó la puerta entreabierta.

Al lado encontró un cuarto con ropa de cama y tomó cuatro cobijas. Cuando regresó a las celdas, la mujer estaba en pie frente a sus barrotes, con la cabeza inclinada hacia delante, como si estuviera viendo si él volvería en verdad. Cuando lo vio, retrocedió unos pasos.

Aren le pasó una cobija por los barrotes. Ella vaciló un momento antes de tomarla y sus dedos rozaron ligeramente los de él.

—Gracias —dijo.

La impresión de ese contacto con la mujer vibró por todo su brazo. Su magia ruina se agitaba, casi como si quisiera que él se acercara más a ella.

Sin embargo, Aren retrocedió un paso. La mujer estaba viendo su propia mano como si también ella hubiera sentido algo. Lo miró con suspicacia.

Él enseguida repartió las otras cobijas y se alejó de las celdas. Las lágrimas ardían en sus ojos y se detuvo en cuanto estuvo afuera. Apoyó las manos en los muslos y respiró jadeante.

¿De qué servía ser el ruino más poderoso sobre la tierra si no podía salvar a nadie? ¿Si no podía salvar a Iria?

NUEVE

Golpeteando los dedos sobre el escritorio, Cas contempló al hombre que se encontraba sentado frente a él. Era muchos años mayor que Galo, quien estaba en pie a su lado. Se llamaba Jorge y tendría acaso cuarenta y tantos o cincuenta y pocos años. En su cabellera negra se asomaban algunos mechones grises a los lados. Había formado parte de la guardia del padre de Cas desde sus tempranos veinte, de acuerdo con Galo. Su rostro le resultaba familiar a Cas, aunque no recordaba haberse reunido. antes con él.

Cas no pensaba que su padre se hubiera tomado la molestia de elegir en persona al capitán de su guardia, pero él le dijo a Galo que quería conocer a todos los candidatos. En esos días confiaba en muy poca gente.

—Cuando trabajaba para mi padre, ¿adónde solían asignarlo? —preguntó Cas.

Jorge se enderezó en la silla y respondió:

—Los últimos años fui su protección personal cada vez que salía del castillo, su majestad. Cuando estaba aquí, yo barría sus aposentos todos los días y hacía guardia afuera.

—¿Qué cambiaría si se convirtiera en capitán de mi guardia?

—Haría que los guardias apostados fuera de su habitación se rotaran con más frecuencia porque luego se adormecen —dijo Jorge enseguida—. Formaría un pequeño comité privado para investigar a cada uno de los guardias. Algunos volvieron a estar de su lado después de que desterró a Jovita. Todos aquellos que no siempre fueron leales a usted deberían irse.

—¿Incluso si cambiaron de opinión? —preguntó Cas—. No es que ahora mismo tengamos un excedente de guardias.

—Un grupo pequeño pero ferozmente leal es preferible a un grupo grande sobre el que otros puedan influir. Y los nuevos guardias que estamos reclutando lo veneran: tiene usted una increíble reputación entre la gente de Lera, y por consiguiente tenemos a muchos interesados en ser guardias. Tendremos muchos reclutas nuevos para entrenar.

Cas se inclinó hacia delante y, recargando la barbilla en la mano, comentó:

—¿Una increíble reputación? Creo que está exagerando el cariño que me tiene la gente. Soy el rey que trata de convencerlos de que los ruinos no son peligrosos.

—No, su majestad. Temen a los ruinos y están confundidos, pero confían en usted. Piensan que es inmortal.

—¿Inmortal? —repitió Cas soltando una breve risa.

—Ha sobrevivido a varios atentados.

—Es cierto. Espero que a Jovita le llegue el rumor —rio, aunque con un dejo de amargura—. Si soy inmortal, ella nunca podría aspirar al trono.

Cas notó un movimiento en los labios de Galo. Había estado serio la mayor parte del tiempo a lo largo de las entrevistas para elegir al nuevo capitán de la guardia, pero se mostraba más relajado con Jorge, que era su principal opción, según informó a Cas.

—¿Debo suponer que está usted de acuerdo con mi política hacia los ruinos? —le preguntó Cas a Jorge.

—Así es, su majestad.

—¿Se da cuenta de que sinceramente espero que tenga contacto directo con Emelina Flores pronto, y a menudo, y que la proteja tal como me protege a mí?

—Sí.

—Bien.

Cas hizo algunas preguntas más sobre seguridad, y luego Galo acompañó a Jorge a la puerta.

—¿Quieres hablar con algunos otros guardias o ya tomaste una decisión? —preguntó Galo, parado frente al escritorio de Cas.

—Creo que debería ser Jorge.

—Coincido —respondió Galo sonriendo.

—¿Por qué no vas a quitarte el uniforme y nos vemos en el Salón Océano? Tengo una reunión y me gustaría que me acompañaras.

—¿La reunión con Violet y Franco? —preguntó Galo, a todas luces sorprendido.

—Y Danna y Julieta.

—¿Estás seguro?

—Estoy seguro.

Cas no tenía la certeza de qué papel debía cumplir Galo ahora que no era guardia, pero estaba encantado de tener a otra persona en quien confiar. Seguro que encontraría alguna función para él, y empezaría por mantenerlo a su lado durante las reuniones importantes.

Galo salió apresurado del despacho y Cas comió un poco del almuerzo que un criado le llevó. Luego se dirigió a la reunión seguido de unos guardias. Se detuvieron en la puerta del Salón Océano y él entró.

Ya estaban todos, incluso Galo, ahora vestido con pantalón negro y camisa azul claro. Todos se levantaron cuando entró Cas.

—Tomen asiento —dijo Cas mientras se sentaba a la cabecera de la mesa. Tenía a Violet de un lado y a Franco del otro. Junto a ellos estaban Julieta y Danna, y Galo en el extremo.

—Están muy serios —dijo Cas—. ¿Olivia atacó otra ciudad?

—No, su majestad —dijo Franco—. Parece ser que regresó a Westhaven después de haber matado a todo mundo en Fayburn.

—Es Jovita —dijo Violet con voz amable y ojos preocupados, y Cas ya sabía lo que iba a decir.

—Me envenenó —dijo—, ya lo comprobaste.

—Sí. Lo siento, Cas.

Se le fue el alma al suelo. En el fondo, lo sabía, pero tal vez una parte de él todavía albergaba esperanzas de que no lo odiara *tanto*. Ni siquiera había tenido la consideración de matarlo con sus propias manos: simplemente había mandado a alguien con sopa envenenada.

—¿Cómo lo descubriste? —preguntó Galo tras un breve silencio.

—Hablamos con algunos de los guardias —dijo Franco—. Con discreción. Y eso nos llevó a algunas personas en los refugios, que hablaron con nosotros después de que les aseguramos que no los juzgaríamos por traición. En realidad, ninguno de ellos participó, sólo conocían el plan —añadió rápidamente.

—Estamos recomendando despedir a un par de guardias, porque no nos dieron antes esa información —dijo Violet.

—Denle los nombres a Jorge —dijo Galo—. Él se ocupará de eso enseguida.

Violet asintió con la cabeza.

—Esta información no es nueva —dijo Julieta—. La mayoría de nosotros sospechábamos que era Jovita. Y mientras ella esté viva, representa una amenaza. Entendemos que usted no se opone por completo a darle muerte, su majestad.

El asunto fue planteado tan francamente que Cas parpadeó, sorprendido. Miró a Violet, quien se estaba mordiendo los labios frente a él. Seguramente ella les había informado que él había pedido que los soldados se ocuparan de Jovita.

—Eeeeh... —empezó, antes de darse cuenta de que no sabía qué decir.

—Nadie te lo reprocharía —dijo Violet en voz baja—. Ella es una amenaza para la seguridad de todos los que estamos aquí.

—¿Hay alguna noticia de su ejército?

—Está creciendo —dijo Danna—. Jovita es lista y resuelta. Todos sabemos de lo que es capaz; no podemos pasarla por alto. Con toda seguridad volverá a atacarlo, su majestad.

Esas palabras detonaron un recuerdo; Cas de pronto oyó la voz de su padre en su cabeza: *Imagínate si estuvieras solo con él. Mira de lo que es capaz.* Se lo dijo a Cas la noche en que capturó a Damian, mientras veían a los ruinos usar sus poderes elementales porque los estaban torturando. Cas recordaba haber preguntado quién era Damian y qué había hecho, y su padre sólo tenía una respuesta: era un ruino.

Con Jovita la situación era distinta: ella técnicamente había roto las leyes de Lera al tratar de usurpar el trono. Podía sentenciarla a muerte por traición y tentativa de asesinato y nadie se lo discutiría.

Pero ésa había sido siempre la solución de su padre. Estuviera asustado, enojado o indeciso, siempre tomaba la misma decisión: matarlos antes de que se convirtieran en una amenaza. Aun si Cas tenía una mejor razón que su padre, si las consecuencias podían acarrear la muerte, ¿en qué se diferenciaba de él?

Se escucharon unos murmullos tras la puerta, seguidos de pasos veloces. Cas instintivamente se puso rígido, esperando oír los ruidos de un ataque de Olso. Siempre, a la primera señal de que se avecinaban problemas, estaba atento por si los oía venir. Era posible que hubieran huido cuando los ruinos llegaron a Lera, pero no estaba convencido de que se hubieran ido para siempre.

—Espere aquí, su majestad —dijo Franco poniéndose en pie de un brinco y precipitándose fuera del salón. Galo se apostó frente a la puerta. Momentos después Franco regresó al cuarto como flecha, sin aliento y con los ojos muy abiertos.

—Dicen que Emelina Flores está en la verja. Sola.

Los guardias de la entrada principal miraban a Em con recelo. Ella no los reconoció pero evidentemente ellos sí sabían quién era ella. Se quitó la capucha para que no pensaran que estaba tratando de ocultarse.

El sol iba descendiendo tras una de las torres del castillo de Lera y a Em le sorprendió tener una sensación cariñosa mientras lo observaba. La golpeó el recuerdo de estar caminando con Cas por los pasillos mientras el sol se filtraba por los grandes ventanales.

Un hombre de cabello oscuro y aspecto familiar salió corriendo por la puerta. Era Galo.

—¡Abran las puertas! —ordenó.

Los guardias obedecieron de inmediato y abrieron la verja de hierro para dejar pasar a Em. La puerta era sencilla, pero nueva y reluciente: la habían reemplazado después de que los guerreros destruyeran la última. Ella dio un paso adelante.

Todo un desfile de guardias salió precipitadamente y en el rostro de Em se dibujó una sonrisa. Al centro, flanqueado por varios guardias, estaba Cas.

Se separó a toda prisa de los guardias y corrió hacia Em para abrazarla. Ella se reía entre sus brazos.

—¿Qué haces aquí? —preguntó sin soltarla—. ¿Pasa algo?

—No. Vine a hablar contigo. De manera oficial, como reina de los ruinos.

—¿Eso significa que debo dejar de abrazarte?

Ella hundió la cara en su cuello.

—No —dijo con voz sofocada.

Cas la siguió abrazando unos segundos más y cuando finalmente la soltó, se dio cuenta de que todo mundo los estaba viendo. Los guardias se habían quedado a su alrededor, y Galo, Violet y varias personas más los observaban desde la verja. Detrás de ellos, algunos empleados estaban apiñados en las escaleras, estirando el cuello para echar un vistazo.

—Ven —murmuró Cas tomándola de la mano. Los guardias marcharon detrás de ellos y entraron al castillo. Em advirtió que todos tenían una mano en la espada.

El personal se hizo rápidamente a un lado para dejarlos pasar. Cas la llevó arriba, a una habitación en donde ella nunca había estado. Cas abrió la puerta y le hizo una señal con la cabeza para que entrara antes que él. Era un despacho.

—Por favor, esperen afuera —les dijo a sus guardias y cerró la puerta.

Cuando se volvió hacia Em, ésta ya había olvidado para qué había ido. Se le habían olvidado Olivia y los leranos del otro lado de la puerta. El mundo se había reducido a Cas, a esa sonrisa, a esa mirada.

Le echó los brazos al cuello y lo besó con toda la energía acumulada de las semanas anteriores. Aspirando hondo, Cas pegó su cuerpo al suyo y abrió los labios. Ella le tomó algunos mechones, él la agarró por la blusa, ella se derritió en él.

No había planeado quedarse ni siquiera una noche en el castillo, pero volver a estar en sus brazos dificultaba el pensamiento racional. Si en ese momento él le hubiera preguntado si se quedaría para siempre, ella tal vez habría dicho que sí.

Él se separó, sólo un poco, y ella aspiró profundo preparándose para hablar. Él sacudió la cabeza, apretó sus labios contra los de ella, luego contra la mejilla, luego contra la barbilla.

—No —farfulló Cas.

—¿No?

Él le besó el cuello y los dedos de Em volvieron a agarrarle un mechón.

—Lo que sea que vayas a decir, no. Todavía no.

Ella sonrió cuando él volvió a besarla, y así se quedaron tanto tiempo que ella estaba un poco mareada cuando finalmente se separaron. Él acabó despeinado y ella le acomodó el cabello riendo. Él la tomó de la mano y le besó el dorso de la mano.

—Te juro que sí vine a hablar contigo —dijo Em.

—Era peligroso que vinieras, ya lo sabes. Ahora que estás aquí, puede ser que ya nunca te deje ir.

—Eso era lo peligroso, ¿cierto? —rio Em.

—Sí. Tenlo presente para la próxima.

La besó una vez más; luego se soltó y atravesó con ella la habitación hacia las sillas que estaban junto a la ventana. Le hizo una señal para que se sentara y él tomó asiento frente a ella.

Se inclinó hacia delante y la tomó de las manos.

—¿Cómo está Olivia?

—Igual. Lo siento por la gente de Fayburn. Lo habría detenido si hubiera podido, pero…

Tragó saliva, incapaz de verlo a los ojos.

Cas apretó sus manos.

—Lo sé —y rio, pero no porque estuviera divertido—. En verdad, lo sé.

—¿Qué quieres decir con eso?

—Jovita. Está organizando un ejército contra mí, quizá también contra ti. Estamos vigilándola.

—Supongo que era de esperarse.

Él se reclinó y le soltó las manos. Se ensombreció su expresión y ella esperó, creyendo que a continuación le diría lo que estaba pensando, pero pasó el momento, él sonrió y cambió de tema.

—Dime por qué viniste. Ya sé que la principal razón fue besarme, pero ¿para qué más?

—Vine a discutir contigo alguna manera en que los ruinos y la gente de Lera puedan vivir juntos.

—¿Los ruinos están dispuestos a eso? —preguntó Cas.

—¿Y los leranos?

Él apartó la mirada rápidamente.

—Estoy trabajando en eso.

—Lo sé. Yo también. Hablé con los ruinos sobre lo que haría falta para que ellos se quedaran aquí en Lera, para ayudar a protegerte de Olivia.

—¿Qué haría falta?

—Hablamos de alguna indemnización: dinero para empezar a reconstruir una vida.

—Por supuesto.

Ella juntó las manos. Nunca antes había estado tan nerviosa de hablar con Cas. El corazón le retumbaba en el pecho.

—Ellos... Nosotros creemos que lo mejor es quitarle a la monarquía un poco de su poder.

Cas no respondió enseguida. Sólo se quedó mirándola con expresión impenetrable.

—¿Cuánto poder? —preguntó al fin—. ¿Y entonces qué haría yo como rey exactamente?

—Eso podríamos resolverlo juntos. Estoy aquí para averiguar si te prestarías a esa discusión en un momento dado y para planear una manera en que podamos comunicarnos en el futuro.

—Sí me prestaría a eso —respondió, pero había renuencia en su voz.

—¿Qué pasa? —preguntó Em.

Cas volteó a ver por la ventana.

—Cuando estábamos en Westhaven mencioné que iba a renunciar al trono de Lera y me dijiste que era la cosa más estúpida que hubieras oído: aseguraste que debía quedarme y mejorar las cosas.

—Lo sé. Y todavía puedes, pero creo que su petición es razonable. Estamos en esta situación porque tu padre tenía un poder ilimitado.

—Yo no soy mi padre —lo dijo bruscamente y con mirada desafiante—. De hecho, estoy esforzándome mucho en no ser como él.

Em se inclinó hacia delante y lo tomó de las manos.

—Eso yo lo sé, pero los ruinos no. No tienen ninguna razón para confiar en ti, salvo mi palabra, y en mí no confían tanto. No todavía, al menos.

Él, suspirando, entrelazó sus dedos con los de ella.

—Incluso si yo aceptara, no estoy seguro de que mis consejeros lo hicieran. Ahora mismo atravesamos una situación delicada.

—Entonces reunámoslos y hablemos de eso. Necesito saber si está completamente descartado, para que podamos... —dejó que su voz se fuera apagando. No sabía qué harían a continuación. ¿Regresar a Ruina? ¿Dejar que Olivia le arrebatara el país a Cas?

Éste caminó hacia la puerta a grandes zancadas y volteó a verla:

—Reuniré a algunos de mis consejeros. ¿Pido que te traigan algo? ¿Tienes hambre?

—No, estoy bien.

Cas asintió con la cabeza, salió y cerró la puerta, dejando sola a Em.

DIEZ

Galo levantó la mirada al oír que llamaban a la puerta. Atravesó el dormitorio y la sala, y abrió la puerta para encontrarse con Cas. Reprimió una sonrisa: Cas fácilmente podría pedirle a alguien que fuera a buscarlo, pero era ya la tercera vez que iba a su habitación.

—¿Ya se fue Em? —preguntó Galo deteniendo la puerta para que Cas entrara.

—No —cerró la puerta y se recargó. Cerró los ojos por unos momentos y la sonrisa se desvaneció de su rostro. Evidentemente, algo estaba mal.

—Voy a llevar a algunos consejeros a la reunión con Em. Deberías venir.

—¿Sí?

—Claro. Quiero tu opinión.

—Te la daré con gusto —dijo Galo, que se debatía entre sentirse halagado y no querer ni pensar en otra reunión incómoda. Seguramente, Violet, Franco, Julieta y todos los demás suponían que él estaba ahí porque era amigo de Cas. No tenía la experiencia ni el título de ninguno de ellos.

Cas no se movió de la puerta.

—¿Pasa algo? —preguntó Galo.

—Me estoy dando cuenta de que quizá fui demasiado optimista.

—¿Acerca de qué?

—De todo. Los ruinos, mi matrimonio con Em... Creo que fui un estúpido.

—No eres ningún estúpido.

—Entonces, poco realista.

—Tal vez —dijo Galo tras un breve silencio—, pero nunca pensé que llegaríamos hasta aquí. Creo que tu optimismo es una ventaja, no un lastre.

Cas suspiró y volvió a cerrar los ojos. Se quedó así por varios segundos, como si estuviera haciendo acopio de valor antes de volver a salir.

Finalmente abrió la puerta y le hizo a Galo una señal para que lo siguiera. Cas le dijo que lo vería en el Salón Océano y caminó hacia su despacho.

Cuando Galo entró al salón, todas las cabezas se volvieron hacia él. Era el mismo grupo de antes: Violet, Franco, Julieta y Danna.

Pocas veces había estado ahí y casi se le había olvidado lo imponente que era el lugar, con sus grandes ventanales con vista al mar. Era el atardecer y el salón estaba bañado por una cálida luz naranja. Las reuniones que tenían lugar ahí eran privadas, y hasta ese día él siempre había estado del otro lado de la puerta.

Caminó hacia la larga mesa en medio del salón y jaló una silla junto a Julieta. De repente, todos se pusieron en pie. Cas y Em estaban entrando.

Em sonreía a cada persona y cuando su mirada se cruzó con la de Galo, no la apartó. Apenas si se conocían: lo único que los conectaba era su mutuo cariño por Cas, pero él se dio cuenta de que no le provocaba la incomodidad que sentía antes cada vez que la veía. La primera vez que llegó al castillo le cayó bien, tan sólo porque a Cas parecía caerle bien, hecho que lo había sorprendido. Él había creído que a Cas le tomaría algunos meses encariñarse con su nueva esposa, pero unos cuantos días habían sido suficientes. Quizá se había precipitado por el hecho de que Em le había salvado la vida, pero Cas no solía encariñarse tan rápido con la gente.

Luego Galo la odió cuando se había revelado quién era en realidad —y ella le había dado un puñetazo en la cara al salir del castillo, cosa que no había ayudado. Le dijo a Cas que parecía que Em lo quería, pero eso había sido un poco iluso de su parte. Em le desagradaba más de lo que dejaba ver.

Y entonces Cas confió en Em, ella le había salvado la vida cuando lo envenenaron y no había permitido que abdicara el trono por ella. En algún punto, en medio de todo eso, él había dejado de odiarla.

—Gracias por reunirse conmigo —dijo Em cuando Cas y ella tomaron asiento.

Cas estaba en la cabecera y Em a su lado.

—Por supuesto —dijo Franco.

—Em y yo estábamos discutiendo algunas cosas y pensé que lo mejor sería que ustedes también escucharan —dijo Cas. Expectante, volteó a ver a Em, y ella rápidamente apartó su mirada. Galo habría notado que las cosas estaban tensas entre ellos aun si no hubiera sabido que Cas estaba alterado.

Em se enderezó en la silla.

—Los ruinos quisieran quedarse en Lera. Ruina está destruida, hay escasez de alimentos... y de todo. Seré franca con ustedes: Olivia piensa lo mismo. Planea quedarse, pero pretende tomar ciudades por la fuerza.

Danna se removió nerviosa en el asiento.

—Planea invadir ciudades una por una, hasta que todos los humanos lleguen huyendo hasta aquí, a Ciudad Real. Ya empezó.

—Con Fayburn —dijo Violet.

—Sí. No pude detenerla y no creo poder hacerlo en el futuro, a menos que los ruinos y los leranos trabajemos unidos. Para que eso pase, sin embargo, los ruinos tienen algunas condiciones.

—¿Qué condiciones? —preguntó Violet.

—Espera —interrumpió Danna—. Cuando dices que los ruinos y leranos trabajen unidos, ¿te refieres a que juntos combatiremos a Olivia?

—Sí, y a los ruinos leales a ella. No quería que llegáramos a eso, pero... —Em fijó la vista en la mesa y su voz fue apagándose.

—¿Cómo lo haremos? —preguntó Danna.

—Los ruinos serán una ayuda importante —dijo Em—. Estamos averiguando cuántos ruinos se pondrían de mi lado, pero tengo a treinta asegurados y creemos que alcanzaremos al menos sesenta cuando terminemos de hablar con todos. ¿Tienen algo de flor debilita?

—No creo —dijo Cas y, mirando a Galo, preguntó—: ¿Tenemos?

—No. En la fortaleza teníamos un poco, pero aquí no.

—En Ruina hay campos de debilita —dijo Em—, y no hay nadie en ese lugar que les impida a ustedes tomarla.

—¿Hay alguien a quien podamos enviar? —le preguntó Cas a Galo.

—Creo que sí. No serían muchos, pero un grupo pequeño podría viajar más rápido.

—¿Vale la pena? —le preguntó Cas a Em—. ¿La debilita le hace siquiera algún efecto a Olivia?

—Apenas, pero sí la vuelve más lenta y, por supuesto, les hace daño a los otros ruinos. Podríamos cubrir los escudos con debilita, ponerla en collares como hacía tu madre, incluso coserla en la ropa. Lo recomendaría, independientemente de nuestro acuerdo —dijo Em—, porque Olivia sí vendrá a perseguirlos.

—Entonces mandaremos a alguien de inmediato —respondió Cas—. Ahora dinos cuáles son sus condiciones.

—Queremos que nos indemnicen —dijo Em—. Casas para sustituir las que se perdieron, dinero para empezar a reconstruir una vida.

Todas las cabezas giraron hacia Cas.

—Creo que es razonable —dijo—, pero no es ésa la condición que les va a importar, Em.

—Quieren que a la monarquía se le quite una parte de su poder —dijo ella.

—No —dijo Violet enseguida. Cas la miró con sorpresa y ésta agregó—: de ninguna manera. La gente te quiere.

—Estoy de acuerdo —dijo Julieta—. Jovita acaba de tratar de quedarse con el trono y tal vez vuelva a intentarlo. Quitarle poder al monarca en este momento podría ser desastroso.

—Los ruinos no los ayudarán si no hay castigo para Cas —dijo Em.

—¿Crees que Cas debería ser *castigado*? —preguntó Violet.

—Yo no soy del todo inocente —interrumpió él—. Ni siquiera intenté jamás evitar que mi padre atacara a los ruinos.

—¿Estarías de acuerdo con eso? —exclamó Violet.

—Tal vez sí —respondió Cas suspirando.

—Jovita estará encantada —protestó Julieta.

—¿Por qué es necesario castigar a Cas pero no a ti? —le preguntó Violet a Em—. Tú destruiste nuestra alianza con Vallos cuando asesinaste a su princesa. Tú encabezaste el ataque que mató a la mitad de la gente de este castillo, ¿pero ahora resulta que es Cas quien tiene que pagar por sus acciones?

Em miró a Violet con aire de gravedad, casi carente de emoción. Galo no creía que a Cas le gustara particularmente la capacidad de Em para hacer a un lado la emoción y actuar con sentido práctico, pero a él sí le parecía admirable.

—Queremos entrar en negociaciones con ustedes —dijo Em—. Si una de sus condiciones es que también a mí se me tiene que quitar algo de poder, llevaré esa propuesta a los ruinos.

—No creo que ésta sea una negociación si tu ofrecimiento inicial es convertir a Cas en una especie de figura decorativa —dijo Franco.

—No era ése nuestro ofrecimiento inicial. Yo logré que lo moderaran: ellos querían que Cas abandonara el trono, de hecho.

Galo miró a Cas. Hubo un tiempo, apenas unas semanas antes, en que Cas con gusto habría abdicado al trono: le había hecho ese ofrecimiento a Em. Pero Galo sospechaba que Cas ya no estaba tan dispuesto. Había luchado arduamente para recuperar el trono cuando estaba en manos de Jovita y se había ganado el respeto de su gente.

Violet suspiró largamente.

Em volteó a ver a Franco.

—¿No te opusiste tú a la decisión del rey Salomir de atacar a los ruinos?

—Sí —respondió Franco.

—Pero al rey no le importó. Si limitamos el poder de la monarquía, eso no volverá a ocurrir. Otras personas participarán también en las decisiones. ¿Qué tiene eso de malo?

—¿Qué otras personas?

—Estábamos pensando en representantes electos, ruinos y leranos. Tendrían ciertos poderes que la monarquía no. Podrían invalidar decisiones del rey o la reina.

—Cas no toma decisiones unilaterales como lo hacía su padre —dijo Franco—. No es lo mismo.

—Claro, pero no puede garantizarse que con el siguiente monarca, o con el que a éste le siga, vaya a ser igual. Esto no se trata nada más de Cas o de mí: se trata del futuro de nuestros pueblos.

Franco golpeteó en la mesa como si estuviera considerándolo. Cas llamó la atención de Galo; éste inclinó la cabeza y se encogió ligeramente de hombros. Encontraba sentido en lo que Em decía.

—Danos un tiempo para pensarlo —le pidió Cas a Em—. ¿Puedes regresar después de que hayamos tenido tiempo de discutirlo?

—No sé si pueda volver a salir sin que Olivia sospeche —dijo Em—. Esperábamos que pudieran enviar un mensajero. Alguien en quien confíen no sólo para mandar mensajes sino para tratar con nosotros y tomar decisiones de poca importancia. Dejemos claro que será increíblemente peligroso, eso sí. Haré todo lo que esté en mis manos para proteger a quien envíen, pero no siempre puedo controlar a Olivia. Quien vaya tendrá que hacer todo lo posible por eludirla.

—Así como lo planteas, no es muy convincente —dijo Franco frunciendo el ceño.

—Lo sé, pero si vamos a comunicarnos sobre las negociaciones y mi plan de detener a Olivia, necesitamos una manera de comunicarnos.

—¿Cuál es tu plan para detener a Olivia? —preguntó Julieta.

—Todavía no lo tengo —dijo Em en voz baja.

—Maravilloso —refunfuñó Violet.

—Podemos enviar a un mensajero —dijo Cas fulminando a Violet con la mirada—, pero tiene que ser un voluntario. No me siento bien al decidir a quién asignarle esta tarea. Tendría que ser alguien en quien confiemos y a quien no le den miedo los ruinos.

Cas vio a Galo de reojo. Éste observó cómo a Cas se le ocurría la idea al mismo tiempo que a él, pero Cas negó discretamente con la cabeza.

—Estaba pensando en acudir primero a los soldados; quizá la general Amaro tenga algunas ideas —dijo Cas rápidamente.

Galo no oyó la respuesta de Danna: era una misión insensata, la probabilidad de que alguien se ofreciera como voluntario era exigua en el mejor de los casos. Todo mundo sabía que Olivia mataba a cualquier humano que estuviera cerca, ¿por qué alguien querría hacerlo por voluntad propia?

—Yo lo hago —dijo Galo.

Todas las cabezas se volvieron hacia él. Em parpadeó sorprendida.

—Yo lo hago —repitió.

—No, tú no puedes... —dijo Cas y la voz se le fue apagando como si no se le ocurriera alguna razón por la que Galo no pudiera.

—Debo ser yo —dijo Galo—. Ya conozco a algunos ruinos, conozco a Olivia. Algunos de los soldados sólo la han visto a lo lejos y ni siquiera sabrán a quién eludir —sus palabras fueron en parte para convencerse a sí mismo. Necesitaba ayudar en algo y una manera de demostrar que, de hecho, sí era bueno para algo que no fuera blandir una espada. Era la oportunidad ideal.

—En eso tiene razón —le dijo Em a Cas—, y Aren ya conoce a Galo. Aren no se fía de los nuevos humanos; agradecerá que sea alguien en quien ya sabe que puede confiar.

Galo trató de no poner mala cara. Aunque Em se había ganado su simpatía, no podía decirse lo mismo de Aren. Él se había mostrado frío y reservado con la guardia de Lera, y en Vallos se había mostrado pesado y engreído.

Cas se tronó los nudillos mientras reflexionaba. Naturalmente, no quería que Galo se fuera, y tenía el poder de ordenarle que se quedara.

—¿Estás seguro de que quieres ir? —le preguntó a Galo en voz baja.

—Sí.

—Entonces debes ir —a Cas se le escapó un suspiro pero le sonrió a Galo—. Prepárate para partir en unos días. No empaques muchas cosas: parte del camino tendrás que hacerlo a pie.

—Te haré un mapa del lugar en donde puedes esperarnos —dijo Em—. Está a las afueras de la ciudad. Aren o yo iremos todas las tardes ahí para saber si ya llegaste.

Galo trató de no hacer una mueca. Aren era la mejor elección si se trataba de protegerlo. De hecho, si quería mantenerse a salvo en Westhaven, tal vez no tendría que alejarse de él ni un momento. Qué desafortunado.

De pronto se le ocurrió que no había preguntado cuánto le tomaría llegar a Westhaven. Ni siquiera sabía cuánto tiempo estaría yendo y viniendo; podrían ser meses.

Me preocupa que te vayas. La voz de Mateo cruzó por su mente y entonces se dio cuenta de que no había cumplido su promesa.

Todo mundo estaba levantándose, dejando a Cas y a Em solos, y él rápidamente se puso en pie.

—Galo —dijo Em. Él giró para quedar frente a ella—: gracias, en verdad.

Él asintió con la cabeza y se dio cuenta de que había una razón más grande para hacer eso, más importante que sus ganas de demostrar algo. Los ruinos necesitaban ayuda y él nunca había hecho nada por auxiliarlos.

Se dio media vuelta y salió del salón, bajó las escaleras y se dirigió a los cuartos de los guardias. Tocó a la puerta de Mateo y le abrió Lawrence, su compañero de habitación.

—Está en su turno —dijo Lawrence antes de que él pudiera pronunciar una palabra—, pero debe estar a punto de acabar —y tomando su chaqueta de la cama, agregó—: si quieres, puedes esperar. Yo ya me iba.

—Gracias —dijo Galo, y entró.

Lawrence salió y cerró la puerta.

Galo se sentó en la cama de Mateo y se puso a ensayar lo que iba a decir.

Necesitan mi ayuda.

No hay nadie más que lo haga.

De cualquier manera, no tengo nada que hacer.

La última no le haría gracia a Mateo. Era culpa del mismo Galo no tener nada que hacer y contar con tiempo libre para ir de un lado a otro con los ruinos.

Se abrió la puerta, entró Mateo. Cuando vio a Galo sentado en su cama, una sonrisa se dibujó en su rostro.

—¡Hola! Iba a subir a buscarte en cuanto me cambiara de ropa —se agachó y le dio un rápido beso, luego fue al armario que estaba contra la pared y empezó a desabotonarse la chaqueta—. Oí que Emelina está aquí. ¿La viste?

—Sí, la vi. Cas me llevó a una reunión con ella.

Mateo aventó su chaqueta en el bote del rincón y se dio media vuelta con las cejas levantadas.

—¿Qué tal estuvo?

Cas tragó saliva.

—Este…

—¿Qué? ¿No me puedes decir?

—No, no es eso. Nada más que… —aspiró hondo—. Me ofrecí de voluntario para hacer algo.

A Mateo se le descompuso el rostro, como si ya supiera que no le iba a gustar.

—¿Qué cosa?

—Necesitan un mensajero que viaje de aquí a Westhaven: alguien que pueda quedarse varios días con los ruinos, y que luego regrese y cuente lo que está pasando.

—Westhaven —repitió Mateo—. Olivia mató a todo mundo en Westhaven.

—Mucha gente se salvó.

—Mucha gente *no* se salvó —levantó las manos y agregó—: En este momento, ninguna persona sensata se atrevería a acercarse a Westhaven.

—Em tiene un plan. Ella puede proteger…

—¿Cuándo ha podido Em evitar que Olivia mate a alguien? —interrumpió Mateo.

—No es justo. También Aren estará ahí y, de hecho, él sí puede detenerla.

—¿En serio confías en que ese patán te proteja?

—Sí —dijo Galo—. No es mi persona favorita, pero ha demostrado que nos protegerá a todos.

Mateo se le quedó viendo unos momentos.

—¿Y Cas te va a permitir hacer eso?

Galo no intentó ocultar el destello de enojo que sentía. Él no necesitaba que Cas *le permitiera* hacer nada. Cas era su rey, y su amigo, pero no controlaba lo que Galo hacía.

—Yo lo decidí —respondió con brusquedad.

A Mateo le tembló la mejilla con ese gesto que siempre hacía cuando estaba enojado.

—¿Cuánto tiempo?

—No sé. Hasta que los ruinos vengan aquí. Es posible que vaya y venga por un tiempo.

—¿Por qué tienes que ser tú? ¿Por qué tienes que salvar a todo mundo?

—No tengo que salvar a todo mundo. Vi una oportunidad de ayudar y la aproveché.

Mateo soltó un largo suspiro y recargó un hombro en el armario.

—¿Y entonces por qué tienes que ser tú? —volvió a preguntar.

—No tengo que ser yo, pero quiero hacerlo.

—Y lo que yo quiera no importa.

Galo lo tomó de la mano. En verdad, quería que lo comprendiera, que lo abrazara y le dijera que estaba haciendo lo correcto, algo valiente.

—Claro que importa, pero en serio me gustaría que me apoyaras un poco en esto.

—No te voy a apoyar si estás haciendo algo estúpido.

Galo soltó la mano de Mateo y se quedó viendo el piso para ocultar su decepción.

—Está bien.

—¿Está bien?

Galo se puso en pie y abrió la puerta.

—No te pedí permiso.

Salió del cuarto y dejó que la puerta azotara detrás de él.

ONCE

Iria se llevó una cucharada de avena a la boca y la tragó intentando ignorar las miradas. Hasta los guardias que trabajaban en la cocina eran desdeñosos con ella. Sólo se le permitía salir de su celda para las comidas y hacer un poco de ejercicio, y las miradas cargadas de odio que le dirigían los otros presos no dejaban dudas de que sabían quién era ella.

Alguna vez, su mayor miedo había sido que la asignaran a alguna cárcel. Se convertían en carceleros los guerreros mediocres, los que apenas conseguían pasar el entrenamiento. Lo único peor era ser un interno: eso tenía el primer lugar en la escala de las vergüenzas.

El área de comedor estaba llena de largas mesas de madera con internos sentados en las bancas. La habitación era una caja gris cuadrada sin ventanas y con guardias apostados en cada pared. Iria estaba sola, a unos asientos de un ruidoso grupo de mujeres.

Sólo había comido un poco de la avena y la puso a un lado. Apenas comía desde hacía una semana, cuando había llegado a la Cárcel Central. La comida no era particularmente buena, pero el problema principal radicaba en lo difícil que le resultaba comer con el estómago hecho un nudo.

Un guardia en la puerta les gritó para que terminaran porque faltaban dos minutos para que se los llevaran de regreso a sus celdas.

Iria tomó su tazón y caminó hacia los botes de basura afuera de la cocina. Echó ahí lo que quedaba de su desayuno y depositó su tazón y su cuchara en el contenedor de platos sucios.

—¿Qué pasa? —dijo una guardia afuera de la entrada de la cocina, con los brazos cruzados—. ¿No te gusta? —señaló la avena que había desechado.

—Sólo es que no tengo hambre —balbuceó Iria y se dio la media vuelta.

Una mano agarró bruscamente la parte trasera de su blusa. Iria gritó al salir volando hacia atrás hasta pegar con el pecho de la guardia, quien le tapó la boca con la mano.

Iria sintió cómo el terror recorría su columna mientras la mujer la arrastraba hacia la cocina y atravesaba con ella la puerta. Los guardias tenían prohibido hacerles daño a los presos, a menos que fuera en defensa propia.

Parecía que ella era la excepción.

Iria se retorcía tratando de zafarse de los brazos que rodeaban su cintura, pero la mujer la sostenía con firmeza; sin soltarla, giró hasta que las dos quedaron viendo a la cocina. Había allí otros guardias, todos hombres. El que estaba justo frente a ella la miró con desdén.

—La famosa Iria Urbino —dijo. Tenía roto un incisivo; en cualquier otra circunstancia, a Iria le habría costado trabajo contener la risa cuando él hablaba. Ese día, el odio puro de la mirada del guardia no tenía nada de divertido.

—¿Es cierto que tú marchaste con el rey de Lera hacia Ciudad Real?

Ella sólo se le quedó viendo, porque una mano seguía tapando su boca. Todo mundo conocía la respuesta a esa pregunta.

El guardia dio un paso hacia ella y escupió en el suelo cerca de sus pies.

—Si tanto quieres a Lera y a los ruinos, deberían haberte castigado como a ellos. Ellos ejecutan a la gente por traición.

Al otro lado de la puerta, Iria escuchó a los presos apilando con rapidez sus charolas para regresar a sus celdas. El guardia del diente astillado alargó una mano; el hombre junto a él le tendió un enorme cuchillo de carnicero.

Iria gritó por debajo de la mano que tapaba su boca. Trató de sacudir los brazos pero otro guardia se unió a la mujer y sostuvo con firmeza sus muñecas contra su cuerpo.

El hombre blandía el cuchillo frente a su rostro.

—¿Sabes qué? No deberías venir a la cocina. Aquí pasan accidentes.

Arrojó el cuchillo al suelo. Iria gritó mientras un dolor punzante explotaba en su pie derecho. El mundo se oscureció.

Despertó en una habitación blanca. Olía a desinfectante. Al volverse vio una hilera de camas. Sentía el cuerpo pesado, la cabeza le daba vueltas, un dolor amortiguado latía en su pie.

Un hombre se inclinó sobre la mujer en la cama de al lado. Notó que Iria estaba observando y se había incorporado.

—¿Qué...? —le costaba trabajo formar las palabras.

—Te di algo para el dolor —dijo el hombre caminando hacia su cama—. Tuve que amputarte los dedos, pero aún conservas casi todo el pie. Si cambias los vendajes con frecuencia y mantienes limpia la zona, todo irá bien.

Una oleada de pánico la recorrió y despejó su mente. ¿*Casi todo*? ¿Aún conservaba *casi todo* el pie?

Levantó la cabeza. Sintió un fuerte mareo, pero se las arregló para echar una mirada al extremo de la cama. Tenía el pie cubierto de vendas blancas. No podía verlo.

—Vas a cojear, pero tampoco es que vayas a ir a ningún lado —dijo el doctor riendo entre dientes—. Está claro que no podrás salir huyendo.

Iria dejó caer la cabeza en la almohada con los ojos llenos de lágrimas.

DOCE

—¡Galo!

Galo se giró y vio a Violet corriendo hacia él por el pasillo con el cabello negro revoloteando detrás. Lo tomó del brazo.

—Ven conmigo —le dijo.

—¿Qué? —preguntó él echándose a correr con ella—. ¿Está bien Cas?

—Él está bien. Se trata de Jovita.

El nombre le provocó un estremecimiento de terror. En las últimas semanas, varias veces se había preguntado si no debía haber matado a Jovita cuando era evidente que Cas no lo haría. Ella les había fastidiado los planes en la fortaleza con facilidad, al convencer a todos de que Cas estaba loco y envenenarlo después. Era admirable, en un sentido espeluznante, y Galo tenía miedo de lo que pudiera hacer a continuación.

Violet se detuvo frente al despacho de Cas y tocó una vez antes de abrir la puerta y entrar. Cas estaba solo, sentado a su escritorio, y suspiró cuando vio la expresión de Violet. Empezaba a acostumbrarse a las malas noticias.

—Nos informan que Jovita y sus partidarios fueron vistos en Olso —dijo Violet.

Galo parpadeó sorprendido, pero Cas no parecía alarmado en lo más mínimo.

—Eso ya lo sabíamos, ¿cierto? —dijo éste—. Lo último que supimos fue que se dirigía a la frontera.

—Sí, pero eso no es todo. Iba con soldados de Vallos. Nos han llegado noticias de que el ejército de Olso se está organizando y uniéndose a las tropas de Jovita y de Vallos para lanzar un ataque.

—Quizá Vallos apoye a Jovita en el trono, pero Olso no tendría ningún interés en ayudarle a recuperar Lera —dijo Galo.

—No, no lo tendría —dijo Violet—. Puede que vengan a buscarnos, pero creemos que el rey August tiene tantas ganas de que los ruinos desaparezcan como Jovita. Tal vez se están asociando para atacarlos primero.

Galo hizo un gesto de dolor. Era un buen plan, desafortunadamente. Para August y Jovita sería mucho más fácil ocupar Lera si los ruinos ya no estaban. Podrían pelear entre ellos más adelante.

—¿Todavía están en Olso? —preguntó Cas.

—Eso fue lo último que supimos —respondió Violet, y señalando a Galo agregó—: pensé que deberíamos pedirle a Galo que lleve las noticias a los ruinos enseguida. Sé que no hemos tomado una decisión sobre la solicitud de Em, pero esto parece más apremiante.

—Coincido —dijo Cas, y viendo a Galo le preguntó—: ¿Puedes salir de inmediato?

—Por supuesto.

—Bien. Mientras tanto, quiero más soldados en la frontera. Necesito saber en qué momento cruzan a Lera y el tamaño de su ejército.

Galo salió apresurado del despacho y se dirigió a su habitación. Ya tenía sus cosas empacadas; tomó la bolsa y su chaqueta. Atravesó a toda velocidad el pasillo, con la bolsa balanceándose a sus espaldas. Esquivó a algunos empleados en su carrera para cruzar la cocina y salir.

Mateo estaba parado junto a la puerta de la cocina, de guardia, vestido con su uniforme. Su rostro se descompuso cuando vio a Galo. Sabía que él nunca lo molestaría mientras estaba trabajando, a menos que fuera importante.

—Me están mandando ahora mismo —dijo Galo jadeando.

—¿Qué? ¿Por qué?

—Las cosas tomaron un nuevo rumbo —no estaba seguro de cuánto podía contarle a Mateo, así que no dijo más.

—¿Te vas en este instante? ¿Ni siquiera podemos hablar de eso? —preguntó Mateo con el ceño fruncido por la frustración.

—No hay nada de que hablar. Tengo que…

—Platiqué con algunos guardias, y unos cuantos están dispuestos a ir —interrumpió Mateo—. No hay una buena razón para que tú…

—Hay una razón perfectamente buena —cortó Galo. Las palabras de enojo bullían en su interior y dio un paso atrás—. No puedo discutir sobre esto ahora mismo, me están esperando —se dio la media vuelta.

Mateo lo llamó pero no tenía permiso de dejar su lugar mientras estaba de guardia. Galo aceleró el paso.

Afuera lo esperaban dos soldados a caballo preparados para acompañarlo una parte del camino. También habían ensillado un caballo para él; rápidamente ató su bolsa a la montura y se subió.

—Vámonos —dijo, girando el caballo para alejarse del castillo.

* * *

Cabalgaron hacia el este por varias horas, hasta que llegaron al punto del mapa de Em donde había dicho que Galo debía continuar a pie. Se bajó del caballo y despidió a los soldados con un gesto de la mano mientras cabalgaban de regreso hacia Ciudad Real.

Según el mapa de Em, se encontraba como a una hora de Westhaven; caminó lentamente entre el pasto crecido, vigilando con atención sus alrededores.

Encontró el lugar donde debía esperar, en una zona densamente arbolada, no lejos de un riachuelo. En el reverso del mapa, una nota de Em decía que había escondido un saco de dormir bajo una roca; Galo lo encontró sin dificultad. Lo sacó y se desplomó sobre él.

El sol estaba bajo en el poniente y todo estaba callado, salvo por el viento que hacía susurrar las hojas de los árboles. Hacía tanto tiempo que no estaba solo —desde antes de que se convirtiera en guardia— que el silencio inmediatamente le provocó una oleada de pánico. Quizá Mateo tenía razón: era estúpido correr directo al peligro cuando acababa de escapar de él. Tenía que haber alguien más que pudiera hacer esto.

Ya era demasiado tarde para volver, pero sin duda podría haber quedado con Mateo en mejores términos. Al menos debería haberlo abrazado antes de partir. Si Olivia le arrancaba la cabeza, Mateo lo recordaría como un patán.

Llevaba una hora repasando todas las cosas que debía haberle dicho, cuando oyó unas pisadas. Ya prácticamente había oscurecido, pero se incorporó para intentar ver algo entre los árboles. Era Aren. De inmediato reconoció los hombros amplios y las rápidas zancadas. Galo había pasado mucho tiempo observándolo cuando fue guardia del castillo. Siempre daba la impresión de sentirse un poco mal y Galo había pasado mucho tiempo averiguando por qué.

Aren agachó la cabeza debajo de una rama. La sorpresa iluminó su rostro cuando vio a Galo.

—Aquí estás.

—Aquí estoy. Desde hace apenas una hora o algo así.

Aren se acercó metiendo las manos en los bolsillos. A Galo a veces se le olvidaba lo atractivo que era Aren; lo recordaba más bien insinuándole que había hecho un pésimo trabajo custodiando a Cas. Pero en verdad era guapo, con sus intensos ojos oscuros y una sonrisa que hacía pensar que era mucho más inocente de lo que era en realidad.

—¿Estuvo bien el viaje? —preguntó Aren—. ¿No hubo problemas?

Su sonrisa se desvaneció rápidamente y Galo se dio cuenta de que Aren parecía exhausto. Tenía grandes ojeras y estaba más delgado que la última vez que lo había visto.

—Ningún problema —dijo.

Aren se quedó ahí parado por un momento, visiblemente incómodo, como si estuviera buscando qué decir.

—Gracias por ofrecerte a hacer esto —dijo al fin en voz baja.

Sonaba sincero, y Galo sintió un dejo de culpa por haber cuestionado su decisión de ir.

—No me agradezcas —farfulló.

—¿Por qué no?

Como sola respuesta se encogió de hombros.

—Oí que renunciaste a la guardia —dijo Aren—. ¿Para poder venir aquí?

—No, había renunciado antes.

—¿En verdad? ¿Por qué?

—Era lo indicado —vio a Aren a los ojos y no intentó disimular el filo en su voz—. Tú mismo lo dijiste: no estaba haciendo muy buen trabajo.

—¿Cuándo dije eso?

—En Vallos.

Aren ladeó la cabeza pensando...

—Ah, es cierto. Pero no renunciaste por lo que dije, ¿o sí?

—No te des tanto crédito.

—Lo siento. No lo decía en serio. Nadie podría haber protegido a Cas de lo que pasó. Es un milagro que esté vivo, de hecho.

Miró a Aren con recelo, sin saber cómo responder. Era la conversación más larga que habían tenido y no estaba siendo como se la había imaginado.

—Lo decías un poco en serio —rebatió.

—En verdad no, sólo estaba siendo un cretino. Esa noche me asusté: ustedes llegaron, y teníamos a August y a los guerreros *y* a Olivia en Roca Sagrada... Sólo quería que ustedes se fueran antes de que Em se encariñara más con Cas.

Galo no podía reprochárselo. También él se había preguntado si volver a ver a Em no haría todo aún más doloroso para Cas.

—Sin embargo, que hayas renunciado es lo mejor —dijo Aren—. Cas se pondría frente a ti de un brinco para salvarte de un espadazo, que es exactamente lo contrario de lo que un guardia quiere que pase.

Galo soltó una suave risa.

—Es cierto.

—Además, es realmente aburrido.

—Con lo poco que estuviste en la guardia de Lera, apenas tuviste tiempo de aburrirte —dijo Galo poniendo los ojos en blanco.

—Pero me aburrí. Eso ya debería decirte algo —dijo sonriéndole a Galo—. Em está con los ruinos en este momento. ¿Tienes algo urgente que decirle?

—Estamos casi seguros de que Jovita se asoció con Olso y con Vallos, y pronto atacará a los ruinos.

—¡Vaya! Esta vez también Vallos, ¿eh?

—No parecen afectarte mucho estas noticias —dijo Galo un poco divertido.

Aren se encogió de hombros.

—Estamos acostumbrados. No nos van a atacar en este instante, ¿o sí?

—Creemos que siguen en Olso. Hemos montado un buen sistema para que los mensajes lleguen al castillo lo más rápido posible, así que deberemos tener noticias pronto.

—Muy bien, se lo comunicaré a Em. ¿Necesitas algo?

—Estoy bien, aunque mañana podría necesitar algo de comer. Me quedaré un par de días y luego volveré a ver cómo están las cosas en el castillo.

—Te traeré algo —dijo dando un paso atrás—. Si me necesitas, estoy en la casa azul grande en el lado norte de la calle Market. Está lejos de donde Olivia se hospeda, pero de cualquier manera sugiero que sólo vayas en caso de emergencia.

—Gracias, Aren.

Galo vio a Aren desaparecer entre los árboles mientras el silencio volvía a cernirse sobre él. Reclinó la cabeza con un suspiro e intentó no pensar en Mateo.

TRECE

Em caminaba despacio, alejándose de Westhaven, con Aren a su lado. Varias veces miró hacia atrás con los ojos entrecerrados a causa del sol vespertino, pero nadie los seguía. La noche anterior no había podido escabullirse para ver a Galo, pero Olivia finalmente había ido al juzgado con Jacobo.

—¿Qué vamos a hacer si Jovita y su ejército vienen por nosotros? —preguntó Aren. Le acababa de transmitir su conversación con Galo—. ¿Podemos combatir a un gran ejército con nuestros propios medios?

Em pasó saliva. Había empezado a formarse una idea, pero era tan horrible que no estaba segura de poder decirla en voz alta. Cuando la hubiera dicho, la traición a su hermana se habría completado. Nunca habría vuelta atrás.

—Me sorprende que August se esté asociando con Jovita —dijo para evitar responder—. La última vez que lo vi, me dio la impresión de que se había dado cuenta de que atacar a Olivia nunca sale bien.

—Tal vez se dio un tiempo para pensarlo y recordó que ella había asesinado a toda su familia.

—Claro —dijo Em en voz baja.

Pasaron agachados debajo de una rama y se encontraron a Galo sentado en su saco de dormir sobre el pasto. Evidentemente, los había escuchado y ondeó la mano para saludar mientras se acercaban.

—Hola.

—Hola.

Aren se sentó y cruzó las piernas.

—¿Todo bien durante la noche? —le preguntó.

—Todo bien. No vi a nadie.

Em soltó al piso la bolsa que había traído con ella y se arrodilló para abrirla. Primero tomó los libros, tres de pasta dura que había elegido de las nutridas estanterías de su casa.

—Toma —dijo—. Sé que mañana te regresas, pero pensé que tal vez estarías aburrido.

—Gracias —dijo algo sorprendido.

Em sacó el fardo cubierto de tela que estaba metido en su bolsa y se lo entregó también.

—Es sólo un poco de queso, pan y carne seca.

—Gracias —volvió a decir Galo—. ¿Cómo andan ustedes de comida por acá?

—Bien —Em se sentó frente a él y cruzó las piernas—. No somos muchos y las tiendas estaban bien abastecidas, aunque resulta que no tenemos a nadie que sepa hacer pan. Ya experimentamos uno que otro desastre en la panadería.

Galo tomó el panecillo.

—No se ve mal.

—Encontramos algunas recetas y lo hemos ido resolviendo, pero no termina de quedar bien… —dijo Aren—. Se puede comer, por lo menos.

Galo arrancó un pedazo y masticó.

—A mí me sabe bien.

—Galo contó que Cas ha estado dejando que entre gente al castillo a hacerle preguntas sobre los ruinos —le dijo Em a Aren.

Aren arqueó las cejas.

—¿Y cómo va eso?

—Mmm, no sé. Todo mundo en Ciudad Real sabe que impediste que Olivia irrumpiera en el castillo la noche que lo recuperamos, así que están intrigados, por decir lo menos.

—Apenas —dijo Em.

—¿Apenas? —repitió Galo.

—Apenas pude impedir que Olivia irrumpiera en el castillo —dijo mirando fijamente al suelo—. No estoy segura de poder detenerla una vez más.

—Juntos podremos —dijo Aren con una seguridad que Em dudaba que sintiera en realidad—. La agota usar sus poderes conmigo, y con Em no puede usarlos.

—¿Estás completamente segura de que no puede usar su poder ruino contigo? Una vez te sanó, ¿no es así? —preguntó Galo.

—Yo se lo permití.

—Pero ¿alguna vez ha tratado de usar su poder sobre ti contra tu voluntad?

—Pues supongo que no —dijo Em y, volteando a ver a Aren, preguntó—: ¿O sí?

—No que yo sepa.

—¿Y *tú* lo has intentado alguna vez? —le preguntó Galo a Aren.

—No, nunca —Aren arqueó las cejas en un gesto interrogatorio mirando a Em.

—Claro, haz la prueba —respondió ella.

Aren fijó su mirada en ella y pasaron así varios segundos en silencio.

—Estoy tratando de mover tu brazo. ¿No sientes nada?

—No.

—Qué bien —dijo Galo.

Em y Aren intercambiaron miradas. Sí, estaba *bien*, pero evidentemente los dos estaban pensando lo mismo: ¿alguna vez había Olivia intentado usar sus poderes sobre Em? La sola idea le provocó náuseas.

—¿Tienes más información de Cas para nosotros? —preguntó Em para postergar un poco más la plática sobre Jovita y Olso.

—Estuvimos barajando algunas ideas sobre Olivia que se supone que debo transmitirles, pero les advierto que algunas podrían ser perturbadoras —dijo Galo.

Em no imaginaba nada más perturbador que lo que ya estaba ocurriendo en su mente. Dobló el brazo para pasar el dedo por el collar y no encontró nada. De inmediato bajó la mano.

—Dime.

Galo respiró hondo.

—Bien. Lo primero, ella necesita ver para usar su poder, ¿cierto? ¿Y si no pudiera ver?

—Te refieres a dejarla ciega.

—Sí.

—Eso sólo la volvería más lenta por un corto tiempo —dijo Aren—. Conozco ruinos que se han quedado ciegos y a la larga aprendieron a usar sus otros sentidos. Algunos de los ruinos que controlan la mente ni siquiera necesitan ver a la persona: les basta con percibirla cerca.

—Oh.

—Y eso enfurecería a Olivia, por no mencionar que nunca perdonaría a Em por tratar de debilitar su poder.

—Qué mal. Estaba pensando que podría haber una manera de que lleve una vida normal. Si ya no tuviera sus poderes, quizá, no sé, tendría que empezar a usar sus palabras —dijo Galo con una media sonrisa.

Em soltó una risita.

—Claro, un día de éstos —se inclinó hacia atrás y apoyó sus brazos en el pasto—. ¿Qué más?

—Podríamos darle Olso a Olivia.

—Nosotros no tenemos la facultad de dársela.

—Me refiero a que no haríamos nada por impedir que la invadiera. Tú abdicas a tu reinado y dejas que ella reine sola a cambio de que regrese a Olso.

—Mataría a mucha gente, y sería sólo una solución temporal. Tarde o temprano regresaría —dijo Em.

—Siempre está la opción de advertírselo a Olso. Su tecnología es superior a Olivia, y si supieran que ella está en camino…

La matarían. Em apretó la hierba que tenía entre los dedos. ¿Había un plan que no terminara en la muerte de Olivia?

—¿Cuáles son sus otras opciones? —preguntó.

—Volver a encerrarla. Si tienes razón y no puede usar sus poderes contra ti, puedes llevarla hasta una celda.

—Tendría que estar ahí por tiempo indefinido. Y está el problema de los ruinos leales a ella: tendrían que encerrarlos también o arriesgarse a que ellos la liberen.

—¿Hay muchos?

—Una buena cantidad, sí. Y sus poderes están creciendo. ¿Algo más?

Galo recogió una hoja de pasto y la enredó en su dedo.

—Yo tuve una idea, pero ¿puede quedar sólo entre nosotros?

—Claro —dijo Em arqueando las cejas.

—¿Y si le dieran parte de Lera? Si la dividiéramos en Lera del norte y Lera del sur, y a Olivia se le entregara el sur para que reine ahí como le plazca. A cualquier lerano que quisiera irse lo dejaríamos trasladarse, claro está.

—Desplazarías a miles de personas —dijo Em.

—Es mejor eso a que Olivia los mate.

—No creo que ayudara. Tarde o temprano atacaría el norte. Si no ahora, en diez o veinte años. Siempre estaríamos a la espera de su ataque.

—¿*Estaríamos?* —repitió Galo con una sonrisa—. ¿Eso significa que te quedarías con Cas en el norte?

Em volvió su mirada al suelo. Su respuesta inmediata era *sí*. Quería quedarse con Cas. Sin embargo, no podía decirlo en voz alta: decirlo parecía una peor traición a los ruinos.

—¿Es el hecho de que Cas sea rey lo único a lo que Olivia se opone? —preguntó Galo—. Dijiste que los ruinos que están de tu lado querían que renunciara al trono, pero ¿eso calmaría a Olivia?

—Ella nunca permitirá que un humano reine sobre ella —dijo Em—. Se equivocan al pedirle a Cas la abdicación: los leranos lo necesitan.

—Bien —dijo Galo, un tanto aliviado—. No estaba diciendo que él *debería* hacerlo. Cas será mucho mejor rey que su padre, quizás el mejor rey que se haya conocido jamás, pero creo que está bien quitarle algún poder a la monarquía —dijo esa última parte en voz baja.

—¿Eso crees?

—No es que no tenga fe en Cas, porque sí la tengo, pero…

—Por supuesto —dijo Em.

—Pero sí me preguntaba si está bien que Lera continúe igual que siempre, tomando en cuenta lo que ha pasado. Los

Gallego cometieron genocidio. No fue decisión de Cas, pero en ocasiones debemos pagar por los errores de nuestra familia. En todo caso, Cas y tú deben hacerlo —dijo Galo.

Em soltó una risa hueca.

—¿Te refieres a que tus padres nunca iniciaron una guerra o mataron a un montón de gente sólo porque les caía mal?

—Eeeeh, no.

—Vaya. Me pregunto cómo será eso.

—Menos dramático —dijo riendo, pero tenía la mirada triste.

La preocupación se apoderó del pecho de Em y Aren, quien también pareció percibir algo y frunció el ceño.

—¿Están...? ¿Están bien? —preguntó Aren—. ¿Tus padres viven en Ciudad Real?

—Un poco al norte. Están bien, hace poco los visité.

—Qué bueno —exhaló Em con alivio.

—¿Entonces apresar a Olivia es la mejor opción? —preguntó Galo—. Al parecer es la única que tenemos hasta ahora.

—No podemos —dijo Em—. ¿En verdad vamos a encerrar a los ruinos como lo hizo el padre de Cas? Darles muerte sería más amable.

Aren la vio con expectación. Sabía que ella tenía una idea que no estaba diciendo.

Em pasó las manos por su rostro, mientras las palabras de Gisela resonaban en su mente. *Olivia tiene un plan a largo plazo.* Em todavía no tenía nada concreto... estaban preparándose para asociarse con Cas y los soldados de Lera estaban reuniendo debilita, pero ella seguía sin tener un plan firme que presentarles a los ruinos. Sabía que estaban esperando, que debía tomar una decisión, aun si ésta traía consigo más muertes.

—Tengo una idea —dijo en voz baja viendo al piso—, pero es horrible.

—¿Qué? —preguntó Aren.

—Si en verdad el ejército viene por nosotros, como nos dicen los espías de Lera, podríamos decirle a Olivia. No esperaríamos a que los humanos nos ataquen: dejaríamos que Olivia iniciara el ataque al frente de nosotros. Es una oportunidad que ella no dejará pasar.

—Muy cierto —dijo Aren con expresión confusa—, pero ¿qué lograríamos con eso?

—En realidad, no pelearíamos. Creo que podríamos conseguir que al menos la mitad de los ruinos la abandonaran en cuanto la batalla comenzara. Nos escaparíamos para dejar a Olivia y a sus partidarios combatir solos al ejército.

—¿En verdad podría lograrse? —preguntó Galo—. Cuando empezara la batalla, podría volverse demasiado intensa. Ustedes podrían verse obligados a pelear.

—Podría ser, pero si nos apostamos de la manera correcta, lo lograríamos. Sobre todo, si Aren está de nuestro lado. Y Olivia siempre está en posesión de sus condiciones más mortíferas cuando empieza una batalla. Cuenta con toda su fuerza y, con suerte, sorprendería al ejército. Tendría que ser posible escabullirnos si lo planeamos bien.

—Pero si los dejáramos… —dijo Aren dejando que su voz se apagara.

—Todos morirían —susurró Em. Olivia moriría.

Permanecieron un momento en silencio antes de que Galo hablara:

—Eso haría frente a dos problemas a la vez. Olivia podría matar a tantos soldados de Olso y Vallos que simplemente se rendirían y se irían a casa. Y Olivia podría no salir viva.

130

—Hay una alta probabilidad de que Olivia no salga viva —dijo Em. Su garganta empezaba a cerrarse y le costaba trabajo hablar—. Es poderosa, pero no puede enfrentarse a todo un ejército con un puñado de ruinos. Incluso sería difícil si lo hiciera con todos nosotros —y viendo a Aren agregó—: Es horrible, ¿cierto?

—Sí, es horrible —dijo él en voz baja—, pero no hay manera de que esto termine sin que Olivia muera.

Las lágrimas quemaron sus ojos y parpadeó tratando de hacerlas desaparecer. De cualquier manera, se derramaron. Galo llevó su mirada al suelo.

—¿Es una idea estúpida? —preguntó ella—. Quizá debería simplemente matarla esta noche y quitarnos de problemas.

—Em, nadie te pediría eso —dijo Aren—. *Yo* nunca lo haría.

—¿Y en qué cambia? Si hacemos esto, la vamos a conducir a su muerte, junto a decenas de ruinos más. Será nuestra culpa.

—Ella peleará con ellos tarde o temprano —dijo Aren—. Es un buen plan, Em. A la larga, tendremos que lidiar con el ejército; para el caso, ¿no podría ser ahora, cuando pueden ayudarnos ocupándose de Olivia?

Em se limpió con brusquedad algunas lágrimas de las mejillas.

—Podrías presentarle una alternativa —dijo Galo al cabo de unos momentos de silencio—. Dile que el ejército está en camino y deja que ella decida si regresa a Ruina o pelea con ellos. Quizá la amenaza de otro ataque tan inmediato finalmente la asuste.

Em exhaló largamente y negó con la cabeza.

—Eso nunca va a pasar. Estará encantada de pelear con ellos.

—Entonces... —dijo Aren con un gesto de dolor— siento mucho tener que decirlo, pero le dimos muchas oportunidades. Le hemos suplicado que volvamos a Ruina. Será su decisión, Em.

Sería decisión de Olivia, pero la tomaría pensando que Em la ayudaría. Olivia se sentiría deshecha con una traición de su hermana. Aun si saliera viva, nunca volvería a hablarle a Em: sería el fin de su relación.

—¿Esto es todo, entonces? —preguntó Em sin mostrar ninguna emoción—. ¿Éste es el plan que Galo le va a llevar a Cas?

—Creo que sí —dijo Aren.

—Bueno, hay una opción más —dijo Galo—. Puedes venir conmigo esta noche a Ciudad Real y dejar que Olivia haga lo que quiera. De cualquier manera, es un hecho que Jovita vendrá por ella, independientemente de si Olso decide ayudar. A Cas no le importará si ustedes y algunos otros ruinos quieren dejarla ahora. Creo que eso lo tranquilizaría, de hecho.

Em cerró los ojos por un instante. Era tentador, pero conocía a Olivia: en cuanto ella se fuera, reuniría a los ruinos restantes y se dirigiría a la siguiente ciudad a matar a todo mundo. Empezaría con las ciudades cercanas, como había dicho, y después avanzaría hacia el norte. Galo acababa de decir que sus padres vivían en el norte. No se daba cuenta de lo que acababa de sugerirle.

O tal vez sí, pero no creía que a Em le interesara salvar a un montón de humanos a los que no conocía. No lo culpaba por pensar así: parecía poco probable que un ruino quisiera salvar a un lerano.

—Moriría demasiada gente —dijo entonces. Galo no pareció sorprenderse de esta respuesta. Quizá nunca había esperado que ella aceptara esa opción.

—¿Y entonces…? —preguntó Aren con ansiedad.

Em tragó saliva y dio un paso atrás. Necesitaba que esa conversación terminara. Necesitaba unos minutos para gritar y llorar.

—¿Cómo diremos que obtuvimos esta información cuando Olivia pregunte? —señaló Em.

—De mí —dijo Aren—. Me iré por unos días. Iré con Galo a Ciudad Real para hablar con Cas. A Olivia no le resultará extraño que yo desaparezca de pronto: ya sabe que la odio. A mi regreso, diré que escuché a alguien hablar del plan.

—¿Y se lo va a tragar? —preguntó Galo.

—Podrá desconfiar, pero no rechazará la oportunidad de interceptar a un ejército. Matar humanos es su pasatiempo favorito.

Em tomó aliento, temblorosa.

—Quizá necesitemos ayuda del ejército de Lera para escapar en el momento indicado, cuando haya empezado la batalla. ¿Nos brindará Cas alguna ayuda?

—Podemos pedírselo —dijo Aren en voz baja.

Em asintió y se dio la media vuelta antes de que sus ojos volvieran a llenarse de lágrimas.

—Hazlo.

CATORCE

—Entonces, estaremos enviándolos a la muerte. Aren miró a Patricio, que estaba viendo a Em con expresión de horror. Em miraba fijamente el suelo.

—Es la mejor idea que tenemos —dijo Aren.

Había un grupo de aproximadamente veinte ruinos reunidos en la sala de Mariana, apretados en los sofás o extendidos en el suelo, y todos lo miraban boquiabiertos. Él estaba sentado en el suelo junto a Em, con la espalda recargada en la pared.

—Si tienen alguna otra sugerencia, por favor, hablen ahora —dijo Em en voz baja.

Patricio pasó las manos por su cabello oscuro. Gisela, que estaba junto a él, le puso la mano en la rodilla.

—Creo que es un buen plan —dijo ella en un tono más amable de lo habitual.

—Ya somos muy pocos de por sí —protestó Selena. Estaba en el sofá, al lado de Ivanna—. Si seguimos muriendo, los ruinos nos extinguiremos por completo.

—Nos extinguiremos si permitimos que Olivia continúe —dijo Aren—. Los ejércitos de Olso y de Vallos vienen hacia acá de cualquier forma, y si dejamos que Olivia siga arrasando ciudades, Cas se verá obligado a atacarnos tarde o temprano.

—Sólo es cuestión de tiempo —dijo Ivanna serena—. Para que maten a Olivia, quiero decir —y dirigió una mirada compasiva hacia Em.

Aren pasó el brazo sobre los hombros de Em y ella se recargó en él. Había dejado de hablarle de su hermana, fuera de la conversación que habían tenido con Galo la noche anterior. Él no podía culparla, y tampoco sabía qué decir.

—Me iré esta noche con Galo —dijo Aren—. Vamos a presentarle el plan a Cas para ver si él puede proporcionarnos tropas de Lera. Nuestro plan es que ellos se queden atrás para ayudarnos a escapar después de que dejemos a Olivia y sus partidarios combatiendo solos al ejército.

—Entonces, huiremos —dijo Selena.

—Sí. Regresaremos a Ciudad Real con las tropas. Esperamos tener noticias en cuanto atraviesen la frontera, así que tendremos que adentrarnos en la selva de Lera para interceptarlos.

Para cuando alcanzaran a las tropas, probablemente estarían a la mitad del camino a Olso, si todo salía según lo planeado.

A la mitad del camino a Iria.

¿En verdad iba regresar a Ciudad Real cuando estuviera tan cerca de ella?

Em comenzó a hablar de logística y Aren se apoyó en la pared y miró al techo. ¿Podría dejar a los ruinos después de que derrotaran a Olivia? Quizás ella estaría lo bastante debilitada (*o muerta,* pensó con un estremecimiento) para que él pudiera ir a Olso por unos días.

La reunión estaba por terminar y Aren se puso en pie. Algunos ruinos rodeaban a Em para hacerle más preguntas sobre Olivia; él le dijo adiós con un gesto de la mano mientras se alejaba.

Ten cuidado, dijo ella articulando para que le leyera los labios. Él asintió con la cabeza y se deslizó por la puerta antes de que algún ruino pudiera arrinconarlo. El sol acababa de ponerse, y Galo y él debían partir.

Pasó por su casa para recoger la bolsa que nunca había desempacado. La misma que llevaba desde antes que empezara todo esto: estaba llena de medicamentos, comida, ropa, agua. Ni siquiera cuando fue guardia en el castillo de Lera había desempacado. Siempre estaba listo para partir. No imaginaba la vida sin estar preparado para salir huyendo en cualquier momento.

Se echó la bolsa a la espalda y salió. Caminaba rápido y se volvía constantemente para comprobar que nadie lo siguiera. No veía a nadie, pero estaba oscuro. Tal vez debía haber salido antes, pero había sido difícil reunir a todos los ruinos sin que Olivia se diera cuenta. Habían tenido que esperar hasta que ella se retirara a su casa.

Agachó la cabeza para pasar por abajo de una rama y se dirigió al sitio donde pudo sentir que Galo se escondía. Tuvo esa conocida sensación de alivio cuando lo encontró frente a él, ileso. El acuerdo con Lera era poco firme, en el mejor de los casos, y no ayudaría en nada que Olivia le arrancara la cabeza al mejor amigo del rey.

Galo estaba en pie con la espada desenvainada, y dio un suspiro de alivio al echar una mirada con los ojos entrecerrados en la oscuridad.

—Hola, Aren —dijo y devolvió la espada a su funda.

—¿Esperabas a alguien más?

—No estaba seguro de quién era con esta oscuridad.

Galo empacó su bolsa y metió sus cobijas y libros debajo de un arbusto.

—¿Estamos listos? —preguntó.

—Sí. Los ruinos aceptaron el plan.

Se dio media vuelta y empezó a caminar hacia el este; Galo adaptó su paso al suyo. Era demasiado riesgoso llevarse caballos del establo, así que debían caminar hasta que llegaran al sitio en donde estaban los soldados permanentemente apostados para llevar a Galo de regreso al castillo. Tomaría sólo algunas horas.

No hablaron mientras se alejaban de Westhaven. Aren estaba constantemente alerta, registrando la zona por si se encontraban con Jacobo u Olivia.

—Me estás poniendo nervioso —dijo Galo cuando Aren volvió a mirar por encima del hombro—. ¿Crees que alguien nos está siguiendo?

—No. Es decir, espero que no. No percibo cuando hay un ruino cerca, así que sólo quiero asegurarme de que Olivia o Jacobo no nos hayan descubierto.

—¿Y puedes advertir si hay un humano cerca?

Aren asintió con la cabeza. En los últimos tiempos su poder había crecido y podía percibir humanos, incluso a lo lejos.

—Ahora mismo percibo a muchos —dijo en voz baja—. Hay un grupo al este, así que allí debe haber una ciudad.

—Sí, pero está bastante lejos —dijo Galo con un dejo de asombro.

—Y siento a los presos que están en Westhaven.

—¿Ustedes tienen prisioneros humanos?

—Olivia los tiene —respondió Aren.

—Por supuesto. Lo siento. No quise insinuar que tú también fueras parte de eso.

—No puedo salvarlos, así que tal vez lo soy.

Galo se le quedó viendo, pero Aren no supo interpretar su expresión en la oscuridad.

—Sólo iba a sugerir que no mencionemos ese tema.

Aren arqueó las cejas.

—¿Crees que debemos mentir sobre los prisioneros?

—Digamos que lo omitiremos. Yo le diré a Cas, y que él decida qué hacer con esa información. Pero no creo que debamos dificultar aún más que los consejeros se pongan de su lado. Podrían preguntar por qué lo están permitiendo.

—Es una pregunta justa.

—Sé que ustedes están haciendo todo lo que pueden para mantener a Olivia bajo control.

Aren se frotó la nuca. Él había eludido a los prisioneros después de la única vez que los había visitado. Era demasiado doloroso confrontarse con su propia falta de valor.

—Em dijo que Olivia está intentando obtener poder de ellos —dijo Galo—. ¿Hace eso porque tú puedes?

—Sí. Lo último que supe fue que sigue fallando. Tengo una teoría al respecto.

—¿Cuál es?

Aren alargó la mano.

—¿Me prestas tu brazo un momento?

Galo lo extendió lentamente. Aren envolvió su muñeca entre los dedos.

De repente, sintió la energía fluyendo a través de él. Su magia ruina se agitaba en su interior, casi como si estuviera agradeciéndole el estímulo.

Aren lo soltó.

—¿Puedes fingir por un minuto que me tienes miedo?

—¿A qué te refieres?

—No sé, sólo... no confíes en mí. No permitas que yo tome tu brazo.

Galo lo soltó, aunque todavía se veía confundido. Aren hizo una mueca. Para que esa prueba sirviera de algo, tal vez necesitaría que él le tuviera miedo en verdad.

Giró sobre los talones para quedar frente a Galo y lo paralizó. Galo puso los ojos como platos con expresión de pánico, mientras intentaba mover sus extremidades sin lograrlo. Aren lo tomó del brazo con brusquedad.

Nada. La energía había desaparecido.

Aren soltó su brazo y liberó el hechizo.

—Lo siento, necesitaba probar algo.

Galo lo miró con recelo. Sus hombros estaban rígidos. Aren dio media vuelta y comenzó a caminar de nuevo.

—Te prometo que no volveré a usar mi magia ruina contigo. Sólo quería estar seguro de por qué ella no puede hacerlo y yo sí.

—¿Y por qué es? —preguntó Galo.

—Tienes que dar la energía voluntariamente, no puede ser tomada.

—Vaya —dijo Galo extendiendo el brazo—, ¿entonces la segunda vez no recibiste nada?

—Nada. No se lo digas a Olivia.

—No solemos conversar mucho.

—Afortunado.

—Entonces, por eso lo descubriste con Iria —dijo Galo—: fue la primera humana que en verdad confió en ti.

De repente, a Aren se le hizo un nudo en la garganta.

—Sí —dijo en voz baja—, lo fue.

Se sentía extraño regresar al castillo sin Iria. No habían sido muy cercanos cuando estaban juntos en Lera, pero ella había sido un lugar seguro para él. Estaba rodeado de guardias de Lera, con el corazón latiéndole con fuerza, cuando vio el destello de su uniforme rojo. Casi no hablaban —se suponía que no se conocían—, pero ella le sonreía a menudo. Él no le había dicho cuán reconfortante era eso.

—¿Tienes previsto ir a Olso o...? —Galo dejó que su voz se fuera apagando. *¿O la vas a abandonar?* era lo que quería decir.

—Iré a Olso —respondió Aren de inmediato. Fue un alivio decir por fin esas palabras en voz alta—. Iré a Olso en cuanto pueda.

QUINCE

El castillo se sentía solo en ausencia de Galo, otra vez. Cas estaba rodeado de gente todo el día —personal, guardias, consejeros—, pero todo mundo iba apresurado de un lado a otro y muchos se portaban rígidos y formales con él.

Mateo había ido a platicar con él un par de veces, pero había salido de viaje para reclutar soldados en las ciudades vecinas y no volvería en algunos días. Cas le advirtió que podría perderse el breve retorno de Galo con información, pero le dio la sensación de que tal vez fuera eso precisamente lo que buscaba.

Esa mañana estaba solo en su despacho, escuchando los susurros de los empleados del castillo al otro lado de la puerta. En esos días entendía un poco mejor a su padre, por mucho que detestara reconocerlo. El rey había sido tan extrovertido y amigable con todos, pero Cas había pensado que era pura actuación. Ahora creía que su padre quizá sólo estaba tratando de evitar la soledad de estar constantemente rodeado de gente que tenía que obedecerlo, no ser su amigo.

Alguien tocó a la puerta y él se enderezó en la silla, intentando que no se notara que estaba enfurruñado.

—¡Adelante! —gritó.

Entró Violet con una sonrisa.

—Ya regresó Galo.

Cas se puso en pie de un brinco, mientras una sensación de alivio recorría sus venas.

—¿Y cómo está?

—Muy bien. Está en la verja. Aren vino con él, y los guardias no estaban seguros de que debieran dejarlo entrar.

—Claro que deben —dijo Cas, aunque le sorprendía la visita de Aren—. ¿Sólo Aren? ¿Em no vino con ellos?

—No, me temo que no.

Rodeó lentamente su escritorio y salió con Violet del despacho.

—Haz saber a los guardias y al personal que Aren siempre es bienvenido aquí.

—Enseguida.

—Quizás eso no les guste, ¿cierto? ¿Los guardias odian a Aren?

Violet ladeó la cabeza, pensativa, mientras bajaban las escaleras.

—Por lo que he oído, era muy reservado cuando formaba parte de la guardia aquí. En realidad, nadie lo conoció, así que no lo odian más de lo que odiaban a Em.

Cas no pudo evitar prestar atención a que *odiaban a Em* estaba en pasado. Deseó que fuera intencional.

Atravesó el vestíbulo con Violet y sus guardias tomaron sus lugares, alrededor de él, cuando salió. Galo y Aren estaban del otro lado de la verja de hierro. Galo lo saludó ondeando la mano en cuanto lo vio.

Dos guardias abrieron las puertas. Cas cruzó por la tierra a grandes zancadas y abrazó a Galo por unos momentos; luego se volvió hacia Aren.

—Aren, qué agradable volverte a ver.

Los ojos de Aren saltaron sobre los guardias, quienes lo miraban fijamente. Se removió incómodo, pero logró esbozar una sonrisa para Cas.

Cas los condujo al interior del castillo, a su despacho. Violet se separó de ellos para llevar a un empleado las instrucciones para la comida.

Cas abrió la puerta de su despacho y la sostuvo para que Galo y Aren pasaran. Entró y empezó a cerrarla cuando de pronto Jorge la detuvo.

—Su majestad, ¿puedo sugerirle que vaya a un comedor, donde puedo apostar a algunos guardias con usted lo bastante lejos para que no puedan escuchar?

—Puedes sugerirlo, pero la respuesta es no —dijo Cas. Reprimió una sonrisa al ver que Jorge intentaba ocultar su enfado.

—Estás haciéndole la vida imposible, ¿cierto? —preguntó Galo cuando Cas cerró la puerta—. Es el nuevo capitán de su guardia —le explicó a Aren.

—No sé de qué hablas, yo soy agradable y sensato todo el tiempo —dijo Cas. Aren resopló.

Cas se sentó en una de las sillas cerca de la ventana y les hizo una señal para que también ellos tomaran asiento. Aren miró hacia el exterior con expresión impenetrable.

—Aren, no te esperaba —dijo Cas—. De haber sabido que podías salir, quizás habría sugerido que Galo no fuera.

Aren volteó a verlo y respondió:

—Tampoco yo esperaba venir, pero necesitábamos que Olivia me viera ausentarme por uno o dos días.

—¿Por qué? —preguntó Cas.

—Queremos informar a Olivia del inminente ataque de Olso y Vallos —explicó Galo—. Aren dirá que oyó hablar de las tropas durante su viaje, y ni siquiera hará falta que le sugiera a Olivia ir tras ellos: ella misma se empeñará en hacerlo.

—¿Y eso para qué? —preguntó Cas.

—Más de la mitad de los ruinos están de acuerdo en apartarse de la batalla en un momento crucial —aclaró Aren—. A Olivia y sus partidarios les costará mucho combatirlos solos. Eso resolverá dos problemas a la vez.

—El ejército probablemente sufrirá serias bajas, y también los ruinos —explicó Galo en voz baja.

Cas arqueó las cejas y miró a Aren.

—¿Y todos están de acuerdo con eso? ¿Em está de acuerdo?

—La idea fue de ella. Es nuestra única opción.

—¿Se ha detectado algún movimiento en la frontera? —preguntó Galo.

—Sí, ayer nos informaron que unas tropas la cruzaron. Es un ejército considerable, de más de mil soldados, pero se mueve lentamente. Llevan consigo mucho equipo. Deberían tener tiempo de interceptarlos en la selva.

Aren frotó su rostro con una mano.

—Eso está bien —dijo en un tono que sonaba a que no estaba nada bien—, pero tendremos que partir de inmediato.

—Y no nos vendrían mal unas tropas de Lera como refuerzo —dijo Galo.

—No puedo prescindir de muchos soldados —dijo Cas con pesar—. No puedo dejar el castillo sin vigilancia, ni siquiera si se supone que el ejército todavía está lejos. No puedo bajar la guardia.

—Lo entiendo —dijo Aren—. Tenemos esperanzas de que en realidad no tengan que pelear y que si lo hacen, sea contra Vallos y Olso. Pero los necesitaríamos sobre todo para traer a los ruinos de regreso a Ciudad Real tras la batalla. No sabemos si tendremos caballos o víveres. Tal vez tengamos que correr.

—Para eso puedo asignarles a algunos soldados, y empezaré a hacerles sitio a los ruinos. Creo que todavía tenemos lugares en los cuartos de los guardias y hay varias habitaciones vacías más.

—¿Quieres instalarlos aquí? —exclamó Aren sorprendido.

—Parece la opción más segura, ¿no creen?

—¿Qué pensará la gente de aquí? ¿Aceptarán compartir el espacio con los ruinos?

—Tendrán que acostumbrarse —dijo Cas—. Además, todos estaremos más seguros con los ruinos en el castillo. Estarán cerca si nos vuelven a atacar.

—¿Y si no los atacan? —preguntó Aren.

Cas rio.

—Me sorprendería, pero eso estaría muy bien.

—Quiero decir, ¿qué va a pasar con los ruinos?

—Encontraremos lugar para ustedes, por supuesto. Puedo iniciar enseguida las negociaciones con Em y los empezaremos a instalar en Ciudad Real.

Aren asintió con la cabeza, pero tenía el ceño fruncido y la mirada fija en el suelo.

—¿No es eso lo que quieren?

Aren tragó saliva.

—No, no... Está bien, muy bien.

Cas sospechaba que Aren quería decir algo más, pero tras sus últimas palabras no hubo más que silencio.

—Esperábamos quedarnos una noche, si se puede —dijo Galo.

—Por supuesto —respondió Cas—. Pediré que te preparen una habitación, Aren.

Galo se levantó de un brinco y atravesó el cuarto a grandes zancadas. Abrió la puerta y transmitió a un empleado las instrucciones sobre la habitación de Aren.

—¿No le importa si me voy? —preguntó Aren levantándose—. Necesito lavarme.

—Adelante, claro —dijo Cas—. Te mandaremos algo de comer.

Galo dio un paso atrás para que Aren pudiera pasar por la puerta.

—¿Quieres que vaya contigo?

—No hace falta, gracias.

Cas se levantó como si se le hubiera ocurrido algo en ese momento.

—Aren.

Éste estaba a punto de salir y se dio media vuelta para volver a quedar de frente a Cas. Arqueó las cejas expectante al notar que Cas vacilaba.

—Puedes acudir a mí si tienes algún problema. Lo único que pido es que aquí no uses tus poderes.

—No tenía planeado hacerlo.

—Gracias.

Aren se giró y salió del cuarto. Cas se preguntó si lo había insultado mientras lo observaba alejarse. Deseó que Em estuviera ahí. Se había acostumbrado a comunicarse con los ruinos a través de ella.

Galo cerró la puerta y quedaron solos los dos.

—¿Debo ir con él de cualquier manera? —le preguntó a Cas.

—No, no quiero que piense que no confiamos en él.

Galo cruzó el despacho y los dos volvieron a sentarse.

—Sí confías en él, ¿cierto?

—Sí —se apresuró a decir Cas—. En general, sí. ¿Crees que lo insulté? ¿Por qué quiso irse de repente?

Galo miró a la puerta como si Aren siguiera ahí.

—Si lo insultaste, probablemente te lo habría dicho. Creo que está triste, en realidad.

—Triste —repitió Cas.

—Tanto Em como él lo están. La están pasando mal con la decisión de traicionar a los ruinos. Y Aren perdió a Iria.

Cas se reclinó en su silla, sintiendo de pronto una opresión en el pecho al pensar en Em sola en Westhaven.

Una empleada entró con una charola de comida y Cas esperó hasta que se hubo ido para volver a hablar.

—Entonces, te enojaste con Mateo antes de irte.

Galo levantó la mirada rápidamente.

—¿Te lo dijo?

—Sí, y me parece normal que no quisiera que te fueras. Se preocupa por ti.

Galo exhaló un largo suspiro y apretó su frente con las palmas de las manos.

—Fui un patán cuando me fui, ¿cierto?

—Sí, lo fuiste —dijo Cas.

—¡Hey! —dijo bajando las manos con una risa asustada—. ¿Pues de qué lado estás?

—Creo que me inclino hacia el de Mateo.

Galo volvió a reírse y luego se desplomó otra vez en su silla.

—No te culpo.

—Pero ¿sabes?, no está aquí. Salió en un viaje de reclutamiento.

—Ah —Galo no pudo disimular su decepción—. Tal vez porque seguía enojado, ¿no?

—Sí, creo que sí —Cas se echó hacia delante—. Puedo hacerle llegar un mensaje, si quieres.

Galo se quedó callado unos momentos. Finalmente pidió:

—Sólo dile que lo lamento.

A la mañana siguiente, Galo salió del castillo con Aren. Un carruaje los había llevado a la mitad del camino, pero ahora iban a pie y les faltaban todavía un par de horas para llegar a Westhaven. Caminaron casi todo el tiempo en silencio.

Galo había tenido la esperanza de que Mateo volviera esa mañana, pero no tuvo suerte. De todas formas, no sabía qué le diría. No lamentaba haberse ido, pero sí la manera como había dejado las cosas. No sabía bien cómo expresar ninguna de esas ideas.

Vio de reojo a Aren, que caminaba con la mirada fija en el suelo. El día anterior apenas si lo había visto después de que se había retirado a su habitación. Salió una vez, a hablar con los consejeros de Cas sobre las tropas que se unirían a los ruinos.

De repente, Aren se detuvo y giró hacia la dirección de donde venían.

—¿Por qué no te regresas?

—¿Qué? —preguntó Galo, sorprendido.

—Deberías quedarte con los soldados. Seguramente podré salir otra vez para comunicarles nuestros planes.

—Aren, eso es absurdo. Acabamos de definir un plan para el que necesito contar con toda la información de su programa de ataque. Tengo que estar allí para obtenerla, y tú no tienes la certeza de que podrás salir.

—Tampoco la tengo de que podré protegerte. Creo que no deberíamos arriesgarnos.

Galo se le quedó mirando unos momentos. Aren se veía genuinamente preocupado, con el ceño fruncido y la vista dirigida hacia el este, como si aún pudiera atisbar la ciudad donde los soldados estaban esperando el regreso de Galo. Estaba cayendo en la cuenta de que en realidad no conocía a Aren. No era grosero y engreído. O quizá lo había sido, pero definitivamente ya no. Parecía triste y cansado, y a Galo le resultaba difícil conservar algo de la animadversión que había sentido antes hacia él.

—Voy a estar bien, Aren.

Aren soltó una risa sardónica.

—Eso no lo sabes.

Galo puso una mano en su brazo y lo giró en dirección de Westhaven.

—Ya tomé una decisión y me voy a ceñir a ella.

Aren resopló y reanudó la caminata.

—Está bien, pero tengo que decirte algo.

—¿Qué?

—Después de la batalla, no regresaré a Ciudad Real.

—¿Irás a Olso? —adivinó Galo. Aren lo miró con sorpresa—. ¿Adónde más irías?

—Cierto —dijo Aren en voz baja—. ¿Adónde más iría? —guardó silencio unos instantes antes de hablar de nuevo—: Pero pensé que debías saberlo. No estaré por ahí para protegerte, a ti o a nadie, cuando cabalguen de regreso a Ciudad Real.

—Estoy seguro de que estaremos bien. ¿Irá Em contigo?

—No, no, iré yo solo.

—¿Solo? —repitió incrédulo.

—No hay nadie que vaya conmigo. De cualquier manera, nadie querría… —dijo riendo, aunque en realidad no estaba de muy buen humor.

—¿No tienes... amigos? —preguntó Galo lentamente, dudando de si la pregunta no resultaría un poco grosera.

—¿Además de Em? En realidad, no. Conozco a todos los ruinos de Westhaven, claro, y me llevo bien con los que son leales a Em, pero antes no era cercano a ninguno de ellos, y sigue siendo así —pateó una piedra y prosiguió—: Damian iría conmigo si siguiera aquí.

—¿El ruino que fue ejecutado en el castillo? —preguntó Galo.

—Sí. Em y él eran mis mejores amigos. Él iría conmigo, aunque no conociera a Iria; bastaría con que yo se lo pidiera.

Galo miró al suelo; por primera vez entendía cuánto había perdido Aren. Galo recordaba haber sentido lástima de sí mismo en el fuerte Victorra y en Vallos al pensar en cuánto había perdido él. Una gran parte de la guardia, desaparecida. El castillo, casi destruido. Tanto su rey como su reina, muertos. Pero sus padres estaban vivos y bien, al igual que su mejor amigo y su novio. Muchos de sus amigos cercanos de la guardia habían sobrevivido gracias a que él los había reunido y cuidado durante el ataque de Olso.

—Lo siento, Aren —dijo en voz baja—. Lo de Damian. Y todo.

—No es tu culpa. Sé que Cas y tú trataron de detener su ejecución.

Era cierto, pero a Galo no se le ocurrían muchas otras cosas que hubiera hecho para ayudar a los ruinos, más allá de su misión de ese momento. Si bien las políticas del rey siempre le habían parecido detestables, no se había expresado en contra de ellas. No quería arriesgarse a ir a la cárcel. Ni siquiera había hablado con Cas sobre sus opiniones, no hasta que Cas hubo conocido a Em y empezó a replanteárselo todo.

—En todo caso, es mejor que vaya solo —dijo Aren en un tono un poco más ligero—. Así será más fácil estar por ahí sin ser visto. Y estaré rodeado de humanos: eso le dará un empujón a mi poder.

—No puedes tomar lo que no te den voluntariamente —dijo Galo repitiendo las palabras de Aren.

—Bueno, sí, así que espero encontrar algunos humanos amigables. Tendré que hablar con algunos, por lo menos. Ni siquiera sé en qué cárcel está —dijo arrugando la cara—. Además, nunca he estado en Olso.

—Yo tampoco.

—Esperemos que nunca vayas —dijo Aren con una sonrisa—. Me dicen que no es muy bonito por allá.

—Sí —dijo Galo—: esperemos.

DIECISÉIS

Em abrió la puerta para encontrarse a Aren del otro lado. Lo acercó a ella en un abrazo un poco más fuerte de lo necesario.

—¿Estás bien? —preguntó él.

—Sí —respondió ella, aunque no era cierto. Desde que se había ido, oscilaba entre preocuparse por él y sumirse en el sentimiento de culpa por Olivia.

—¿Y ya…? —empezó a decir, pero antes de que pudiera terminar, Em susurró:

—Olivia está aquí.

Él se soltó y recorrió con la mirada la cocina y la sala.

—¿Quieres…? —las palabras de Em eran apenas un murmullo y tuvo que contener las lágrimas antes de poder terminar la oración—: ¿Quieres decirle tú?

Aren asintió con la cabeza en actitud solemne. Em respiró hondo.

—¡Olivia! ¡Ya regresó Aren!

Sonaron en el pasillo las pisadas de Olivia acercándose. Se detuvo y se recargó en la pared con una ceja levantada.

—¿Se había ido? —preguntó.

—Sabes que sí —dijo Em. De hecho Olivia, un día antes había estado interrogándola sobre él: *¿Dónde está Aren? Sé que sabes adónde fue. ¿Regresará? ¿Fue a Olso?* Em se hizo la tonta y fingió que no tenía ni idea de adónde había ido.

—Lamento no haberme despedido —dijo él—. Iba a ir a Olso y me preocupaba que Em no lo permitiera.

—¿Em te da órdenes? —preguntó Olivia con los ojos entrecerrados.

—Sí. A veces.

—¿Y por qué regresaste? ¿Iria murió? —preguntó Olivia, y Em la vio con mirada asesina. Olivia sólo lo preguntaba por maldad: sabía que no había modo de que Aren hubiera viajado a Olso para saber cómo estaba Iria y que ya estuviera de regreso.

—No llegué a Olso —dijo Aren—. Oí algunas noticias y tuve que regresar.

Olivia arqueó las cejas en gesto interrogante.

—Se avecina un ataque —dijo—. Un ejército hecho con fuerzas de Olso y de Vallos. Y también Jovita está con ellos. Vienen por nosotros.

—¿Y qué? —se burló Olivia.

—Por lo que oí, es un ejército considerable.

—Déjame ir con Cas —dijo Em enseguida, tal como habían planeado—. Le pediré que nos ayude. Con soldados de Lera podremos...

—Él lo sabe, Em —interrumpió Aren—. Lo escuché de unos soldados. Les ordenaron vigilar los movimientos de las tropas, pero no atacar. Cas no quiere arriesgar a su gente en este momento.

—Después de todo, sólo se preocupa por sí mismo —dijo Olivia con petulancia.

Em tragó saliva e intentó parecer alterada. No era difícil. Tenía un nudo en el estómago por las mentiras que Aren y ella estaban diciéndole a Olivia.

—No necesitamos su ayuda —siguió Olivia. Tomó aire y se quedó unos momentos callada—. Al estar aquí, estamos protegiendo a Casimir. Se dan cuenta de eso, ¿cierto? No lo van a atacar a él porque nos atacarán a nosotros.

—En este momento, nos odian más a nosotros —dijo Aren.

—Quizá deberíamos regresar a Ruina y dejar que lo resuelvan entre ellos —dijo Olivia.

Em parpadeó sorprendida. Por primera vez en días sintió que la invadía la esperanza.

Agarró la mano de Olivia. Su hermana se echó hacia atrás con expresión asustada y retiró bruscamente su mano.

—Regresemos —dijo Em con auténtica desesperación—. Creo que en este momento regresar a Ruina es la mejor decisión.

—Tenemos bastantes caballos y víveres —dijo enseguida Aren—. Sería un viaje mucho más sencillo que la vez pasada.

Olivia los miró torciendo el rostro en un gesto. Em se dio cuenta de que habían cometido un error. Aren y ella se habían mostrado demasiado impacientes por volver a casa.

—No vamos a huir —dijo Olivia bruscamente—. Los ruinos ya no se esconden. Nosotros *peleamos*.

Em y Aren se quedaron callados.

—¿Sabes dónde están las tropas que vienen por nosotros? —le preguntó Olivia a Aren.

—Sí. Conozco la ruta general que están tomando. No será difícil encontrar a un ejército tan grande.

—Entonces iremos a buscarlos —dijo Olivia—. No me voy a quedar aquí sentada esperándolos.

—¿Estás segura? —preguntó Em—. Quizá recuerdes que Olso tiene armas muy poderosas.

Por primera vez, el rostro de Olivia reflejó preocupación, pero rápidamente se la sacudió.

—Algunos hemos estado elaborando planes para sortear sus armas. Un ataque sorpresa ayudará.

Em tragó saliva. Había hecho exactamente lo que Galo había sugerido: le había dado a Olivia la opción de ir a casa y ella había elegido pelear. Ella siempre escogería esa opción, por mucho que Em quisiera que cambiara.

—¿Cuándo nos vamos? —preguntó Em con voz temblorosa.

—Mañana a primera hora —dijo Olivia apartándolos y caminando hacia la puerta—. Empezaré a preparar a los ruinos. Ustedes dos alisten los caballos y los víveres. Quiero que llevemos lo menos posible, nada que nos obligue a aflojar el paso.

—Está bien —dijo Em.

—¿Y qué hacemos con los humanos presos? —preguntó Aren—. Quizá deberíamos liberarlos antes de partir.

—No hace falta —dijo Olivia—. Ayer los maté a todos. Ya no eran útiles.

Y salió dejando que la puerta se azotara.

Em cerró los ojos unos instantes.

—Lo siento —dijo, aunque en realidad no a Aren—, no lo sabía.

—Era inevitable —dijo Aren en voz baja.

Em esperó hasta ver por la ventana a Olivia caminando antes de volver a hablar.

—Entonces eso es todo.

—Lo siento, Em —dijo Aren—. Por un momento, pensé que regresaría a Ruina.

—Yo también —el momento de esperanza persistía en su pecho y hacía todavía más dolorosa la realidad. Carraspeó y preguntó—: ¿Qué dijo Cas?

—Puede enviar algunos soldados, pero sólo unos pocos. Nos seguirán, pero de lejos. Galo se coordinará con ellos y viajará entre nosotros mientras nos dirigimos allá. Sólo tendríamos que viajar unos cuantos días para llegar con ellos. Tal vez lleguemos a la mitad del camino a la frontera de Olso. Y planeo seguir adelante —concluyó frotándose la nuca con la mano.

—¿Para ir por Iria? —adivinó Em.

Él asintió con mirada de preocupación.

—Ya estaré de camino y, si todo sale según lo planeado, Olivia estará debilitada y de cualquier forma todo mundo estará yendo de regreso al castillo de Lera, así que...

—Aren, está bien —interrumpió ella amablemente—. Ve. Tienes razón, ya estarás a la mitad de camino, y ella está presa por habernos ayudado. Es lo que debes hacer.

—Gracias —dijo aliviado.

—De nada. Tráela de regreso a salvo.

—Lo haré.

Olivia salió de la casa a escondidas antes del amanecer. Cerró la puerta sin hacer ruido y cruzó la veranda a oscuras, cambiando de lugar la bolsa que se había echado sobre el hombro.

Una figura alta estaba recargada en un árbol junto a la casa. Jacobo.

—¿Em sigue dormida? —preguntó en voz baja.

—Sí. ¿Viste algo anoche?

—No gran cosa. Un par de ruinos entraron y salieron de casa de Mariana, pero no hay modo de saber de qué hablaron. Hablé con Gisela y no obtuve nada. Solamente dijo que está siguiendo órdenes de Em y tuyas.

—Por supuesto que te dijo eso —refunfuñó Olivia. Todos los ruinos habían accedido de buena gana a perseguir al ejército de humanos.

Incluso los que Olivia sabía que estaban del lado de Em. *Si es lo que consideras mejor,* le dijo Ivanna. Ivanna nunca había confiado en ella.

Olivia esperaba que discutieran; pensaba que Ivana y algunos de los otros podrían negarse rotundamente a ir.

Pero todos habían asentido con la cabeza y aprobado su plan. Mariana dijo que ayudaría a alistar a los caballos. Gisela no la vio ni una vez a los ojos durante su conversación.

Algo estaban tramando. Todos se habían enterado de los ejércitos de Olso y Vallos antes que ella y *querían* ir. Pero no sabía por qué.

—Quédate aquí —le dijo Olivia a Jacobo—. Quiero que mientras viajamos vigiles a Em. No la pierdas de vista.

—¿Estás segura de que debemos hacer esto? —preguntó—. Si ella está planeando algo, tal vez debamos quedarnos aquí.

Una furia candente recorrió la espalda de Olivia.

—No me importa lo que esté planeando. ¿En verdad te da miedo una ruina inútil?

Jacobo se mostró convenientemente avergonzado.

—Claro que no.

—Bien. Por ahora, le seguiremos el juego, averiguaremos lo que está haciendo y la detendremos.

Giró sobre los talones y emprendió la marcha. Por un momento había considerado lo mismo: decirle a Em que había cambiado de opinión y que por ahora se quedaría en Westhaven.

Pero tras la vacilación de Jacobo, estaba aún más resuelta. No le importaba lo que Em estuviera planeando. Si Olivia se echaba para atrás en ese momento, nunca obtendría el apoyo de los ruinos.

Visitó primero el establo. Ensilló al caballo más veloz y sujetó su bolsa a la silla para que todo mundo supiera que era de ella. Aren iba a ayudar a alistar a los caballos por la mañana, y seguramente le daría el más lento, si ella le dejaba la decisión. Aren. Le había mentido sobre lo de ir por Iria. No se habría quedado todo ese tiempo con Em sólo para largarse a Olso inesperadamente. Habían fraguado todo el plan para Olivia, como si fuera tan tonta de creerles una palabra.

Dejó el caballo y emprendió el camino a casa de Aren a pie. Jacobo vigilaría a Em y Olivia se encargaría de Aren.

Al acercarse a su casa, vio una luz parpadeante por la ventana. Se detuvo y se desvió del camino para sentarse en los escalones de una casa desierta, donde él no podría verla.

Salió de la casa cuando el sol empezó a despuntar. No llevaba bolsa, cosa rara, y se dio la vuelta y empezó a caminar hacia el este, que era más extraño aún: al este no había nada.

Esperó hasta que se hubo alejado suficiente antes de seguirlo. Caminaba con cautela; de pronto volteaba a ver por encima del hombro, y Olivia estuvo dos veces a punto de perderlo por lo lejos que iba.

De repente, sintió la presencia de un humano; quizá más de uno, no había modo de saberlo.

Olivia se detuvo con una fuerte sensación de miedo cuando vio a Aren caminar hacia una zona muy boscosa. ¿Habían tramado él y Em algo con los humanos? Quizás estaban a punto de atacar y Olivia, en vez de estarse preparando, iba siguiendo a Aren estúpidamente de un lado a otro.

Avanzó como una flecha manteniéndose cerca del suelo y se arrastró hacia los árboles.

—... debería estar cerca —oyó que decía una voz desconocida.

Se puso en cuclillas y atisbó detrás de un árbol. Aren estaba ahí, con un humano, sólo uno. Estaban bastante lejos, pero le resultaba algo familiar.

Aren dijo algo que no alcanzó a oír. Quería acercarse, pero no se arriesgaría a ser descubierta: no sin averiguar qué pretendía con ese humano. Se inclinó hacia delante, hasta donde se atrevió.

El humano se movió un poco y se alcanzó a ver su rostro. Olivia enterró los dedos en la tierra para no gritar.

Galo: el guardia que siempre acompañaba a Casimir. Había estado con él en Roca Sagrada, cuando el estúpido había permitido que su prima lo envenenara. Em y Aren estaban trabajando con el rey de Lera.

—Siempre voy a estar en el sureste —le dijo Galo a Aren—, en algún punto entre los soldados de Lera y ustedes.

¿Los soldados de Lera? Olivia respiró hondo para tranquilizar la magia ruina que hervía en sus venas.

—Iré todas las noches a buscarte, si puedo —dijo Aren—, pero definitivamente iré a verte por lo menos una vez, cuando estemos acercándonos a los ejércitos de Olso y Vallos.

Galo asintió con la cabeza y Aren dijo algo que Olivia no alcanzó a oír. Galo sonrió. Aren se dio la vuelta y empezó a caminar de regreso en dirección a Westhaven, mientras Galo se encaminaba al rumbo opuesto.

Olivia esperó a que Galo hubiera avanzado algunos pasos antes de empezar a seguirlo. No era tan cauteloso como Aren: él sólo miró hacia atrás una vez e incluso quebró una ramita con la bota. No estaba acostumbrado a moverse de manera furtiva.

El sol estaba más alto cuando aflojó el paso y le hizo señas a alguien a lo lejos. Olivia se detuvo y protegió sus ojos con la mano.

Las tropas de Lera. No estaban uniformadas: sólo iban de negro y gris, pero habría sabido quiénes eran incluso si no hubiera alcanzado a escuchar la conversación, pues tenían el aspecto cuidado y engreído de los soldados de Lera.

No había más que diez, todos a caballo. Olivia esperó a que llegaran los demás. Galo caminó hacia ellos y dijo algo que Olivia no alcanzó a oír.

Un minuto después resultó evidente que no había más soldados: sólo esos diez hombres y mujeres. ¿Qué creían Aren y Em que podrían hacer con *diez* soldados de Lera?

Frunció el ceño y pensó en matarlos a todos en ese mismo momento. Eso sí que estropearía el plan de Em.

Pero no sabía qué plan era, y no podía demostrar que ella supiera de esos soldados de Lera. Sólo Aren había hablado con Galo.

Retrocedió un paso. No, era mejor dejar que eso terminara. Los soldados de Lera podían seguirlos. Diez humanos no podían competir con ella, y cuando los matara tendría que ser enfrente de los ruinos: necesitarían ver con sus propios ojos la traición de Em.

Caminó de regreso a Westhaven y a ratos avanzó corriendo. Cuando llegó a la casa que compartía con Em, estaba jadeando. Jacobo aún estaba acechando. Em salió de la casa mientras Olivia se acercaba.

—Estaba buscándote —dijo Em.

—Aquí estoy —respiró hondo por la nariz y trató de parecer tranquila—. Estaba alistando a mi caballo.

—¿Entonces seguimos pensando en partir esta mañana? —preguntó Em.

—Por supuesto. ¿Y por qué no? —miró a Em fijamente hasta que ésta apartó la vista. Em actuaba como si fuera mucho mejor que Olivia, pero era capaz de mentirle a su hermana viéndola a los ojos. Ni siquiera su madre habría hecho eso, y ella había sido la ruina más perversa que Olivia hubiera conocido jamás.

—¿Es que *tú* cambiaste de opinión? —preguntó Olivia. Una diminuta parte de ella, una parte fea y débil, esperaba que Em dijera que sí. Aún había tiempo de detener cualquier plan que hubiera echado a andar junto con Casimir.

—No —respondió Em.

—Pues muy bien —dijo Olivia girando sobre sus talones. Ya no soportaba ver a Em a los ojos—. Entonces vámonos.

DIECISIETE

—Levántate.

Iria se giró en la cama y se topó con la expresión enojada de un guardia que estaba encima de ella. Su bigote rubio tembló.

—¡Ahora! —le gritó.

Ella se incorporó lentamente mientras recorría el cuarto con la vista en busca del doctor. Llevaba varios días en el ala médica, y no le sorprendía que su tiempo se hubiera acabado. Aun así, una parte de ella deseaba que el médico se apareciera para decir que todavía no estaba lista para el traslado.

—El doctor autorizó tu liberación para volver con la población general —dijo el guardia, truncando sus esperanzas.

—Se refiere a confinamiento solitario.

—Me refiero a la población general —los labios del hombre esbozaron una sonrisa terrible y el miedo se apoderó de ella.

Otros presos la atacarían. Lo sabían: por eso antes había estado en confinamiento solitario. Debían haber encontrado el modo de convencer al director de la prisión de que la encerraran con todos los demás.

Sus rodillas temblaron cuando se levantó y ondas de dolor recorrieron lo que quedaba de su pie. Avanzó, vacilante, un paso, recargada en la pierna buena. El médico apareció por detrás de una cortina. La miró de arriba abajo.

—Que venga todos los días para que le cambien esas vendas —dijo. Tomó sus zapatos del suelo y se los extendió—: Póngase sólo el del pie bueno.

Iria obedeció y deslizó el pie dentro del endeble zapato mientras sostenía el otro en la mano.

—Bien —dijo el guardia y movió la cabeza como señal para que caminara frente a él.

Iria dio algunos pasos más, haciendo gestos de dolor. Cojeaba mucho y sintió pánico: no podría correr. En esas condiciones, apenas podría pelear con una espada: se tropezaría tras el primer ataque. Pero, por supuesto, nunca más tendría acceso a una espada, así que tal vez ni siquiera importaba.

Inclinó la barbilla hacia el pecho, desesperada por contener las lágrimas. Llegar llorando a la zona de la población general sólo empeoraría las cosas. Por lo menos, tendría que fingir que era fuerte.

El guardia abrió la puerta que conducía a las celdas e Iria irguió la cabeza al pasar. Las celdas estaban alineadas a ambos lados en dos niveles y se extendían por un largo tramo. Pasaron por alrededor de veinte celdas. Ella mantenía la cabeza erguida pero no se atrevía a ver a los costados.

El guardia se detuvo.

—¡Contra la pared! —le gritó a la interna que estaba dentro.

Iria respiró hondo al ver a su nueva compañera de celda. No eran buenas noticias.

La mujer era mayor que Iria, tendría probablemente treinta o cuarenta y tantos años, con cabello rubio oscuro y un cuerpo hecho para trabajos pesados. Miró fijamente a Iria con gesto de repugnancia. No se conocían, pero todos los presos debían saber que tarde o temprano se aparecería por ahí. Iria caminó hacia la pared de atrás y se recargó en ella mientras el guardia abría la puerta. Como no se movía, el guardia la agarró del hombro y la empujó adentro. Cayó sobre el pie herido y sintió un dolor punzante. Apretó los labios para no aullar.

La puerta se azotó detrás de ella.

Su nueva compañera se le quedó viendo con los brazos cruzados. La celda consistía en una litera, de la que a todas luces se estaba usando la cama de arriba, y un lavabo y un escusado en el rincón de la izquierda. Era demasiado pequeña para una persona, ni se diga para dos.

—Soy Iria —dijo, sólo para demostrar que no estaba asustada, pero su voz sonaba demasiado débil para ser convincente.

La mujer avanzó un paso.

—Julia.

Sintió un asomo de esperanza. Tal vez esta mujer no fuera tan mala a fin de cuentas. No todo mundo era apasionadamente leal a Olso: de hecho, era probable que una ciudadana presa no le tuviera mucho cariño a su país.

Julia la agarró del cuello de la blusa, con lo que se extinguió la chispa de esperanza, y jaló a Iria para acercar su cara a la suya. La tela apretaba su cuello al punto de dificultarle la respiración.

—Eres algo pequeña para ser guerrera, ¿no?

Iria intentó, infructuosamente, tirar de la mano de Julia para que soltara su cuello.

—Soy más fuerte de lo que parece —dijo casi sin aliento.

Julia soltó una risotada y la liberó. Iria se tropezó hacia atrás y al fin tomó aire.

—Tengo cadena perpetua —dijo Iria, enderezando los hombros y mirando a Julia a los ojos—. Ten cuidado: no tengo nada que perder.

De pronto, el puño de Julia golpeó contra su mejilla. Iria no lo había visto venir, ni siquiera se había dado cuenta de que Julia fuera tan veloz. El puñetazo fue tan fuerte que su espalda golpeó con los barrotes de la celda. Vio estrellas bailando.

—Ninguna de nosotras tiene nada que perder —dijo Julia con desdén.

DIECIOCHO

Los ruinos viajaron durante dos días y en ese tiempo Olivia apenas le dirigió la palabra a Em.

Em miró a su hermana de reojo mientras ésta tendía una manta en el pasto. Alrededor de ella, los otros ruinos se preparaban para dormir. Aren acababa de desaparecer para ir a ver a Galo. Mariana estaba en los lindes del campamento, inspeccionando la selva a su alrededor. Esa noche le tocaba hacer guardia.

Jacobo extendió su manta cerca de la de Em. Era evidente que Olivia le había pedido que la vigilara, pues no la perdía de vista.

Ivanna caminó hacia Em y le alargó una taza.

—¿Quieres té?

—Gracias —dijo Em y dio un sorbo.

—¿Cómo estás? —preguntó Ivanna—. Te ves cansada.

—Todo mundo me dice eso.

Y era cierto que no había dormido bien en varios días. Ya resultaba difícil dormir cuando se estaba de viaje, pero además tenía pesadillas recurrentes sobre Olivia, perdida en el bosque y pidiendo ayuda.

Ivanna le dio un apretoncito en el brazo. Parecía que estaba por decir algo, pero Olivia se dirigía hacia ellas a grandes zancadas, con las manos en las caderas, así que Ivanna se escabulló.

—Deberíamos deshacernos de los carros —dijo Olivia.

—Los necesitamos —observó Em—. Ahí tenemos la comida para nosotros y para los caballos, agua extra, armas, mantas y toda clase de cosas que podríamos necesitar.

—Nos están obligando a aminorar la marcha —protestó Olivia.

—No se trata de velocidad. De cualquier manera interceptaremos a las tropas en unos cuantos días. Nada ganamos con llegar más rápido.

De hecho, Em habría preferido ir más lento y posponer lo inevitable el mayor tiempo posible.

Olivia arrugó la nariz pero no protestó. Echó una mirada a los ruinos, que estaban comiendo y platicando en voz baja.

—Hiciste un buen trabajo, Liv —dijo Em tranquila y sinceramente.

Olivia la miró con sospecha.

—¿Con qué?

—Preparando a los ruinos. En eso eres todavía mejor que nuestra madre.

Olivia resopló.

—¿Qué quieres?

—Nada.

—¡Por favor!

—En serio. Sólo estaba… —Em se encogió de hombros y miró al suelo. *Sintiéndome culpable*—. Simplemente pensé que debías saberlo.

—Gracias —dijo Olivia de modo cortante. Empezó a alejarse, pero luego regresó abruptamente, con los labios apretados—. Dime la verdad.

—¿Acerca de qué?

—Fuiste a ver a Casimir, ¿no? Esa vez que dijiste que ibas a buscar pienso para los caballos.

Em consideró lo que diría a continuación.

—Sí —dijo al fin—. Fui a verlo. De hecho, él me dio el pienso.

Olivia resopló enfadada.

—¿Y por qué volviste?

—Siempre tuve la intención de volver. Sólo quería verlo —Em miró a su hermana a los ojos—. Me dijiste que podía seguir con él, hicimos un acuerdo: tú harás lo que quieras, pero sin perjudicar a Cas.

—Sí, en eso teníamos un acuerdo.

—¿Y cambiaste de opinión?

—No.

—Renunciaré a él si podemos volver a Ruina —dijo Em, aunque la sola idea de no volver a ver a Cas jamás era terrible. Hizo un último intento—: Si nos desviamos ahora hacia allá, no nos tomará tanto tiempo llegar, y tenemos suficientes víveres.

Olivia la examinó con interés.

—De pronto estás impaciente por regresar a Ruina.

—A estas alturas, parece la única buena alternativa.

—¿Ah, sí? ¿Y qué tiene de malo esta alternativa? —preguntó Olivia con un amplio gesto del brazo—. Fue Aren quien sugirió todo esto y tú no discutiste.

Em no tenía nada que decir al respecto.

—Dime la verdad —volvió a pedir Olivia.

Em, preocupada, miró a su hermana. Sintió una opresión en el pecho. ¿Sabría algo Olivia?

—¿La verdad de qué? —preguntó Em con un nudo en la garganta que le dificultaba respirar. Las palabras sonaron extrañas. Fue un pésimo intento de mentira.

Olivia sólo la miró tan fijamente y por tanto tiempo que Em se incomodó y tuvo que voltear a cualquier otro lado.

—Voy a dejar atrás los carros —dijo al fin Olivia—. De todas formas, pronto tendremos que reducir las tropas. Quizá mañana. Luego volveremos por ellos si queremos.

—Alguien podría robarlos —dijo Em.

Olivia se dio la media vuelta y, encogiéndose de hombros, remató:

—Entonces, los mataremos también a ellos.

El tercer día de viaje, Ester, la ruina que hacía los reconocimientos de la zona, informó a Olivia que ya estaban cerca del ejército de Olso.

—¿Cuántos son? —preguntó Olivia con serenidad. Se bajó del caballo de un brinco y se alejó unos pasos del resto de los ruinos para poder hablar con Ester a solas. Em las miró con curiosidad montada en su caballo.

—Alcancé a ver a cientos —dijo Ester—, quizá mil, pero no pude echar un buen vistazo: quise regresar tan pronto como pude. Cuando los vi, estaban dejando descansar a los caballos, así que tenemos algo de tiempo para llegar a nuestra posición.

—Bien —Olivia se resistió al impulso de mirar a Em—. ¿Y no había nada que pareciera... fuera de lugar?

—¿Fuera de lugar? —repitió Ester, confundida.

—¿No detectaste nada raro?

—Creo que no —dijo Ester mirándola con extrañeza—. Se veían como todos los otros ejércitos humanos que haya visto.

—De acuerdo.

Olivia era un manojo de nervios. Creía que podría averiguar cuál era el plan de Em antes de encontrarse con el ejército.

—¿Olivia? —la llamó Em desde atrás—. ¿Ya vio Ester al ejército?

—Sí —dijo Olivia. Volteó para encarar a Em y al resto de los ruinos. Su mente trabajaba aceleradamente para decidir qué harían a continuación.

—¿Cuándo nos quieres en nuestras posiciones? —preguntó Em tras varios segundos de silencio.

Olivia buscó a Aren entre la multitud de ruinos. Estaba atrás, bajando de su caballo. Miró por encima del hombro, en la misma dirección por donde había venido.

—Jacobo, busca un árbol desde donde vigilar —ordenó Olivia. Él se acercó a un árbol alto y empezó a treparlo—. Todos los demás, a sus posiciones. Amarren a sus caballos, pero por ahora quédense en el suelo. Escóndanse cuando Jacobo dé la orden. Yo voy a hacer un rápido reconocimiento de la zona inmediata. Necesito saber dónde pueden esconderse los guerreros.

Em asintió con la cabeza y desmontó su caballo. No volteó a ver a Olivia.

Ésta se alejó de los ruinos y, cuando ya no la vieron, pasó corriendo entre los árboles. Alcanzó a ver fugazmente a Aren, que se echaba a correr hacia el sur.

Ella corrió detrás de él. El aire se quedaba atrapado en sus pulmones, ya fuera por el enojo o por la falta de ejercicio. Había pasado tanto tiempo entrenando su magia que no había pensado siquiera en sus limitaciones físicas.

Se obligó a seguir adelante. Dos veces estuvo a punto de perderlo, pero él corría en línea recta y era fácil mantenerlo en la mira, incluso si iba más despacio.

Él se detuvo por fin. Ella corrió detrás de un árbol y vio a Aren acercarse a Galo, que iba a caballo. Le dijo algo y el humano asintió con la cabeza.

Aren regresó corriendo por donde había venido y Galo giró a su caballo para dirigirse al sur. Olivia exhaló frustrada y echó a correr de nuevo para seguir a Galo.

Pronto lo perdió de vista y decidió seguir el sonido de los cascos de su caballo, que golpeaban el suelo. Muy pronto se detuvieron y ella paró en seco cuando aparecieron ante su vista los soldados de Lera a los que había visto antes. Seguían siendo sólo diez.

Puso las manos en sus muslos y se tomó un momento para recuperar el aliento. A esa distancia, no alcanzaba a oír lo que decían, pero no importaba. No tenía tiempo que perder. Debía regresar con los ruinos antes de que el ejército de Olso atacara.

Se enderezó y cerró los ojos por un momento hasta tranquilizarse. Salió de su escondite.

Galo la vio primero. Su cuerpo se puso rígido y en sus ojos muy abiertos se adivinaba el terror. Le dijo algo a una soldado junto a él. Ésta rápidamente tomó el arco que llevaba a la espalda y apuntó una flecha hacia Olivia.

Ésta agitó la mano y lanzó a Galo y a la soldado en direcciones opuestas. Los nueve que quedaban entraron en acción al mismo tiempo. Varios empuñaron sus espadas, uno trató de esconderse detrás de su caballo y otro simplemente se echó a correr.

Olivia les tronó el cuello uno tras otro. Iban desplomándose en el suelo mientras los demás gritaban. Los alaridos se apagaron con el último golpe de un cadáver cayendo en tierra.

Galo estaba a unos pasos de ahí, poniéndose lentamente en pie. Ella llegó a él dando grandes zancadas.

—Galo, ¿verdad? —preguntó.

Ella observó que, si estaba asustado, sabía disimularlo muy bien: sólo se le quedó viendo sin decir palabra.

—Deberías arrodillarte cuando una reina se acerca, Galo —Olivia agitó la mano y él cayó de bruces contra el suelo. Luego dobló el dedo para hacerlo deslizarse por la tierra hacia ella. Él dio un grito cuando chocó de cara con una gran piedra.

—Súbete a tu caballo —ordenó ella apuntando—, y no se te ocurra intentar largarte o te rompo el cuello en ese instante.

Galo no se movió.

—También te romperé el cuello si no montas ese caballo en los siguientes tres segundos —dijo—: uno... dos...

Galo caminó hacia el caballo a toda velocidad y pasó la pierna sobre la silla. Olivia habría sonreído si no hubiera tenido tantas ganas de arrancarle el corazón.

De una herida sobre la ceja de Galo empezó a brotar sangre y a correr por su rostro. Él seguía mirando alrededor, como si alguien fuera a aparecer de la nada para salvarlo.

Olivia se subió en el caballo, detrás de Galo. Él se inclinó hacia el frente, como si no quisiera que ella lo tocara. El sentimiento era mutuo.

—Anda —dijo ella.

—¿Adónde? —preguntó él con voz seria y serena. Tal vez pensaba que estaba a punto de morir. Tenía razón.

—Con los ruinos. Ya sabes dónde están.

El caballo empezó a avanzar. Olivia se sujetó de la camisa de Galo para tener cierta estabilidad.

—Más rápido —dijo ella. Galo acicateó al caballo.

No tomó mucho tiempo llegar con los ruinos a caballo. Olivia vio a Jacobo, que seguía trepado en el árbol con la mirada fija al oeste. Los demás no estaban en sus posiciones todavía. Habían movido a los caballos a algún lugar que Olivia no veía y daban vueltas por ahí con expresiones preocupadas. Varios se volvieron y se encontraron con Galo y Olivia.

Ésta le ordenó a Galo que se detuviera y bajó del caballo. Ester caminó frente a los ruinos a grandes zancadas con el ceño fruncido.

—¿Eso es un humano? —preguntó.

—Así es —confirmó Olivia—. ¡Aren! ¡Encontré algo tuyo!

Él avanzó entre la multitud que estaba formándose frente a ella. Su gesto de fastidio de inmediato se transformó en horror. Em apareció a su lado. Tragó saliva, con los dedos rodeando el brazo de Aren.

Éste dio un paso adelante.

—¡Alto! —gritó Olivia. Aren fue lo suficientemente sensato para obedecer—. Si das un paso más hacia él, le romperé el cuello —y al decir esto miró a Galo y lo hizo perder el equilibrio. Él cayó del caballo con un gruñido.

Aren miraba fijamente a Olivia. Ella sabía que debía estar sopesando sus opciones: podía usar sus poderes sobre ella, pero si ella se resistía apenas lo suficiente, tendría amplias posibilidades de matar a Galo.

Le sonrió.

A su alrededor, los ruinos estaban paralizados, observando.

—¿Quieres explicarnos por qué un guardia de Lera nos está siguiendo? —preguntó Olivia—. ¿Y qué me dices de los soldados de Lera a los que acabo de matar?

—No... no lo sé —dijo Aren, y no sonó nada convincente.

—Si no lo conoces, entonces no te importará si lo mato —giró sobre los talones para quedar frente a Galo y fijó la mirada en su cuello—. Adiós, Galo.

DIECINUEVE

❦

El cuerpo de Galo se entumeció. Un grito resonó en sus oídos y por un momento pensó que era él quien gritaba. Pero el grito no era suyo, sino de Olivia, quien voló por los aires y golpeó con fuerza contra un árbol. El grito se fue apagando hasta quedar en gemido.

Galo puso una mano en su pecho. Allí seguía el corazón. La cabeza seguía conectada con el cuerpo. No entendía cómo era posible, tomando en cuenta la mirada que Olivia acababa de dirigirle. Había pensado que su aborrecible rostro sería lo último que vería antes de morir.

Olivia se apretó la cabeza con la mano mientras se ponía en pie con torpeza. Aren se precipitó y se colocó frente a Galo. Claro, Aren. No había nadie más que pudiera haber lanzado así a Olivia para salvarlo.

Tomando en cuenta la mirada que Olivia estaba dirigiéndole a Aren, también ella lo sabía. Respiraba con dificultad, con el entrecejo arrugado y el rostro torcido de rabia. Galo pensó que quizá debía ser él quien se parara frente a Aren.

En el ojo de Galo cayó sangre. Casi había olvidado que Olivia había estrellado su cabeza contra una piedra. Seguía con el cuerpo entumecido por el terror, pero empezaba a sentir un ligero martilleo detrás de un ojo. Se limpió con el dorso de la manga de su camisa.

Alrededor de ellos, los ruinos guardaban silencio. Algunos iban acercándose lentamente para proteger a Olivia, con los ojos fijos en Aren y Galo.

—No se muevan —dijo Aren con serenidad. Alargó la mano hacia atrás y tomó a Galo de la muñeca. Galo tenía miedo de que se oyera su respiración, ya no se diga sus movimientos.

Olivia dirigió su furiosa mirada a Em. Galo la había visto en situaciones horribles —huyendo del castillo de Lera, encontrando a Cas a punto de morir, herida y caminando a trompicones por la selva—, pero nunca la había visto tan perturbada. Sus manos temblaban y sus labios se agitaban como si estuviera tratando de no llorar.

—Tú sabías de él, ¿cierto? —le preguntó Olivia a Em señalando a Galo—. Sabías que nos estaba siguiendo con soldados de Lera.

Aren giró la cabeza hacia atrás y le preguntó a Galo en voz baja:

—¿Mató a todos los soldados de Lera?

—Alguien pudo haber sobrevivido —respondió él—, pero no pude cerciorarme.

Em no le respondió a Olivia, lo que sólo pareció enojarla más. Miró a los ruinos a su alrededor sin dejar de señalar a Galo. A él le habría gustado que dejara de hacerlo.

—¿No ven lo que está haciendo? *Los traicionó* —les dijo Olivia a los ruinos.

—No es así —dijo una ruina mayor, que se paró junto a Em.

Olivia miró boquiabierta a cada uno de los ruinos, uno por uno, con expresión más furiosa a cada segundo.

—¿Tú dejaste que esto pasara? ¿Estás ayudando a la gente que nos *asesinó*?

—Olivia —dijo Em con delicadeza—, es complicado, y nosotros...

—¡No es complicado! —gritó Olivia—. Nosotros no nos asociamos con los leranos, no traicionamos a nuestros compañeros ruinos.

—Tenemos que hacer ciertas alianzas para sobrevivir —dijo Ivanna—. Si no lo ves, entonces...

—¿Entonces *qué*? —gritó Olivia—, ¿qué vas a hacer?

—¡Aren! —gritó Em—. ¡Jacobo, atrás de ti!

Aren soltó la muñeca de Galo y los dos se dieron media vuelta rápidamente. Jacobo se abalanzó contra Galo con una espada. Éste sintió un gran alivio, de hecho: una espada era algo con lo que sí podía lidiar. Alargó la mano para tomar su propia espada de su cinturón.

Aren de pronto lo tiró de la camisa, lo jaló hacia atrás y se lanzó frente a él mientras Jacobo embestía. Galo tropezó y la espada resbaló de su mano. Los ojos de Jacobo se abrieron como platos cuando se dio cuenta de que iba a enterrarle la espada a Aren, no a Galo; la hoja se movió a la derecha y se hundió en la cintura del ruino.

Se oyeron gritos ahogados a lo largo del bosque. La camisa de Aren se empapó de sangre en un santiamén.

—¡Ya vienen! —gritó alguien desde lo alto de un árbol—. ¡Del oeste! Tenemos que ponernos en nuestras posiciones, ¡ahora!

Galo miró la sangre que se extendía por la camisa de Aren. Extendió una mano, listo para estabilizarlo si se tambaleaba.

—¿Es profunda? —preguntó.

Aren no respondió. Em y él se comunicaban con los ojos. La herida no parecía preocuparle en lo más mínimo.

—Es una trampa —dijo Jacobo.

Olivia miró fijamente a Em.

—Maté a todos los soldados de Lera —dijo.

—Eso no importa —respondió Em con tranquilidad—. Yo no tengo ningún control sobre el ejército de Olso. Tienes que huir o prepararte para la batalla.

Los ojos de Olivia destellaron. Em dio un paso atrás.

—Corramos —dijo Jacobo—. Se traen algo entre manos.

—No —dijo Olivia bruscamente—. A sus posiciones.

—Pero...

—¡A sus posiciones! —gritó Olivia—. No me importa qué estén planeando —y dirigió sus siguientes palabras a Em—: Puedo matar yo sola a todos los soldados, si es necesario.

Galo dio una inhalación brusca. No creía que eso fuera cierto, pero Olivia se veía lo suficientemente determinada para hacerlo realidad.

—¡Todos a sus posiciones! —volvió a gritar Olivia.

Em salió primero en dirección a los árboles para encontrar un escondite. Aren tomó a Galo del brazo y lo jaló, mirando a cada rato a Olivia por encima del hombro. La mirada de Galo estaba fija en la camisa ensangrentada de Aren.

Aren lo llevó al oeste, lejos de los ruinos y en dirección al lugar por donde llegaría el ejército de Olso. Los árboles eran menos frondosos ahí y tuvieron que agazaparse atrás de un montón de vides. No era el mejor escondite, pero serían los primeros en ver a los soldados cuando se aproximaran.

—Déjame ver —le dijo Galo a Aren. Trató de levantar la camisa para examinar su herida.

—Es un simple rasguño —dijo Aren retirándole la mano—. Agáchate.

Galo obedeció y se hundió un poco más. Miró a sus espaldas y vio a los últimos ruinos corriendo a sus posiciones: trepando a los árboles, desapareciendo tras los arbustos y haciéndose señas entre sí. Había perdido de vista a Olivia y a Em.

La selva quedó quieta y en silencio. Galo miró a Aren y lo encontró levantándose la camisa y examinando el tajo que tenía en el costado. Era más que un "simple rasguño" y, de hecho, daba la impresión de ser bastante doloroso.

—¿Por qué hiciste eso? —susurró Galo—. Soy bueno con la espada, podría haberlo rechazado.

—De nada —dijo Aren irónicamente.

—No quise decir…

—Lo sé. Estoy bien. No es más que una nueva cicatriz —lo dijo tranquilamente y sin amargura.

La mirada de Galo se desvió a las cicatrices de quemaduras en los brazos de Aren. Siempre intentaba no quedarse viéndolas, temeroso de que eso incomodara a Aren, pero esa vez no pudo evitarlo. Si una hora antes alguien le hubiera preguntado si se consideraba vanidoso, de inmediato habría respondido que no. Ahora estaba pensando en qué clase de marca quedaría en su rostro tras haberse golpeado con esa roca y en que no querría tener ni la mitad de las cicatrices de Aren.

—Gracias —dijo. Supo que Aren se había dado cuenta de que miraba sus cicatrices—. Por salvarme —añadió, como si no fuera evidente. Sintió un súbito impulso de hacer algo más por Aren, aunque no estaba seguro de qué. No tenía mucho que ofrecer a un poderoso ruino.

—Claro. Tal vez tendré que hacerlo de nuevo en unos minutos, así que no te apartes de mi lado por nada del mundo, ¿entendido?

Galo se habría reído de no haber estado bullendo todavía de terror por su encuentro con Olivia.

—Entendido.

Aren se inclinó hacia el frente y apoyó la mano en una gruesa vid para buscar al ejército de Olso. Galo estaba a su lado, arrodillado, con las manos contra la tierra como si estuviera preparándose para salir corriendo en cualquier instante. Aren hizo un gesto de aprobación con la cabeza.

Aparecieron algunos caballos a lo lejos. Los jinetes no llevaban uniformes de Olso o de Vallos, y Aren se inclinó un poco más, con los ojos entrecerrados. Varios caballos más aparecieron detrás de ellos.

—Es Jovita —susurró Galo—. La que va al frente, sobre el caballo castaño.

Aren lo miró de reojo.

—¿Cómo lo sabes?

—Lleva un cinturón real. El sol se refleja en él, ¿lo ves?

Aren volvió a mirar. En efecto, una gran hebilla en su cinturón de plata brillaba y anunciaba su presencia a todos los que estuvieran por ahí. No estaba acostumbrada a viajar con discreción. O no le importaba.

Había como doscientos jinetes a su alrededor, todos de negro, y Aren notó destellos azules en varias de sus camisas: prendedores ruinos. Eran cazadores.

Detrás de Jovita aparecieron más caballos, montados por jinetes con chaquetas carmesí y blanco. Salpicados entre ellos, había unos cuantos uniformes de Vallos, negro y amarillo.

Seguían llegando, eran cientos: tal vez más de los que Olivia y sus partidarios ruinos podrían manejar. Ése era el plan, pero se le retorció el estómago de cualquier manera.

El ejército avanzó en su dirección. Algunas de las personas a la vanguardia ya estaban lo bastante cerca para verlas bien y, en efecto, ahí estaba Jovita. Estaban en el sendero frente a Aren y Galo, tan cerca que en unos cuantos pasos Aren los habría alcanzado.

Pasaron los cazadores y un hombre rubio de aspecto familiar apareció detrás de ellos. Iba a caballo, flanqueado por dos guerreros. August: el nuevo rey de Olso.

Aren levantó las cejas. No esperaba que él se uniera a las tropas.

August cabalgaba con el ceño fruncido y tenía unas grandes ojeras. No sólo parecía exhausto, sino casi una persona completamente distinta. Eso no le sorprendió a Aren: sabía cómo se siente perder a toda la familia de golpe. Sabía las consecuencias que acarrearían.

August se giró. Estaba rascándose el cuello cuando su mirada se encontró con la de Aren.

Sostuvieron la mirada por un instante. August movió los ojos a la izquierda, luego a la derecha, y su mirada aterrizó en el árbol, no muy lejos de ahí, en cuyas ramas estaba sentado Jacobo.

Galo dio una inhalación brusca. Aren se enredó una vid entre los dedos, preparándose para gritarles a los ruinos que atacaran.

August sacudió la cabeza para darles una señal a los hombres que lo rodeaban y llevó a su caballo a la izquierda, lejos de los ruinos.

Jovita y los otros cazadores vieron hacia atrás con el gesto torcido, confundidos, al darse cuenta de que los soldados de Olso y Vallos se estaban alejando.

—¿Está…? —Galo dejó que su voz se fuera apagando.

—La está dejando —dijo Aren—. No están listos para pelear, así que la está abandonando.

Había sido una decisión inteligente, quizá la única que Aren había visto de parte de August. Los guerreros no estaban preparados para la batalla, con sus bombas y armas empacadas. Para cuando estuvieran listos, Olivia ya los habría matado a todos.

Por supuesto, eso significaba que Olivia sólo tendría que enfrentar a alrededor de doscientos humanos. Podía ocuparse de unos cuantos centenares sin problema. El plan de Em había fallado.

Resonó un largo silbido en el bosque: la señal de Olivia para que atacaran. Jacobo saltó del árbol que estaba justo al lado del caballo de Jovita. El rostro de ésta pasó de la confusión al horror cuando se dio cuenta de lo que estaba pasando. Algunos centenares de cazadores estaban rodeados de ruinos por todos lados.

—¡August! —gritó Jovita, como si hubiera pensado que él había cometido un simple error. Evidentemente, no lo conocía tan bien.

Se desató el caos alrededor de Jovita y los cazadores. Olivia saltó de su árbol y al menos otros treinta ruinos surgieron de sus escondites. Jacobo usó su magia para hacer temblar el suelo debajo de los cazadores y varios se cayeron de sus caballos. Los animales salieron disparados a toda velocidad, aterrorizados.

Olivia mató a tres hombres con un giro de la muñeca, pero estaba viendo fijamente al ejército en retirada. Un guerrero cayó de su caballo cuando ella lo mató.

—¡Cobardes! —gritó detrás de ellos. Se giró y, señalando a Aren, pidió—: ¡Ayúdame a detenerlos!

Aren se levantó lentamente y sacudió la cabeza. Si August se hubiera quedado, Em y él, junto con sus partidarios ruinos, estarían corriendo en ese momento, para alejarse todo lo posible de los ejércitos. Pero Aren podía ver a Em paralizada, viendo cómo el ejército se alejaba.

Olivia volteó a la izquierda y luego a la derecha. Los ruinos que se suponía que iban a ayudarla estaban retrocediendo, alejándose de los cazadores. Davi y Mariana estaban en cuclillas detrás de unos árboles. Varios ruinos más los siguieron.

Una flecha pasó zumbando y Aren dio un grito ahogado al ver cómo había estado a punto de dar en la cara de Olivia. Pasó volando junto a su oreja y encontró otro blanco: Jacobo. La flecha atravesó su pecho. Él tropezó hacia atrás mientras la sangre escurría por su boca y cayó al suelo.

Olivia giró hasta encontrar al cazador que había disparado la flecha. La sangre salió a chorros de su pecho y se desplomó. También cayeron los cazadores alrededor de él.

—¿Por qué no están ayudando? —les gritó Ester a los ruinos que se escondían.

Ivanna y Em estaban cerca, agachadas detrás de un arbusto, pero ninguna se movió. Unos rayos creados por los ruinos surcaron el cielo.

El rostro de Olivia estaba crispado de furia, pero su enojo porque la hubieran abandonado no la detuvo. Giró con los brazos extendidos y los cazadores a su alrededor fueron cayendo en el suelo, muertos. Galo, que seguía agazapado cerca de los pies de Aren, daba gritos ahogados mientras miraba.

Los doscientos cazadores se redujeron a menos de cincuenta en cuestión de minutos. Priscila tiró un árbol con su magia ruina y aplastó a varios más. Algunos ruinos formaron un círculo en torno a Olivia para protegerla mientras reconocía la zona. Quedaban alrededor de veinte cazadores, que corrían a gran velocidad entre los árboles en todas direcciones, tratando de ponerse a salvo.

Olivia iba señalando a cada cazador que iba matando. Uno cayó a unos pasos de Aren; otro exactamente frente a él. Algunos desaparecieron en la selva, pero Olivia mató a los demás. Aren respiró hondo. El suelo a su alrededor estaba plagado de cadáveres humanos. Olivia había matado a casi todos los cazadores. Por lo que veía, sólo habían perdido a un ruino: Jacobo estaba tirado en el suelo y la flecha aún sobresalía de su pecho.

Priscila se derrumbó contra un árbol y varios ruinos más siguieron su ejemplo. Las miradas de Aren y Olivia se cruzaron; él podía ver en los ojos de ella el agotamiento. La blusa blanca de Olivia estaba salpicada de sangre y sus manos temblaban un poco.

Em salió de atrás del arbusto, e Ivanna y varios ruinos la siguieron. Mariana apareció junto a Aren y vio la escena frente a Olivia con los ojos muy abiertos.

—¿Siguen ahí los soldados de Lera? —le preguntó Em a Galo.

—No, los mató a todos.

Em cerró los ojos por un instante.

—Claro. Por supuesto que los mató a todos.

—¡Ah, Em! —gritó Olivia. Su voz temblaba de ira.

Em se giró lentamente para quedar frente a Olivia. Aren le hizo una señal a Galo para que se pusiera detrás de Mariana.

Olivia dio un paso al frente. Revisó la zona, evidentemente en busca de algo. Se arrodilló y sacó una espada debajo del cadáver de un cazador.

Se puso en pie con la espada apuntando a Em, y embistió.

VEINTE

Em tenía la espada en la mano. Ni siquiera lo había pensado. Cuando alguien la atacaba con un arma, ella desenfundaba su espada.

Pero ese alguien era Olivia. Su hermana venía directo contra ella, con la espada apuntando hacia el frente.

Em apretó la empuñadura de su espada pero no la levantó. Se quedó ahí, inmóvil, viendo cómo se acercaba Olivia. Esperaba que redujera la velocidad o que bajara la espada, pero seguía avanzando hacia ella.

Em levantó la espada en el último momento. La hoja de la de Olivia golpeó la suya. Habría sido el pecho de Em si no hubiera reaccionado a tiempo.

Olivia intentó apuntar de nuevo su espada a Em, pero ella la desvió con facilidad, y la espada salió volando de la mano de Olivia. Em le había dicho una vez a su hermana que debía pasar más tiempo aprendiendo a usar el arma: *Puede ser que un día lo necesites.*

Olivia la fulminó con la mirada, como si supiera qué estaba pensando Em.

—¿Éste era tu plan? —preguntó Olivia señalando los cadáveres a su alrededor—: ¿Conducirnos a la batalla y luego negarte a pelear? ¿Creías que eso sería suficiente para que *yo* me diera por vencida?

Em no respondió. Seguía buscando la espada caída. Olivia la habría matado si no la hubiera detenido. Su hermana le habría hundido esa espada en el pecho. Se sintió como si estuviera clavada al suelo, con el cuerpo frío.

—¿Querías que me mataran? —preguntó Olivia—. ¿Querías que nos mataran a todos? —añadió señalando a los ruinos detrás de ella.

Em seguía sin respuesta. No, ella no quería eso. Lo temía, suponía que pasaría. Había pasado los últimos días asqueada por su decisión, como si tuviera una roca en el estómago, y no sabía cómo manejar el hecho de que Olivia estuviera viva y quisiera matarla.

—Eres una *traidora* —dijo Olivia—. Tú y todos los que te ayudaron.

—Lo lamento —dijo al fin Em en voz baja—. No me dejaste alternativa.

—¿Lo *lamentas*? —Olivia cerró los puños—. Estás escogiendo a ese joven y no a mí, y no a *tu gente,* ¿y lo lamentas?

Em no podía negar eso. Había preferido a Cas antes que a su hermana. Había preferido muchas cosas antes que a su hermana.

—Es algo todavía más grande —dijo una voz. Ivanna estaba a unos pasos de Em.

—Eres peor que ella —le dijo Olivia a Ivanna—. Una ruina inútil no es una ruina siquiera. Me extraña que tú no lo supieras.

Unos crujidos hicieron voltear a todos y Em vio a una muchacha de cabello oscuro brincando sobre los cadáveres, tratando de salir corriendo de ahí: Jovita.

Olivia movió el brazo y provocó que cayera estrepitosamente.

—A ésa la conozco —y volteando a ver a Ester ordenó—: tráela a mí.

Ester se acercó trabajosamente hasta Jovita y la tomó del cuello de la blusa. Jovita se agarró de las manos de Ester mientras ésta la llevaba arrastrando por la tierra.

—La prima de Cas, ¿cierto? —preguntó Olivia—. ¿Esa que por ningún motivo querías que llegara al trono?

—Sí —respondió Em.

Jovita cayó desplomada, respirando con dificultad, atrás de Olivia.

—¿No ibas a matarla? —preguntó Olivia—. También en eso fallaste, supongo.

—Cas iba a matarla —dijo Em—, pero no hizo falta que lo hiciera.

Jovita pareció sorprendida y luego ofendida, a pesar de su miedo.

—Trae unas cuerdas y átala —ordenó Olivia.

Jovita vio a Em con pánico mientras Ester se la llevaba a rastras. Em sintió lástima por ella —sentía lástima por cualquiera a quien Olivia tomara como rehén—, pero no había nada que pudiera hacer: tenía que asegurarse de que los ruinos escaparan de Olivia.

—Vámonos, Em —dijo Ivanna—. No nos iremos sin ti.

Olivia echó un vistazo alrededor, como si de pronto se hubiera dado cuenta de que muy pocos ruinos quedaban con ella. Acometió contra Em, la tomó del cuello de la blusa y acercó su rostro al de ella. Tenía sangre salpicada en la mejilla.

A Em le tomó un momento darse cuenta de lo que estaba haciendo Olivia.

Su hermana la veía fijamente, con los ojos muy abiertos y una mirada salvaje. Frunció el ceño.

Estaba tratando de usar sus poderes sobre ella.

Em sintió un gran alivio cuando vio que no pasaba nada. Su cuerpo no se movió, ni siquiera sintió una punzada. Al alivio, le siguió de inmediato el pavor: Olivia estaba tratando de matarla. Otra vez.

Se alejó sobresaltada.

—¿Acabas de intentar usar tus poderes conmigo?

—Tú no eres ruina —gruñó Olivia—. Eres *nada*.

A una parte de Em no le sorprendía oír a Olivia decir eso, pero otra parte estaba devastada, pensando en todas esas veces que su hermana le había dicho que sí tenía valor, aunque fuera inútil. Esas dos palabras —*Eres nada*— anularon de inmediato cualquier cosa amable que su hermana le hubiera dicho jamás sobre su falta de poder ruino.

—Sea yo lo que sea, no puedes controlarme —las palabras de Em tenían un dejo de amargura.

La expresión de Olivia se ensombreció. Por lo visto, la verdad dolía.

Una mano tocó el brazo de Em. Ella se volvió y vio a Ivanna parada a su lado.

—Es hora de irnos —le dijo con dulzura.

—Todo el que se vaya con Em será considerado un traidor —dijo Olivia—. Si regresan, no serán bienvenidos.

—Tú no eres nuestra reina —dijo Ivanna—. Em sí.

Por un momento, pareció que Ivanna hubiera abofeteado a Olivia. El enojo se desvaneció de su rostro y sólo parecía lastimada, como la niña a la que Em algún día había conocido.

Pero luego Olivia bajó las cejas y en su mirada, fija en Ivanna, no había más que furia.

Ivanna gritó. Su blusa se empezó a manchar: hilos de sangre corrieron por sus brazos. Em se puso una mano en la boca y apretó los ojos. Un momento después oyó el cuerpo caer.

En todo el bosque se escucharon gritos ahogados. Cuando Em abrió los ojos, vio que incluso algunos de los ruinos partidarios de Olivia estaban horrorizados. Priscila veía boquiabierta el cadáver de Ivanna. Carmen parecía estar a punto de vomitar. Em tenía un nudo en el estómago.

Olivia tomó a Em de la blusa y la jaló bruscamente hacia ella.

—Te voy a *matar*.

A Em se le fue el alma a los pies. Su hermana no estaba haciendo un drama ni el enojo hablaba por ella: lo decía mortalmente en serio.

Em pensó por un instante en su madre, en sus grandes planes para que ella gobernara a un lado de Olivia. Se preguntó de repente si su madre estaría horrorizada por ambas, o si se habría puesto del lado de Olivia. La incertidumbre era demasiada, y Em tuvo que alejar el pensamiento.

—Em, vámonos —dijo Aren con voz tensa. Sabía que Olivia hablaba en serio.

Em intentó soltarse de su hermana, pero Olivia se aferró más a ella.

—¿Por qué te ves tan sorprendida? —preguntó ésta—. Tú me condujiste hacia acá esperando que muriera, ¿o no? Tú y yo somos exactamente iguales, sólo que yo tengo las agallas de matarte con mis propias manos.

Em finalmente logró liberar su blusa y retrocedió varios pasos. Respiraba con dificultad, aunque no había hecho nada extenuante. Sus ojos se llenaron de lágrimas.

Olivia estaba lívida y con los hombros caídos. El uso de su magia en Ivanna la había dejado verdaderamente agotada. Volteó a ver a los otros ruinos; ellos lucían peor incluso.

Se volvió para encarar otra vez a Em, con expresión decepcionada, y ésta con horror se percató de que su hermana estaba molesta por no haberla podido matar en ese momento.

Em se giró de inmediato. Aren tomó su mano y la apretó.

—Puedes salir huyendo ahora, hermana —dijo Olivia detrás de ella—, pero iré por ti. Te lo prometo.

VEINTIUNO

Galo siguió a Aren y a los otros ruinos que se alejaban de Olivia. Todos iban callados mientras se apresuraban por la selva para llegar al punto donde habían dejado los caballos y los carros.

—¿Seguimos pensando en ir a Ciudad Real? —le preguntó al oído a Aren una joven que miraba de reojo a Em, quien se veía pálida y temblorosa mientras desataba a un caballo de un árbol—. Porque este plan... —*fracasó*. No hizo falta que dijera la palabra.

—No tenemos otra opción —dijo Em sin voltear a verlos—. No podemos quedarnos con Olivia y tampoco podemos quedarnos aquí si los ejércitos de Olso y Vallos están tan cerca.

—Es la opción más segura. Tenemos que alejarnos lo más posible antes de que recuperen su fuerza —dijo Aren mirando hacia atrás con expresión consternada. Galo sabía que estaba pensando en su plan de ir a Olso.

—Está bien, Aren —dijo Em—. Deberías ir —y volteando hacia una muchacha preocupada que rondaba por ahí, pidió—: Mariana, ¿puedes asegurarte de que los carros estén listos para salir?

Mariana asintió con la cabeza y se alejó presurosa.

—No puedo ir, Em —dijo Aren mientras ella montaba su caballo—. Olivia está furiosa y va a ir tras ustedes.

—Va a venir tras de *mí* —corrigió Em—, y no necesito que me protejas de Olivia. Estamos muy cerca de la frontera con Olso, sería absurdo que no fueras ahora.

Aren se frotó la nuca con gesto afligido. Era evidente que quería ir.

—Es demasiado peligroso ir solo —dijo con un suspiro—. Esperaré hasta que las cosas se tranquilicen.

—¿Cuándo fue la última vez que las cosas se tranquilizaron para nosotros, Aren? —preguntó Em—. Puede ser que eso nunca suceda.

—Iré contigo —soltó Galo.

Tanto Em como Aren lo miraron sorprendidos. Él mismo lo estaba. La idea llevaba días revoloteando en su cabeza, pero no estaba seguro de ser lo suficientemente insensato para ofrecerlo en verdad.

Mateo se iba a enfadar mucho.

Decidió no pensar en eso y miró a Aren:

—Necesitas ayuda, ¿cierto?

—¿Perdón?

—Para ir a Olso. Acabas de decir que ir solo es demasiado peligroso, y ningún ruino puede ir contigo en este momento. Y en todo caso, ¿no sería un humano de más ayuda para ti? Dijiste que avivamos tu poder.

—Eeeeh, ¿sí? —tartamudeó Aren, sin poder creer lo que Galo estaba ofreciendo.

—Iré contigo.

—¿Por qué? —preguntó Aren, cada vez más incrédulo.

—Necesitas ayuda y estoy en deuda contigo.

—Tú no me debes nada.

—Quiero ayudar —y antes de que Aren pudiera protestar le dijo a Em—: si tú estás de acuerdo. ¿Pueden llegar ustedes solos a Ciudad Real?

—Nos las arreglaremos.

—¿Le dirás a Cas que fui con Aren? Y dile a Mateo...

—Galo se estremeció—. Eh, dile que lo lamento, pero que tuve que hacerlo.

—Claro, se lo diré —ella intercambió una mirada con Aren y arqueó las cejas apenas un poco; él asintió con la cabeza.

Galo podía interpretar ese gesto como un: *Más te vale no dejarlo morir.* Sintió una explosión de nervios en el estómago. Mateo tenía razón: en verdad sentía la necesidad de salvar a todo mundo.

Em alargó la mano para apretar la de Aren brevemente.

—Cuídate mucho en Olso. Espero que encuentres a Iria.

—Lo haré.

Em se puso en marcha y los ruinos la siguieron. Aren amarró su bolsa a un caballo y Galo montó otro. Él había perdido su bolsa cuando Olivia lo atacó y no tenía tiempo de buscarla en ese momento.

—Esa herida se ve seria —dijo Aren señalando su rostro—. ¿Quieres que la vendemos antes de irnos?

Galo tocó con cuidado el tajo que tenía sobre la ceja y sus dedos regresaron con sangre.

—No pasa nada. Preferiría que antes nos alejáramos un poco de Olivia.

Aren asintió con la cabeza. Miró su camisa, cubierta de sangre.

—Buena idea.

Galoparon hacia el oeste, en dirección a Olso, hasta que la oscuridad fue total. A Galo le martilleaba la cabeza y se preguntaba si no habría perdido el juicio por el golpe tan fuerte.

Se dirigía a *Olso*.

Con *Aren*.

Todavía estaba a tiempo de arrepentirse. Podría disculparse y decir que el golpe en la cabeza había sido más fuerte de lo que pensaba, porque había perdido el juicio momentáneamente. Aren no lo obligaría a quedarse.

Galo soltó un largo suspiro. No iba a volverse atrás. Por mucho que la parte lógica de su cerebro gritara, no podía hacer caso omiso de la pequeña voz que le decía que Aren necesitaba y merecía su ayuda.

—Detengámonos aquí —dijo Aren cuando llevaban por lo menos una hora montando—. Allá hay un riachuelo, dejemos que los caballos descansen.

Galo, agradecido, asintió con la cabeza: también él necesitaba descansar. No había dormido mucho los últimos días: había estado ocupado llevando mensajes de Aren a los soldados de Lera y de regreso.

Aren desmontó, tomó las riendas del caballo de Galo y llevó a los dos animales a beber en el riachuelo.

Galo se dejó caer contra un árbol y exhaló con las palmas sobre la frente, que parecía estar a punto de estallar.

Aren desamarró su bolsa del caballo y la abrió para sacar un trapo limpio, en el que echó un poco de agua, y un frasco. Fue hacia Galo, se sentó y le acercó el trapo a la cabeza.

Se detuvo de pronto, con la mano suspendida en el aire.

—¿Puedo? Necesitamos limpiarla para que no se infecte —y, sosteniendo el frasco, añadió—: es un bálsamo para ayudar a que cure la herida.

—Claro. Gracias.

Aren echó el cabello hacia atrás y limpió la herida con la tela.

—Viniste preparado —dijo Galo.

—Después de huir del castillo de Ruina, no tenía nada para tratar mis quemaduras —explicó Aren—. Nunca había necesitado nada: Wenda Flores u Olivia me curaban las pocas veces que tenía alguna herida. Ahora siempre llevo conmigo un botiquín.

Galo hacía muecas de dolor mientras Aren frotaba el ungüento en la cortada sobre su ceja.

—¿Olivia no curó tus quemaduras después de que la rescataste?

—No podía. No se puede curar una vieja herida. El tiempo para hacerlo es muy corto.

—¿Y tú mismo no puedes curarte?

—Desgraciadamente no —Aren se apartó y se levantó la camisa para examinar su herida.

—¿Quieres ayuda? —preguntó Galo.

—Estoy bien —tomó un trapo limpio y empezó a limpiar su herida—. No parece justo, ¿cierto?

—¿Qué?

—Que Olivia pueda curar y yo no. Ella no tiene ningún interés en sanar a nadie —y dijo las siguientes palabras con más suavidad—: Tu poder es un don, pero tienes que elegir qué hacer con él. Eso solía decir mi madre.

Galo no supo cómo responder y el silencio se cernió sobre ellos mientras Aren terminaba de atender su herida.

—¿Por qué viniste conmigo? —preguntó Aren en voz baja.

Galo soltó una breve risa y recargó la cabeza en el árbol.

—A lo mejor porque estoy loco.

—Eso fue lo primero que pensé —y tras una pausa dijo—: No conoces bien a Iria, ¿cierto?

—Creo que hemos cruzado cinco palabras.

—¿Entonces?

Galo volteó a ver al cielo negro entre las ramas de los árboles.

—Mateo dice que tengo que salvar a todo mundo.

—¿Y es verdad?

—Tal vez. Un poco. Fui guardia de un rey, mi trabajo era salvar a la gente, o al menos protegerla.

—Cierto —dijo Aren, y en tono humorístico agregó—: ¿Entonces me vas a proteger?

—Por lo visto.

—Deberías dormir —dijo Aren sacando una manta de su bolsa; se la aventó a Galo—. Yo vigilaré.

—¿Estás seguro?

—Yo necesitaré dormir más cuando nos acerquemos a la frontera de Olso, para que mis poderes estén en las mejores condiciones. Y ahora tú te ves como si estuvieras a punto de desmayarte.

Galo acomodó la manta debajo de su cabeza al acostarse.

—Gracias.

—Gracias a ti —dijo Aren en voz baja—, por venir conmigo.

—No hay de qué —dijo Galo—. ¿Tú crees que Iria espera que vayas?

A Aren le tomó varios segundos responder.

—No lo sé. Le dije que iría, pero... no creo que vaya a darle gusto verme —la segunda parte la dijo en voz muy baja, casi para sí mismo.

—¿Por qué?

—Iba a dejarla en Lera e ir con los ruinos. Eso la molestó mucho.

—La vas a sacar de la cárcel. Yo creo que se le pasará después de eso.

—¿A ti se te pasaría?

—Sí.

Aren lo vio con escepticismo.

—¿En serio?

—Por supuesto. Tuviste que tomar una decisión muy difícil. No podías tan sólo abandonar a los ruinos a manos de Olivia. No cuando tú eres el más poderoso.

—El más poderoso —repitió Aren entre dientes, casi como si no lo creyera—. Es una locura, ¿cierto?, esto de ir a Olso justo ahora.

—Sí. Pero yo haría lo mismo, evidentemente.

—Supongo que eso significa que también tú estás loco.

—Supongo —dijo Galo sonriendo y cerrando los ojos.

VEINTIDÓS

Cas salió por la puerta del castillo y corrió por el camino de tierra. El sol estaba poniéndose y se cubrió los ojos, viendo la verja principal con los ojos entrecerrados. Había cuatro guardias frente a ellos, con expresiones aterradas.

—Ábranles —dijo Cas sin aliento.

Los guardias obedecieron. Jorge, a su lado, se puso tenso. Les hizo señas a algunos guardias para que rodearan a Cas.

Em estaba del otro lado de la verja. Llevaba pantalones negros y una túnica gris holgada, ambos sucios. Su cabello oscuro estaba recogido desordenadamente y tenía unas profundas ojeras. Era evidente que se encontraba exhausta, y su piel aceitunada lucía más pálida que de costumbre.

Detrás de ella había más ruinos. A la mayoría, Cas nunca los había visto. Eran como sesenta, casi todos tan demacrados como Em.

Pero no había nadie más. Ningún soldado de Lera. Tampoco Galo.

Se le fue el alma al suelo cuando volvió a encontrarse con la mirada de Em. Ella no sonreía. Él se acercó lentamente.

—¿Y Galo? —preguntó en voz apenas audible.

—Está bien —dijo Em enseguida. A Cas le regresó el alma al cuerpo. Em cerró los ojos un instante, como si estuviera demasiado cansada para pensar—. Lo siento. Debí decirlo en cuanto llegamos. Fue con Aren a Olso para rescatar a Iria.

—¿Que fue *adónde*?

—Lo sé... Pero él se ofreció. Me pidió que le dijera a Mateo que tenía que hacerlo y que lo lamenta.

Cas parpadeó, su cerebro seguía tratando de procesarlo. A Olso. Con Aren. Eso no le daría mucho gusto a Mateo. Echó un vistazo, pero él no se encontraba entre los guardias. Tal vez estaba en alguna otra parte del castillo.

—Aunque los otros... —la respiración de Em era entrecortada y Cas se dio cuenta de que estaba intentando no llorar—. Olivia mató a todos los soldados de Lera. Lo siento mucho, Cas. Estuvo a punto de matar a Galo también, pero Aren lo salvó justo a tiempo. Y el ejército de Olso... —se interrumpió de pronto, mirando a los guardias y a los otros que rodeaban a Cas como si apenas en ese instante se hubiera percatado de su presencia. Se veía tan perdida, tan alterada, que él no pudo contenerse. Se precipitó hacia ella, la rodeó con los brazos y la apretó contra su pecho. Ella también lo abrazó, pero sin tanta fuerza.

—Fallé, lo siento —le dijo con la cara hundida en su cuello—. Los ejércitos de Olso y de Vallos se retiraron en cuanto nos vieron. Olivia mató a todos los cazadores y capturó a Jovita.

Cas se asustó un poco al saber que Olivia se había llevado a Jovita. No estaba seguro de qué podría querer de ella.

—Me alegra que estés aquí —dijo con dulzura. Se separó, entrelazó sus dedos en los de Em y miró a los ruinos que estaban detrás de ella. Se le hizo un nudo en el estómago.

—Tenemos habitaciones preparadas para ustedes. Entren, por favor.

Una joven de rostro inexpresivo sólo se le quedó viendo a Cas y llamó a Em.

Em soltó la mano de Cas y caminó hacia los ruinos para decirles algo que él no alcanzó a escuchar. Varios se veían alarmados ante la perspectiva de entrar al castillo de Lera.

—Aquí estarán a salvo —gritó Cas.

La mujer se inclinó para mirar en torno a Em y puso los ojos en blanco.

—¡Por favor! Aquí no vamos a estar más a salvo que en ningún otro lugar.

Cas abrió la boca para disentir pero la mirada que le lanzó Em lo hizo cerrarla. La ruina tenía razón, por mucho que le disgustara reconocerlo. Para el caso, el castillo podía ser atacado al día siguiente.

Em dijo algo que hizo que finalmente todos empezaran a caminar. Cas volvió a tomarla de la mano y los condujo por el camino de tierra. Había varias personas reunidas en la entrada principal para ver qué era todo ese alboroto, entre ellos Violet y Franco.

—¿Y los soldados de Lera? —preguntó Violet.

Cas sacudió la cabeza.

—Convocaré enseguida a una reunión para que Emelina nos pueda contar lo que pasó —dijo Franco—. Violet, ve por Julieta a...

—No —dijo Cas rápidamente. Em estaba viendo fijamente hacia delante y por la expresión apagada de sus ojos, parecía que ni siquiera estaba escuchando—. Que descansen primero.

Daba la impresión de que Franco iba a discutir, pero la mirada de Cas significaba que no había lugar para el disentimiento.

—Les puedo contar —dijo Em, quien por lo visto sí estaba escuchando.

—Eso puede esperar —dijo Cas apretándole la mano.

Los condujo por el castillo hacia el ala oeste, donde estaban las habitaciones de los guardias. De cualquier manera, estaban medio vacías desde que habían regresado, y había acomodado un catre extra en cada una para que pudieran albergar a tres personas. Los empleados corrían de aquí para allá, abriendo puertas a lo largo de los corredores y acomodando a los ruinos. Estaban visiblemente nerviosos, y Cas vio cómo una muchacha se alejaba de un ruino como flecha para evitar tocarlo.

—Van a traer algo de comer —dijo Cas, a nadie en particular. Un ruino que pasaba lo miró con suspicacia. Cas volteó a ver a Em, que seguía a su lado, y le preguntó—: ¿Esto está bien? Hay algunos cuartos arriba también, por si quieres llevar allá a algunos ruinos.

—Creo que prefieren estar juntos.

—¿Y tú te quedas conmigo? —preguntó él en voz baja. No podía ni pensar en dejarla ahí, mucho menos si daba la impresión de que se desmoronaría en cualquier momento.

—Dame unos minutos —dijo Em y se alejó de Cas. Entró en una habitación y salió unos minutos después con expresión alterada.

—Está bien si necesitas quedarte aquí con ellos —dijo Cas—, si eso los hace sentirse mejor.

—Nada los hará sentirse mejor —dijo esto con un dejo de amargura al pasar junto a Cas. Él se dio media vuelta para seguirla. Avanzaron por el corredor y subieron las escaleras. Él suavemente la llevó en dirección a su cuarto. Ella miró por encima del hombro los aposentos reales, a donde él no se había mudado todavía, pero no dijo nada mientras caminaban al que siempre había sido su cuarto.

Pasaron por su biblioteca y entraron al dormitorio. Em se quedó viendo sus propias manos, como si acabara de darse cuenta de algo.

—Dejé mi bolsa en el caballo.

—Un empleado la traerá —dijo Cas—. Tu ropa sigue en tu antigua habitación. Le pediré a alguien que la traiga.

Em cruzó el cuarto y se sentó en el arcón, al pie de la cama. Se vio los brazos salpicados de mugre.

—Necesito darme un baño.

Cas se arrodilló frente a ella y la tomó de las manos.

—Pediré que te lo preparen —dijo.

Luego se quedó callado unos momentos, sin saber si debía preguntar qué había pasado. Em se veía desconsolada y él no sabía si era por Olivia o si algo les pasaba a los ruinos. De pronto, cayó en la cuenta de que sabía muy poco sobre la relación de Em con su propia gente.

—Olivia quiere matarme —dijo Em al fin—. De hecho, ya lo intentó, pero ella y los otros ruinos estaban demasiado débiles para pelear conmigo.

Cas le estrechó las manos con un poco más de fuerza.

—Pero no puede, ¿o sí? ¿Puede matar a una ruina inútil?

—Con sus poderes no, pero puede encontrar otras maneras. Lo hará. Encontrará otras maneras —y lo vio a los ojos—. Quizá corras peligro mientras estés cerca de mí.

Cas negó con la cabeza.

—Por ahora, estamos a salvo aquí. Por lo menos esta noche.

Ella asintió y cerró los ojos por un momento. A Cas le daba la impresión de que no estaba de acuerdo, pero estaba demasiado cansada para discutir.

Él se puso en pie y le dio un suave beso en la frente. Ella lo abrazó por la cintura y dejó salir un largo suspiro acurrucada en su pecho.

—Estamos juntos —dijo él dulcemente—. Todo va a estar bien.

VEINTITRÉS

Aren había subestimado Olso.

Creía que sus defensas estarían debilitadas, que la frontera estaría menos resguardada que de costumbre con todos los guerreros en Lera.

Si estaban dispersos, Aren había elegido un mal lugar para intentar entrar. Todos los puestos fronterizos estaban ocupados, con guerreros apostados en unas sencillas torres de madera ubicadas en puntos estratégicos.

Aren y Galo se ocultaron entre los árboles mientras se arrastraban a lo largo de la frontera, evaluando los puestos.

—Podría ser entre esos dos —dijo Aren. Miró a izquierda y derecha, pero estaba demasiado oscuro para ver cualquier otro puesto desde donde estaban. Era poco probable que pudieran pasar sin ser vistos, pero si eran lo bastante rápidos, los guerreros quizá no los atraparían—. Creo…

—Eso no me infunde mucha confianza —dijo Galo.

—¿Tienes una mejor idea?

—No, pero van a dispararles a los caballos.

Aren volteó a verlos y dijo:

—Creo que debemos dejarlos.

—¿Y seguir a pie?

—Como tú mismo dijiste, van a dispararles a los caballos, sea con flechas o con cañones. Seguramente no llegaremos muy lejos con ellos y no quiero que mueras aplastado por uno.

—Entiendo —dijo Galo—. Entonces, vamos a tener que correr rápido... y espero que no tengan muy buena puntería con esos cañones.

—Esperemos que no los tengan listos para disparar —dijo Aren arqueando una ceja—. ¿Ya te estás arrepintiendo de haber venido?

—Todavía no, pero aún tengo tiempo —volteó a ver a los caballos—. Vamos a tardar mucho en llegar a la capital a pie.

—Los guerreros tienen caballos en cada puesto —dijo Aren—. Los van a usar para perseguirnos. Cuando me haya deshecho de los guardias, nos apoderamos de ellos.

—Así de fácil, ¿eh? —comentó Galo.

—Si los guerreros se mantienen en esos caballos estamos muertos, de manera que sí, espero que sea así de fácil.

Aren se asomó entre los árboles para observar los puestos con atención. Aún estaban lo suficientemente lejos para no ser detectados, pero por poco trecho. El elemento sorpresa era lo mejor que tenían a su favor.

—¿Qué quieres que haga? —preguntó Galo—. ¿Te tomo de la mano?

—De hecho, sí. No en este instante, pero en cuanto empiece a usar mi magia ruina. Sólo agárrate de mí.

—Entendido.

—Y dime si ves a alguien venir. Quiero tratar de mantenerlos lejos a todos. Si alguien me reconoce, sabrán que vine por Iria.

Galo asintió con la cabeza.

Aren empezó a avanzar con Galo unos pasos detrás de él. Se mantuvieron cerca del suelo en la oscuridad.

—¿Olivia logró entrar sin que la vieran? —preguntó Galo en voz baja.

—No. Los guerreros los vieron venir y mandaron a mucha gente a recibirlos, por lo que supe.

—Y Olivia los mató a todos.

—Sí.

—Pues no nos hizo ningún favor —refunfuñó Galo.

Aren se enderezó mientras salían del conjunto de árboles. Ya estaban al descubierto. Si los guerreros de la torre ponían atención y veían en la oscuridad, los detectarían.

—¿Ahora? —preguntó Galo.

—Ahora —dijo Aren echándose a correr.

Galo golpeteó la tierra detrás de él.

Corrieron en silencio durante un minuto, por lo menos, y Aren se preguntó si tal vez habían tenido suerte. Quizá los guerreros no los verían: esa noche había apenas una porción de luna.

Una flecha zumbó por los aires y pasó junto a su oreja. Cascos de caballos golpearon el suelo.

—¡Atrás de ti, a tu izquierda! —gritó Galo—. ¡Y a tu derecha! ¡Y justo atrás de nosotros!

Aren se paró en seco y agarró a Galo del brazo. Éste se tropezó cuando Aren lo detuvo de jalón.

Podía ver en la oscuridad a dos caballos a su izquierda, uno a la derecha y tres al frente.

Se concentró primero en los guerreros a su derecha. La frenética energía de Galo bombardeaba su cuerpo. Levantó con facilidad a los hombres de los caballos y los aventó hacia atrás.

Unas flechas pasaron volando junto a su rostro y Galo de pronto soltó un grito ahogado: escurría sangre de su brazo, en donde una flecha lo había rozado.

—¿Puedes hacer esto más rápido? —preguntó Galo.

Los tres guerreros frente a ellos apuntaban sus flechas en su dirección.

Aren se ocupó de los tres a la vez y los aventó un poco más lejos que a los otros. Su aterrizaje no sería suave. No podrían tomar sus arcos y volver a perseguirlos.

Aren derrumbó de su caballo al último guerrero y soltó el brazo de Galo.

—¿Estás bien? —preguntó.

—Sólo es un rasguño.

Aren dio una vuelta y encontró detenidos a tres caballos no muy lejos de ahí, mientras que los otros tres seguían galopando aun sin jinetes.

—Toma ese caballo —dijo Aren, corriendo hacia ellos. Él rápidamente montó otro y lo espoleó para que avanzara—. ¿Ves los senderos? —le gritó a Galo, ya en pleno galope.

—¡Allá! —dijo Galo señalando a la derecha, donde los senderos plateados destellaban a la luz de la luna.

Aren miró hacia atrás. Nada. Los guerreros no sabían que ellos llegarían, y era poco probable que contaran con que uno de los intrusos sería un ruino. Les tomaría un rato llegar a los otros puestos, pasar la voz y organizar a más guerreros para darles caza.

—Tratemos de no apartarnos de los senderos —le gritó Aren a Galo. Em le había dicho que llevaban directo a la capital.

Siguieron galopando hasta que salió el sol. Abandonaron sus caballos y siguieron a pie, pues de otra manera llamarían la atención y en ese momento estaban tratando de mezclarse entre la gente.

Aren se percató de que ya no estaban lejos de la capital: alcanzaba a oír voces en un camino cercano y percibía la presencia de una gran cantidad de humanos. Pasó junto a ellos un carruaje y el cochero se volvió para verlos con curiosidad.

Galo se detuvo y tocó el brazo de Aren.

—¿Tienes algo para cubrir tu cuello?

Los dedos de Aren volaron a sus marcas ruinas. Qué estúpido haberlas olvidado. Estaba acostumbrado a que sus cicatrices las cubrieran, pero en esos días muchas eran visibles. Tiró su bolsa al suelo y buscó en su interior.

—Creo que no traigo nada. Tal vez podría romper la manta para hacer una bufanda, aunque se vería un poco rara.

—Ven —dijo Galo haciéndole una señal para que se levantara, y acomodó el cuello de su abrigo para que quedara levantado y cubriera sus marcas—. Déjalo así y nadie las verá. Sólo tendrás que dejarte el abrigo puesto, aunque te dé calor.

—Gracias —dijo Aren. A pesar del cielo despejado y el sol, en Olso hacía mucho más frío que en la selva de Lera. Metió las manos en los bolsillos. También debía mantenerlas escondidas.

Caminaron hasta que la ciudad apareció ante su vista. El castillo estaba al este, con sus picos elevándose al cielo, visibles a lo lejos. La ciudad se extendía bajo él, con edificios más grandes que los de Lera y aceras más abarrotadas de gente. Las calles eran más sucias que en Lera, pero varios hombres con overol gris recogían la basura y la echaban en bolsas. Uno de ellos, que estaba recogiendo el corazón de una manzana a sus pies, torció el gesto al ver a Aren.

Aren se hizo a un lado y tocó el cuello del abrigo. Había más gente de la que esperaba.

—Entonces, ¿cuál es el plan? —preguntó Galo—. ¿Entrar en la cárcel como si nada? ¿Sabemos por lo menos en qué cárcel está?

—No, eso es algo que necesito averiguar, y cómo es. Lo más probable es que esté muy vigilada, y va a ser difícil ocuparme de tantos guardias yo solo. Si consiguen arrinconarme y encerrarme en una celda, será el final de todo esto.

—Así que necesitamos que alguien nos diga en qué cárcel está, y quizá su trazado general.

—Correcto.

Galo contempló la multitud a su alrededor con el ceño fruncido.

—¿Tienes a alguien en mente?

—Sí —dijo Aren con una larga exhalación.

—¿Quién?

—Los padres de Iria.

VEINTICUATRO

Em se despertó con la luz del sol directo en los ojos. Parpadeó y la habitación alrededor de ella fue tomando forma poco a poco. El castillo de Lera, el dormitorio de Cas. En la noche, él había dejado una ventana abierta y la brisa, al mover las cortinas, permitía entrar los rayos de luz.

Se giró sobre la cama. Cas estaba vestido pero descalzo, parado en la puerta entreabierta y hablando en voz baja con alguien a quien Em no podía ver. Cerró la puerta, volteó y sus ojos se iluminaron cuando se topó con su mirada.

—Lo siento. Estaba tratando de dejarte dormir.

—¿Qué pasa? —preguntó ella incorporándose sobre los codos.

Cas cruzó el cuarto y se subió a la cama.

—No pasa nada. Era Franco. Le pedí que retrasara un poco nuestra reunión matutina.

Em volvió a acostarse con un suspiro y se frotó la frente. La luz que se asomaba por la ventana era muy brillante: se había quedado dormida hasta tarde.

Quizá porque casi no había dormido nada desde que había dejado a Olivia. El día anterior había estado tan aturdida que apenas conseguía recordar cómo había llegado hasta el cuarto de Cas.

Los ruinos estaban molestos con ella… y asustados. Ivanna estaba muerta y Em había subestimado la importancia de su papel para mantener a los ruinos tranquilos. Gisela habría podido arrancarle la cabeza el día anterior, si Em fuera humana.

—Tengo que ir a ver cómo están los ruinos. ¿Comieron? También tenemos que conseguir algo de ropa. Y tal vez yo debería ir esta noche con algunos de ellos a reconocer la zona alrededor de Ciudad Real, por si descubrimos a Olivia. ¿Podrían quizás acompañarnos algunos guardias? ¿Tú crees que…? —se calló súbitamente cuando vio a Cas estirarse a su lado y estrecharla entre sus brazos. Em cerró los ojos, hundió el rostro en su pecho y perdió el hilo de sus ideas. Olía como el Cas al que había conocido cuando estuvo ahí haciéndose pasar por Mary. El aire del castillo se adhería a su cuerpo, con aromas de flores recién cortadas, pastelillos y mar.

—Una doncella te trajo algo de ropa, está en el armario —dijo él rozándole la coronilla con los labios—, así que siéntete en libertad de vestirte y ver a los ruinos cuando quieras. Yo veré qué podemos hacer para darles ropa y otros artículos de primera necesidad. Y puedes salir a buscar a Olivia si quieres, pero yo prefiero que te quedes a mi lado.

Em esbozó una sonrisa. Sentía que no había sonreído en días, pero ésa salió más fácil de lo que habría imaginado. Las palabras de Cas la noche anterior (*Estamos juntos. Todo va a estar bien*) le habían parecido muy ingenuas, pero ahora, mientras ella lo tomaba de la cintura y lo estrechaba contra su cuerpo, no parecían tan inverosímiles.

La culpa se arrastró en el interior de su pecho. No podía dejar de pensar en las palabras de Olivia: *Estás escogiendo a ese joven y no a mí, y no a tu gente*. Sabía que su hermana sólo estaba tratando de sacarla de quicio, pero sus palabras le dolían.

Porque era cierto que había escogido a Cas y no a su hermana. Y volvería a hacerlo. Como Ivanna había dicho: era algo todavía más grande que eso, más grande que ellas dos, pero Em no podía negar que le alegraba volver a verlo. Conseguía apartar los pensamientos de su hermana cuando estaba en sus brazos. Y no sabía en qué clase de persona eso la convertía.

Poco a poco se fue desenredando de él.

—¿Puedes darme unos minutos?

—Claro —él se inclinó y le dio un beso en la frente antes de salir de la cama.

La dejó para que se vistiera. Em encontró las prendas (sus atuendos de princesa Mary) en el armario. Sacó unos pantalones y una túnica azul claro, y se hizo una trenza.

Encontró a Cas esperándola en la biblioteca, sentado en el borde de una silla. Tenían tanto de que hablar que Em no sabía por dónde empezar: los ruinos que estaban allá abajo, Olivia, su matrimonio, quitarle poder a la monarquía. Pero no quería hablar de nada de eso, así que prefirió besarlo.

Él tomó aire con brusquedad y se puso en pie; sus dedos se las ingeniaron para enredarse en el cabello de Em. Ella lo agarró de la camisa y lo besó como si nunca más fuera a tener la oportunidad de hacerlo. Y tal vez no la tendría. Olivia podía irrumpir por las puertas en un minuto y matarlos a todos. Eso ya le había pasado antes a Em: una vez le había dado a su madre un abrazo de buenas noches y el rey de Lera había echado abajo la puerta del castillo apenas un par de horas después.

Incluso consideró empujarlo de regreso al dormitorio y quitarse la ropa que acababan de ponerse. Podían cerrar con llave y olvidarse por un día de todas las responsabilidades que los aguardaban al otro lado de la puerta.

Se echó hacia atrás y le dio a Cas un beso en la mejilla antes de alejarse. No les haría eso a los ruinos. Y ni siquiera estaba segura de querer tener relaciones sexuales con Cas por primera vez en ese momento, con esa opresión en el pecho. Sospechaba que lo estaría haciendo sólo para pensar en algo más que no fuera la tristeza, y los dos merecían algo mejor.

—Voy abajo a ver cómo están los ruinos —dijo—. ¿Puedo deambular libremente por el castillo? ¿También los ruinos?

—Pueden ir adonde quieran. En el cobertizo, cerca de las caballerizas, tenemos debilita almacenada, así que tal vez quieras decirles que no se acerquen a ese lugar.

—¿Cuánta encontraron?

—Puedes ir a ver. El cobertizo está abarrotado de cajas, de piso a techo.

Em levantó las cejas, impresionada.

—Se los haré saber. Tenemos que empezar inmediatamente a cubrir los escudos y las armaduras. Naturalmente, los otros ruinos no pueden hacerlo. Me gustaría que me ayudaran unos cuantos soldados y guardias, ya que serán ellos quienes los usen. ¿Puedes destinar a algunos para eso?

—Claro. Hablaré con Jorge para ver quiénes pueden hacerlo.

—¿Tienes a guardias apostados ahora en el cobertizo?

—Sí, a dos.

—Quizá nos convenga asumir nosotros la custodia.

Cas la observó por un momento.

—Ya nos deshicimos de todos los que fueron leales a Jovita. Puedes confiar en mis guardias.

Em estuvo a punto de reír. *Confiar en sus guardias,* qué absurdo.

—Lo siento, Cas, pero no. Confío en ti, y de cierta manera confío en varios de tus consejeros, pero no en un gran conjunto de humanos a los que no conozco.

—Han jurado protegerme y me aseguré de que supieran que eso significa protegerte también a ti.

—Es demasiado pronto para esperar de ellos esa clase de lealtad —dijo Em, exasperada. Casi todo el tiempo le gustaba el optimismo de Cas, pero no podía esperar de ella una confianza ciega, y mucho menos de los demás ruinos—. No estoy diciendo que piense que nos van a atacar, pero no puedes estar seguro de que todos estén completamente de tu lado. Bien podrías tener ahora mismo a un espía de Jovita entre tus guardias.

Cas se tronó los nudillos.

—No me importa si los ruinos quieren vigilarlo. Yo pensaría que todos preferirían descansar un poco y no pasar el tiempo parados frente a un cobertizo, pero si eso te hace feliz, adelante.

Em se sintió irritada por el tono sarcástico.

—No todo está bien, Cas, y no podemos fingir lo contrario.

—Lo sé, en verdad lo sé, pero ¿cómo esperas que los ruinos confíen en nosotros si su reina no lo hace?

—No confiarán en ustedes automáticamente sólo porque yo lo haga. No influyo en ellos de esa manera.

—¿En verdad? —Cas arqueó las cejas de una manera casi divertida—. Porque conseguiste que todos ellos traicionaran a una de las más poderosas ruinas que hayan existido y que durmieran en el castillo de su antiguo enemigo. Creo que tu opinión significa todo para ellos.

Em no sabía cómo responder a sus palabras. No estaba equivocado: los ruinos la habían seguido hasta allí a pesar de que su plan para detener a Olivia había fallado. La noche anterior estaban enojados, pero seguían en el castillo. No había informes de que hubieran salido huyendo.

219

—Sabes que no suelo confiar en la gente. No tengo razones para hacerlo —dijo Em en voz baja.

Cas dio un paso adelante y sostuvo el rostro de Em entre sus manos.

—Em, por supuesto que tienes razones para hacerlo.

VEINTICINCO

La casa de los Urbino aparecía en el registro de la ciudad, que Galo encontró mientras Aren aguardaba afuera del ayuntamiento. Caminaron hacia el este, a una zona residencial llena de casas enormes.

Se pararon frente al número 22, una imponente casa de dos plantas con un amplio balcón en la parte superior.

—Finjamos que yo también soy de Lera —dijo Aren.

—¿No crees que acepten a un ruino? —preguntó Galo.

—Son gente importante aquí. Su prioridad será proteger Olso. Nosotros acabamos de atacarlos; con ustedes están en deuda.

—¿Y cómo sacas esa conclusión?

—No lo sé. Atacaron Lera. Por lo menos, deben ser unos petulantes.

—Entiendo.

Aren caminó por el sendero de grava que llevaba a las grandes puertas principales de madera y vitrales. Golpearon la puerta dos veces con la aldaba.

Salió a abrir una mujer joven en uniforme gris y rojo.

—¿Puedo ayudarlos?

—Estamos buscando a Claude y Veronica Urbino —dijo Aren—. Somos amigos de Iria.

Se le descompuso el rostro a la mujer.

—Un momento —dijo y cerró la puerta.

Transcurrió por lo menos un minuto antes de que la puerta volviera a abrirse. Cuando eso pasó, tenían frente a ellos a una mujer alta de cabello oscuro, muy parecida a Iria pero en una versión más vieja.

—¿Qué quieren? —preguntó.

—Soy Aren y él es Galo, somos amigos de Iria. Quisiéramos hablar con usted.

Detrás de la mujer apareció un hombre con los ojos abiertos como platos.

La madre de Iria se les acercó.

—No deberían ir por ahí diciendo que son amigos de Iria. Es una traidora.

A Aren se le fue el alma al suelo y hundió las manos aún más en los bolsillos para ocultar sus marcas ruinas. De pronto se dio cuenta de que había tenido grandes expectativas con los padres de Iria: imaginó que se pondrían a llorar y los invitarían a pasar. Pensó que sentirían alivio al escuchar el lado de la historia de Aren: que Iria le había salvado la vida cuando los guerreros traicionaron a los ruinos.

Había imaginado a sus propios padres. Ellos se habrían puesto del lado de Aren pasara lo que pasara, y eso habría querido él para Iria.

Tuvo que esperar a que se le deshiciera el nudo en la garganta antes de poder hablar.

—Nos preguntábamos si su sentencia no fue quizá demasiado dura —dijo con prudencia—. Quizá...

—Su sentencia corresponde a su crimen —soltó la madre de Iria—. No regresen. Ya no tenemos nada que ver con esa muchacha —remató y azotó la puerta.

Aren y Galo se voltearon a ver con expresión afligida mientras se alejaban de la casa. Aren esperaba que Iria no supiera lo que sus padres sentían.

Oyó que volvía a abrirse la puerta y rápidamente volteó. El padre de Iria salió y fue corriendo hacia ellos.

—Las apelaciones no servirán de nada —susurró, su voz se quebró sólo un poco—, pero Bethania Artizo está trabajando en una, por si quisieran hablar con ella.

—¿Y quién es? —preguntó Aren.

—Una amiga de Iria. Vive en Plaza Grundle 15. No regresen aquí —dijo y se dio la vuelta.

—Gracias —dijo Aren rápidamente—. Hizo lo correcto, ¿sabe?

El padre de Iria respiró con dificultad, asintió con la cabeza y regresó a su casa a grandes zancadas.

Aren lo vio alejarse. Quizá los padres de Iria se sentirían secretamente aliviados cuando la ayudara a escapar de la cárcel. Nunca volverían a verla, pero al menos sabrían que no se estaría pudriendo en una celda por lo que le quedara de vida.

Salieron del barrio y regresaron al centro. Galo le preguntó el camino a un viejo que los mandó a una serie de casitas idénticas en los lindes de la ciudad. Había varias hileras; quizás eran viviendas para guerreros u otros trabajadores.

Encontraron el número 15 y Aren tocó. Salió a abrir una joven con rizos oscuros alborotados y una linda cara redonda.

—¿Bethania? —preguntó.

Ella lo miró de arriba abajo.

—¿Sí? —respondió vacilante.

—Somos amigos de Iria. Vinimos…

Bethania dio un salto adelante, tomó la mano de Aren y se la sacó del bolsillo de un tirón. Se quedó viendo sus marcas ruinas con los ojos muy abiertos.

—¿Aren?

Él asintió con la cabeza, conteniendo sus emociones. Iria le había hablado de él.

Hizo un gesto hacia Galo sin soltarle la mano a Aren.

—¿Y él quién es?

—Galo. Es de Lera.

—Ustedes dos están locos —refunfuñó. Soltó la mano de Aren y retrocedió—. Entren, vamos, antes de que alguien los vea.

Aren y Galo entraron y Bethania cerró la puerta. Los hizo pasar a una pequeña sala al frente de la casa y con una señal los invitó a sentarse en el sillón. En la mesa de centro había papeles desperdigados y Aren se inclinó para estudiarlos.

Bethania se sentó en un sillón al otro lado y alcanzó los papeles para ordenarlos un poco.

—Estoy trabajando en la apelación de Iria. Sólo puede tener una, así que estoy investigando todo lo posible.

—¿Cómo la conociste? —preguntó Aren.

—Salimos hace un par de años. Ahora somos amigas.

Aren parpadeó sorprendido y se preguntó si quizás había interpretado completamente mal a Iria.

A Bethania se le escapó una sonrisita.

—No te preocupes, sale con hombres y con mujeres. De hecho, me contó todo sobre ustedes.

Galo hizo un esfuerzo por no soltar la risa. Aren sintió que se sonrojaba.

—¿La has visto desde que volvió? —preguntó Aren.

—No, sólo en el juicio. Pero la vi cuando vino de Lera por primera vez, antes de ir a Ruina. Me habló del tiempo que había pasado en el castillo y en la selva contigo y con Em.

A Aren se le hizo un nudo en la garganta. Iria le había hablado de él a Bethania incluso antes de haber pasado un tiempo juntos en Ruina. En ese entonces, él seguía siendo cauto y desconfiado con ella.

—Sí sabes que no estoy aquí para ayudar con una apelación, ¿cierto? —le preguntó.

Bethania suspiró y se frotó la frente con dos dedos.

—Eso me temía.

—¿Serviría una apelación? —preguntó Galo.

—Si yo pudiera... —la voz de Bethania se apagó y luego apretó los labios—. No. Se necesitaría un milagro. Y a Iria ya la atacaron en la cárcel. No estoy segura de que tenga tanto tiempo.

—¡¿Qué?! —Aren se enderezó—. ¿Y está bien?

—Supe que la hirieron, pero no de gravedad. Algunos guardias dijeron que había sido un accidente, pero ni siquiera se molestaron en tratar de ocultar la verdad.

—Entonces necesito sacarla lo antes posible —dijo Aren—. ¿Sabes algo de la prisión? ¿Qué tan difícil sería entrar?

Bethania los miró a los dos.

—¿Sólo eres tú? ¿Y un lerano?

—Sí.

—Aren es el ruino más poderoso sobre la tierra —dijo Galo.

—De todas formas —Bethania parecía escéptica—, Iria está en la prisión más segura del país.

—Puedo acabar con treinta guerreros con sólo mirarlos —dijo Aren—. Si tuviera una idea de cómo es la cárcel, podría liberarla en unos cuantos minutos.

—¿Y llevarla adónde?

—A Lera.

Bethania hizo un pequeño gesto de dolor. Era evidente que no le gustaba la idea de que Iria se fuera a Lera para siempre.

—Es su única opción —dijo Aren en voz baja—. No me vas a decir que ella preferiría estar en una cárcel de Olso por el resto de su vida.

Bethania negó con la cabeza.

—No, no querría eso. Y por lo que escuché, ¿la obligaron a volver a Olso? ¿Ya había decidido quedarse en Lera?

Aren asintió con la cabeza.

—Entonces llévala a Lera de regreso —dijo inclinándose y tallándose la frente—. Vas a pasar muchas dificultades para entrar ahí. Y para salir. Pero creo que puedo darte el trazado general.

—¿Hay alguna posibilidad de que alguien nos ayude desde dentro?

—Ninguna.

—¿Ha habido alguien más? —preguntó Aren mirando alrededor, como si pudieran aparecer de pronto—. ¿Alguien interesado en ayudar a Iria?

—Esto es todo —dijo Bethania dibujando un círculo en el aire con el dedo.

—¿En serio? —preguntó Galo—. Debió tener amigos. ¿La abandonaron todos?

—En su opinión, ella los abandonó primero —dijo, viendo a Aren a los ojos—. La verdad es que me alegra que estén aquí. No creo que ella tenga a nadie más.

Aren pestañeó para contener la súbita amenaza de las lágrimas.

—Pongámonos en marcha entonces.

VEINTISÉIS

Cas empujó la puerta que daba al ala norte del castillo y se detuvo. Frente a él se extendía una sala común, y los dos guardias sentados en sillones color rojo deslavado se pusieron apresuradamente en pie. Era la tarde, casi la hora de cenar, y los guardias estaban ya sin uniforme, en ropas cómodas y holgadas.

—No, no se levanten —dijo enseguida, pero los guardias no se sentaron. Nunca antes había estado en la zona de los guardias… suponía que podían necesitar un espacio para relajarse cuando no tenían que preocuparse por la familia real, pero quería encontrar a Mateo sin que otro guardia tuviera que ir a buscarlo.

—¿Hay algo en lo que podamos ayudarlo, su majestad? —preguntó un guardia.

—Estoy buscando a Mateo. ¿Está por aquí?

—Creo que está en su cuarto, su majestad —dijo el guardia—. Lo acompaño.

—No, no, así está bien. ¿Puedes decirme cuál es?

El guardia vaciló, sin saber si aquello era una prueba o no. Despacio señaló el pasillo a la derecha de Cas.

—Por ese pasillo, última puerta a la izquierda.

—Gracias —dijo Cas girando sobre los talones, luego caminó por el pasillo. Se detuvo en la última puerta y llamó.

—¿Qué? —dijo desde el interior la voz de Mateo.

—¿Puedo entrar? —preguntó Cas.

La puerta se abrió y los ojos de Mateo se abrieron como platos cuando se fijaron en Cas.

—Este... Lo siento, no creí...

—Ya sé que no me esperabas —dijo conteniendo la risa.

—Eso se queda corto —retrocedió con el ceño fruncido por la confusión—. ¿Quiere entrar? ¿O yo debo salir?

Cas entró en el dormitorio, que contenía sólo dos camas pequeñas, un escritorio y un armario.

—¿Galo y tú compartían un cuarto? —preguntó, dándose cuenta de repente de que nunca había ido a la habitación de Galo cuando vivía allí abajo.

—No, los cuartos los asigna el capitán de la guardia. A mí me asignaron éste hace meses, cuando llegué.

Cas se sentó en la orilla de una de las camas.

—Debe de haber sido difícil tratar de mantener una relación cuando los dos tienen compañeros de habitación.

Mateo exhaló largamente mientras se sentaba en la otra cama.

—¿Vino a darme malas noticias? —preguntó comiéndose las sílabas—. Porque sé que Galo no regresó con Em, y alguien me dijo que no está muerto, pero no está aquí.

—No son malas noticias —dijo Cas—. Es decir, tampoco son *buenas*, pero... —se interrumpió antes de aterrar a Mateo—. Fue a Olso con Aren.

Mateo parpadeó varias veces.

—Fue a Olso. Con Aren —repitió lentamente.

—Aren va a ayudar a Iria a escapar de la cárcel. Por lo que entiendo, Galo ofreció ayudarlo.

—¿A Iria? —el rostro de Galo mostraba cada vez más incredulidad—. ¡Ni siquiera la conoce! Yo la conozco mejor que él: viajé a la provincia del sur con Aren y con ella.

—No sé más de lo que sabes tú. Galo pidió que te dijéramos que lo lamentaba, pero que debía hacerlo.

Mateo hizo un ruido de disgusto.

—*Debía* hacerlo. Por supuesto que sí —se dejó caer en la cama con un gemido. Enseguida volvió a incorporarse—. Lo siento, no quería ser grosero.

—Mateo, no estoy aquí en mi calidad de rey. Haz lo que quieras.

Mateo se echó de nuevo a la cama dramáticamente.

—Es una tontería. Nos la pasamos escapando durante varias semanas y ahora, cuando al fin estamos a salvo, decide salir otra vez. Estúpido complejo de salvador.

—¿Tiene un complejo de salvador?

—Sí. Él dirá que no, pero definitivamente lo tiene. Así es como acabamos juntos.

—Yo suponía que se habían conocido en la guardia.

—Así fue. Lo designaron a parte de mi entrenamiento cuando me uní. Pero no nos llevamos bien hasta que los dos estuvimos de licencia y... —se detuvo súbitamente y se enderezó—. Acabo de percatarme de que quizá no debería contarle esto.

—Ahora me lo tienes que contar.

—Es que hicimos algo ilegal. Pero por una buena razón —añadió a toda prisa.

—A menos que vayas a contarme que se asociaron con Em para matarnos a todos, la verdad es que no me importa.

—No fue algo tan malo —tomó aire—. Fue mi hermano. Lo atraparon robando. No es mala persona, sólo que nuestra familia estaba pasando por una mala racha y él no se caracteriza por sus buenas decisiones —miraba a todos lados excepto a Cas—. Y en esa época, a todos los delincuentes los mandaban a unirse a los cazadores.

—Ah —dijo Cas, sintiendo una vez más la horrible vergüenza de ser el hijo de su padre.

—Yo no creí que estuviera bien que prácticamente lo estuvieran condenando a muerte, o que se convirtiera en asesino sólo por robar un poco de comida —dijo Mateo en voz baja.

—No estaba bien —coincidió Cas.

—Entonces decidí sacarlo de la cárcel a la que lo estaban transfiriendo —dijo Mateo—. Galo pasó por la ciudad en su camino de regreso al castillo y se suponía que yo debía alcanzarlo, pero en ese momento me dejé llevar por el pánico y se lo conté todo, así que se quedó a ayudarme.

—¿Entonces corrieron con suerte? ¿Salvaron a tu hermano?

—Sí. Y en esa época Galo ni siquiera me conocía tan bien. Si nos hubieran atrapado, a los dos nos habrían condenado a ser cazadores. Pero no puede dejar pasar la oportunidad de salvar a alguien.

—A lo mejor ya le gustabas —dijo Cas.

Mateo ladeó la cabeza con una sonrisa.

—A lo mejor.

—¿Y dónde está tu hermano ahora? —preguntó Cas.

—Eh, estaba yendo de un lado a otro.

—No lo pregunté para castigarlo —alargó la mano, tomó una pluma y un pedazo de papel del escritorio y se los dio a Mateo—. Anota su nombre y el de la ciudad donde cometió el delito. Enviaré un indulto.

Mateo parpadeó.

—¿En serio?

—Sí. Recientemente he indultado al menos a cien delincuentes que huyeron en lugar de unirse a los cazadores. Lo hago con gusto.

Parecía que Mateo iba a ponerse a llorar cuando tomó el papel y escribió en él.

—Gracias.

—De nada.

Mateo le regresó el papel a Cas.

—¿Y Galo no dijo nada más? ¿No dio ninguna pista de por qué va a salvar a una guerrera de Olso a la que apenas conoce con un ruino que ni siquiera le cae bien?

—Creo que en realidad Aren y él se están haciendo amigos —dijo Cas.

—Ah, maravilloso. Eso me hace sentir mejor. Galo está haciéndose amigo del hombre todopoderoso ridículamente guapo.

Cas contuvo la risa.

—No creo que vaya a ser un viaje romántico a Olso.

—Más vale que no —refunfuñó Mateo—, pero Aren lo va a proteger, ¿cierto? En verdad es tan poderoso como dicen, así que lo tiene que proteger.

—Estoy seguro de que lo hará —dijo Cas para tranquilizarse a sí mismo, no sólo a Mateo—. No creo que Aren hubiera permitido que Galo lo acompañara si no creyera que puede protegerlo. Y Galo probablemente tiene confianza en que Aren puede mantenerlo a salvo o no habría ido. Estúpido no es.

—No, claro que no —dijo Mateo un poco enojado—, pero no me sorprendería que hubiera ido sólo para fastidiarme.

—Eso parecería una reacción un poco exagerada.

—Yo hice un viaje de reclutamiento sólo para evadirlo —dijo Mateo.

—No parecía enojado por eso. Triste, sí.

Mateo bajó la mirada.

—Ay.

—Por si sirve de algo, yo en tu lugar también habría estado enojado con él. Acabamos de escapar del peligro y va corriendo a ponerse en riesgo otra vez —Cas ladeó la cabeza—. Estoy un poco enojado con él, de hecho. ¿Por qué no pudo quedarse aquí y salvarse a sí mismo, por una vez en la vida?

—Gracias —dijo Mateo extendiendo ampliamente los brazos—. Es justo lo que yo dije.

—Hazlo pasar por un mal momento cuando regrese —dijo Cas—. Por nosotros dos.

—Seguro que sí —se pasó una mano por el cabello enérgicamente, desordenando los rizos—. ¿Cómo está Emelina? ¿O la reina Emelina? Perdón, no sé cómo referirme a ella.

—La verdad es que no sé cuál tratamiento le guste: los ruinos son bastante informales en su trato. Ella está bien. Esta mañana les daré algo de espacio a los ruinos. ¿Ya salieron de sus cuartos?

—No que yo sepa.

—De hecho, quería hablar contigo sobre Em. Necesito que alguien coordine la seguridad de su gente mientras están aquí. Y ella quiere empezar con la debilita, así que necesito a alguien a cargo de llevar a guardias y soldados a ayudarla. Algunos miembros del personal también.

Mateo arqueó las cejas, sorprendido.

—¿Yo?

—Em no se fía de la gente nueva y tú eres el único guardia que conoce. Jorge no puede hacerlo todo, y ya accedió a permitir que tú te hagas cargo, si estás dispuesto.

—Pero... sí sabe que no soy el mejor guardia, ¿verdad? Es decir, no soy tan malo, no me dejarían seguir aquí si lo fuera, pero sin duda hay otros mejores. Por ejemplo, no soy tan bueno con la espada como Galo, ni de lejos.

—Casi nadie es tan bueno como Galo.

—Eso es cierto.

Cas sonrió.

—Te he visto pelear, Mateo, eso no me preocupa. Pero los ruinos saben protegerse solos. Esto se trata más de hacerlos sentir bienvenidos y a salvo. Creo que lo mejor sería que Em tuviera contacto con otras personas del castillo aparte de mí, y yo no tengo a mucha gente en la que confíe por completo.

Mateo pestañeó, como si estuviera sorprendido de descubrir que él era una de esas personas.

—Puedes decir que no. Es una petición, no una orden —aclaró Cas.

—No, claro —dijo enseguida—, estaré encantado de hacerlo.

—Bien. Jorge tiene información para ti, así que reúnete con él y luego ve con Em. Creo que iría al cobertizo después de hablar con los ruinos.

—Iré enseguida.

Cas se levantó y caminó a la puerta.

—Gracias, Mateo —le dijo sonriendo por encima del hombro—. Y estoy seguro de que Galo regresará a salvo.

—Más le vale.

Em encontró a los ruinos en sus cuartos, y reclutó a Mariana y a Gisela para que la acompañaran a las caballerizas.

—¿Cómo estuvo anoche? —preguntó Em mientras caminaban por el pasillo. Una doncella las vio acercarse y rápidamente se escondió—. ¿Hubo algún problema?

—Ninguno —dijo Gisela con expresión neutral, menos molesta que la noche anterior.

—Estamos bien —dijo Mariana—. Ah, algunos ruinos fueron... a explorar esta mañana —vio hacia atrás como si pudiera descubrirlos merodeando en un corredor.

—¿A explorar? —repitió Em

—Sólo están revisando el castillo —dijo Gisela levantando una ceja—. ¿O es que tenían que quedarse encerrados en sus cuartos?

—No, pueden deambular libremente —Em aparentó que no la ponía nerviosa pensar en los ruinos vagando en el castillo. Ellos sabían que lo cortés era esperar a que un guía los invitara a hacer un recorrido.

Em abrió una puerta y salió al sol. Alcanzó a ver el cobertizo un poco más adelante, no lejos de las caballerizas. Una vez había entrado ahí, a las pocas noches de haber llegado al castillo. Estaba lleno de cubiertos, velas y otras cosas sin interés que probablemente eran regalos no deseados.

En ese entonces nadie lo protegía, pero ahora había dos guardias ahí apostados, observando a Em acercarse en compañía de Mariana y Gisela. Em se detuvo frente a ellos y le hicieron una reverencia.

—Vine para echar un vistazo —informó ella—. ¿Les dijeron que se me permita el acceso?

La guardia asintió con la cabeza y se dio la vuelta para quitar la llave. Dio un paso atrás para que Em pudiera pasar.

Un grito se oyó a su izquierda. Em se tensó, puso la mano en la daga que antes había deslizado en su cinturón y giró para quedar de frente a las caballerizas.

Dos jóvenes ruinos, Selena y Patricio, salieron atropelladamente de la caballeriza mientras un guardia y un caballerango les pisaban los talones. El guardia los señaló, gritó algo y puso una mano en su espada.

Em salió corriendo en dirección a las caballerizas. Gisela y Mariana la siguieron a corta distancia.

—¡No estábamos haciendo nada! —gritó Selena con las manos hechas puño a los costados.

El guardia abrió la boca para responder, pero Patricio se le quedó viendo con enojo. El guardia tropezó hacia atrás y cayó al suelo.

—¡No, Patricio! —Em se paró en seco frente a él y bloqueó su vista de los guardias—. No puedes usar tu poder sobre nadie del castillo.

—Él ya había desenvainado una espada —dijo Patricio con los dientes apretados—. ¿Por qué no debería usar mi poder sobre ellos?

Em volteó y vio la espada en el suelo y al guardia gateando para agarrarla. El caballerango se veía totalmente aterrorizado; dio media vuelta y corrió al castillo a toda velocidad.

El guardia se puso en pie de un brinco y alargó la espada hacia Em. Ella no sacó su daga.

—Guarde su arma —le dijo.

—Estaban husmeando en todos los rincones del castillo —dijo el guardia sin hacer caso de su petición—. Encontré a estos dos en la caballeriza. Han fisgoneado en todo el castillo. Todavía no determinamos si falta algo.

—¿Si falta algo? ¿Por qué suponen que somos ladrones? —gritó Selena dando un brinco hacia delante. Em extendió un brazo para que no se acercara al guardia.

—Tiene que guardar esa espada —repitió Em—. Ahora.

El guardia no se movió. Em empezó a sentir pavor. Había sido una insensatez pensar que los ruinos podrían quedarse ahí. Tal vez Olivia tenía razón en pensar que nunca podrían coexistir con los humanos. No había pasado ni un día y ya estaban a punto de matarse unos a otros. Tenía razón cuando dijo que no tenía razones para confiar...

—¡Dominic! —gritó una voz. Em volteó y vio a Mateo dando grandes zancadas por el prado del castillo—. La reina Emelina te acaba de decir que enfundes tu espada.

La espada de Dominic se movió cuando él se volvió para ver a Mateo.

—Jorge dijo que podíamos usar nuestra arma si un ruino usaba sus poderes sobre nosotros.

—¡Tú sacaste la espada primero! —le dijo Patricio con desdén—. ¿Quieres ver cómo sostienes una espada si te rompo todos los dedos?

—Patricio —dijo Em bruscamente. Él puso los ojos en blanco pero alejó la vista de Dominic.

Mateo le dijo a Dominic, en tono severo, algo que Em no alcanzó a oír.

—Vete. *Ahora* —le dijo señalando al castillo. Dominic lo fulminó con la mirada, pero enfundó la espada y se alejó de ahí.

Mateo se volvió y desvió la mirada a los ruinos enojados alrededor de Em. Si estaba nervioso, era bueno para disimularlo. Tenía expresión tranquila, como si a menudo se topara con ese tipo de situaciones.

—Lo lamento —dijo Mateo—. Esta noche tendremos otra plática con los guardias.

—¿Es cierto que les ordenaron que sacaran sus armas si un ruino usaba su poder sobre ellos? —preguntó Em.

—Sí —dijo Mateo sosteniéndole la mirada—. Nos dijeron que si ellos atacaran primero, nos podríamos defender.

—Yo no ataqué primero —protestó Selena.

—Estoy seguro de que no —dijo Mateo, esbozando media sonrisa. Patricio miró a Em y luego al guardia, como si aquello fuera alguna trampa.

—Dominic es muy nervioso, además de imbécil, la verdad sea dicha.

Selena rio y asintió con la cabeza.

—¿Y los guardias simplemente nos apuntarán con sus armas cada vez que se sientan amenazados? —preguntó Gisela.

—No. Volveremos a hablar con ellos —dijo Mateo, y girando hacia Em le informó—: Cas me pidió que coordinara la seguridad para los ruinos y para usted, si le parece bien. También le ayudaré para empezar a cubrir de debilita los escudos y las armaduras.

—¿Seguridad? —repitió ella.

—Asegurarme de que idiotas como Dominic no los estén amenazando.

—No vas a seguirla a todas partes como hacen los guardias de Cas, ¿o sí? —preguntó Selena.

—No, a menos que ella quiera —dijo Mateo sonriendo. Selena se sonrojó.

—Estoy bien, gracias —dijo Em.

Mateo sacudió un dedo señalando atrás de él.

—Iba a mostrarle un sitio donde podríamos trabajar con la debilita, si tiene tiempo. Todavía necesito reclutar a algunas personas para ayudar, pero pensé que sería conveniente elegir primero el lugar.

—Claro —el pánico que había sentido Em empezó a aminorar. Cas seguía equivocado, no todo estaba bien, pero tal vez ella también se equivocaba. Tal vez necesitaba tener un poco más de confianza en la gente que rodeaba a Cas.

—Ustedes dos, ¿por qué no llevan a Patricio y Selena de regreso? —les pidió Em a Mariana y Gisela—. Hagan saber a todos que no deben usar sus poderes a menos que no tengan más opción. Y díganles en dónde está la debilita, para que no se acerquen.

Gisela vio a los guardias y luego a Em con el ceño fruncido por la confusión.

—¿No nos importa que los leranos la resguarden?

Em miró a Mateo.

—Supongo que no se designará a Dominic para resguardarla.

—No, él nunca estuvo en la lista. Seleccionamos a unos cuantos que se irán rotando en ese puesto. Puedo presentárselos a todos, si lo desea.

—Sí, eso me gustaría, gracias.

Gisela seguía mirando a Em como si estuviera esperando una confirmación final. Em se dio cuenta de que Cas tenía razón: estaban dejando que ella los guiara.

—¿Entonces confiamos en ellos para hacer esto? —preguntó Mariana.

—Sí —dijo Em—, confiamos en ellos.

VEINTISIETE

Olivia despertó con el estómago gruñendo y un rostro furioso mirándola fijamente. Ester tenía las manos en sus caderas y el gesto torcido.

—¿Qué? —Olivia se incorporó y miró discretamente alrededor. Era media mañana a juzgar por el sol, y los ruinos en torno a ella seguían holgazaneando, echándose una siesta o apiñados comiendo unas frambuesas que habían recogido. Estaban en medio de la selva, bajo la sombra de árboles frondosos. Jovita estaba en el suelo, atada a uno de ellos, ensangrentada. Lo más probable era que aún viviera. Tenía los ojos cerrados, pero Olivia estaba casi segura de que sólo estaba durmiendo.

Olivia ya sólo tenía a veinticinco ruinos con ella. Debían ser más, pero la primera mañana tras la partida de Em despertó para descubrir que alrededor de diez habían desaparecido. Ninguno de los restantes tenía la menor idea de adónde habían ido… o no querían decirlo.

—Te dije que debíamos llevar pienso para los caballos. Te dije que no podíamos montarlos sin parar —dijo Ester con brusquedad.

—¿Les pasa algo?

—Dos se desplomaron —dijo Ester— y otros dos están muertos, el tuyo entre ellos.

Olivia suspiró fastidiada.

—Entonces tendremos que conseguir más caballos.

Ester hizo un amplio ademán para señalar que estaban en medio de la selva. En efecto no había un establo lleno de caballos esperando a la vuelta de la esquina.

—No es mi culpa que no hayan podido seguirnos el ritmo —espetó Olivia.

Ester se dio media vuelta y se alejó de ahí. Le dijo algo a Carmen, quien dirigió la mirada hacia Olivia y de inmediato la apartó.

Los ruinos no la habían querido ver desde que Em se había ido. Olivia había diezmado a los cazadores de Jovita y habría matado también al ejército de Olso si los cobardes no hubieran huido, pero era como si hubieran decidido que Olivia de alguna manera había *perdido*. Ella había *ganado*. Quería gritárselos a la cara.

Todo era culpa de Em. Olivia deseó que su madre siguiera viva. Habría estado de su lado. Habría preferido ver a Em muerta que asociada con humanos.

O quizá su madre podría haberla hecho entrar en razón y entonces Olivia no tendría que matarla. Al pensar eso, se retorcieron dolorosamente sus entrañas.

Olivia se puso en pie, dobló su manta y la guardó en su bolsa. Se acercó a Jovita pisando fuerte, se arrodilló frente a ella y chasqueó los dedos en su cara.

Jovita aspiró fuerte al despertar. Su mirada se posó en Olivia, quien se sintió complacida al ver una chispa de miedo en sus ojos. Al principio, Jovita sólo tenía enojo, pero Ester había estado en su mente algunas veces, haciéndola ver cosas terribles, y ahora tenía la sensatez de tener miedo. O quizás iba perdiendo la noción de la realidad.

—¿Ya tienes algo útil que decirme? —preguntó Olivia.

Jovita sólo la miró.

—No entiendo por qué estás protegiendo a Casimir. Si me dices la mejor manera de entrar al castillo, los mataré a él y a mi hermana. Tú sales ganando.

Jovita apartó el rostro.

Olivia se levantó y llamó a Ester con un movimiento de la mano.

—Trabaja más duro con ella, por favor. Creo que tendrás que destrozarle la mente para que me diga algo.

—Lo he estado intentando, pero su mente es muy resistente.

Ester fue hacia Jovita y se sentó frente a ella.

—Voy a vigilar al ejército de Olso. No se han movido, ¿cierto? —anunció Olivia levantando la vista a un árbol, donde un ruino debería estar haciendo guardia, pero no había nadie. Exhaló molesta.

—Tranquilízate —dijo Priscila en un tono que a Olivia no le gustó—. Alguien se trepó hace apenas una hora. No se están moviendo.

Olivia le lanzó una mirada cargada de veneno y fue ella misma al árbol pisando fuerte. Trepó gruñendo, con dolor de pies y de espalda por los interminables días de viaje.

Llegó hasta una rama alta y se recargó en el tronco para no perder el equilibrio. Priscila tenía razón: ahí seguía el ejército, escondido en la selva. Eran cientos, y estaban rodeados de caballos, carros y carretas con armas. Las armas eran lo que más asustaba a Olivia. Un humano ni siquiera tenía que estar cerca para matarlos con alguna de ellas. Eso era aterrador para un ruino.

Bajó del árbol.

—¿Seguimos esperando? —preguntó Ester sin voltear a verla.

—Sí. Creo que el ejército está tramando la mejor manera de atacar Ciudad Real, y quiero ver qué hacen.

Llevaban días siguiendo al ejército. Cuando Olivia los localizó se había emocionado, lista para ir y matarlos a todos. Pero luego miró a su alrededor y se detuvo a considerar los poderes de los ruinos que la acompañaban. Ya no tenía a Aren ni a Jacobo. Tenía a veinticinco ruinos, que no eran pocos, pero ninguno con suficiente poder para ayudarle a desmantelar un ejército de ese tamaño.

Y para ser honestos, ni siquiera estaba segura de que en ese momento fueran a obedecer una orden suya.

Así pues, estaba esperando. Se dijo a sí misma que era la mejor decisión. Con suerte, los humanos se matarían entre sí y ella podría abatirse sobre ellos y acabar con los que quedaran.

Jovita gritó y luego se calló con los ojos muy abiertos. Ester desvió la mirada para enfrentar a Olivia.

—Si en verdad quieres entrar en el castillo para matar a Em, quizá deberías ayudarlos —dijo apuntando en dirección al ejército.

Olivia retrocedió y miró a Ester con expresión indignada.

Ester levantó las cejas.

—¿Qué? Tu madre lo hizo. ¿Tú crees que recibía en el castillo a los guerreros de Olso porque le caían bien los humanos? Los necesitaba. Tú fallaste porque nunca has podido ser estratégica como lo fue tu madre y lo es Emelina.

La palabra *fallaste* quedó flotando en el aire. Los ruinos a su alrededor las observaban en silencio.

—Yo no he fallado —soltó Olivia—. Ese ejército huyó porque me teme.

—Supongo —dijo Ester en voz baja—. Pero trabajar con humanos sigue resultándole bien a Em, ¿no te parece?

Olivia cerró los puños. Se negaba a confesárselo a Ester, pero se había estado preguntando qué habría pasado si hubiera ido a espaldas de Em a negociar con Olso. August habría estado encantado de matar a Casimir. Se habrían ocupado de él en Roca Sagrada para luego moverse hacia Ciudad Real. Para entonces, ella sería la gobernante de Lera.

Pero en vez de eso, había atacado el castillo de Olso y luego había corrido de Lera a todos los guerreros. Al final, había ayudado a Casimir.

Y ahora era demasiado tarde. No era tan tonta como para llegar tan campante con August y pedirle un trato, no después de haber matado a todos los miembros de la familia real de Olso.

—Yo no trabajo con humanos —dijo—. No los necesitamos.

Ester se volvió otra vez hacia Jovita.

—Si tú lo dices.

Olivia contuvo el impulso de gritar.

—Simplemente tenemos que esperar. Lera caerá después de que mate a Em. Sólo necesito llegar a ella.

VEINTIOCHO

Bethania ofreció que Galo y Aren se quedaran por la noche (a regañadientes, farfullando que si salían a deambular por las calles de Olso podrían atraparlos), y durmieron sobre mantas y almohadas en la sala. Galo dio vueltas casi toda la noche, oyendo el ruido de la concurrida calle allá afuera y pensando en qué estaría haciendo Mateo.

Por la mañana, Bethania les dio dos tazas calientes antes de salir deprisa por la puerta. Galo se sentó en el suelo con la espalda recargada en el sofá y se llevó la taza a los labios. Un líquido amargo corrió por su lengua. Hizo muecas al tragar.

—Ay, esto es asqueroso. ¿Qué es?

Aren olió el suyo y luego tomó un sorbo. Arrugó la nariz y devolvió la taza a la mesa.

—No lo sé. A lo mejor calentó el agua con la que lavó los platos para torturarnos —miró a Galo y levantó una ceja—: o para torturarte a ti. Creo que, frente a la elección de ruino o lerano, resulto ganador por un amplio margen.

—Sí me lanza miradas de odio a menudo, ¿cierto? —Galo tenía la clara impresión de que Bethania nunca había conocido a nadie de Lera y que habría preferido que así siguiera siendo.

—Sí, lo hace.

Galo reclinó la cabeza en el sillón.

—Serví a la difunta reina. Ella ni siquiera tuvo una buena razón para traicionar a Olso, a diferencia de Iria.

—¿No estaba enamorada del rey de Lera?

Galo soltó una risotada.

—No. No se conocían antes de que ella llegara de Olso como traidora. Si alguna vez estuvieron enamorados, yo nunca lo vi —y se quedó pensativo—. De hecho, no estoy seguro de que ningún Gallego se haya casado por amor alguna vez. Cas sería el primero.

—Suponiendo que tu gente le permita casarse con Em.

—Me gustaría que eso pasara —dijo Galo en voz baja—. Parece que es lo único bueno que podría salir de todo esto.

Cuando Bethania regresó, llevaba un sobre lleno de papeles y una canasta de comida. Ignoró a Galo y le tendió bruscamente el sobre a Aren.

—Echa un ojo a esto. Es lo mejor que puedo hacer con tan poca antelación.

Aren sacó los papeles y los extendió sobre la mesa. Galo se acercó y miró por encima del hombro de Aren. Había algunos viejos artículos de un periódico local sobre la cárcel durante su construcción, con algunos detalles sobre el trazado y la seguridad. Había también varios bosquejos de lo que supuso que sería el interior del edificio.

—Ésos te los explico —dijo Bethania sacando pan y carne de su canasta—. Fui a hablar con un amigo que antes trabajaba en la cárcel.

—¿Nos van a ayudar? —preguntó Galo.

—No. No le hice preguntas directas. Intenté que no fuera más que una conversación general sobre cómo se alojaría a Iria en la prisión, como si estuviera preocupada por mi amiga.

Aren levantó la vista de los papeles.

—Hay alguna posibilidad de que se den cuenta de que nos ayudaste. ¿No te juzgarán también a ti por traición?

—Puede ser, aunque las pruebas en mi contra serían mucho menos sólidas que las de Iria —y movió la mano como si eso no le preocupara.

—¿Sabes? —dijo Aren mirando a Galo de reojo—, creo que si quisieras venir con nosotros a Lera estaría bien.

Galo asintió con la cabeza.

—El rey Casimir te daría la bienvenida.

—*Puaj* —exclamó Bethania con gesto de fastidio—. Sin ánimo de ofender, pero *puaj*.

Galo apretó los labios para contener la risa.

—Sólo pensé que podría ser una buena alternativa ante ir a prisión.

—No, gracias. Iria ya tomó una decisión y yo estoy tomando las mías. Correré el riesgo.

—Muy bien —dijo Aren—, pero si cambias de opinión…

Bethania negó con la cabeza y tomó asiento a su lado en el sillón.

—Hablemos de estos planes. Creo que lo mejor que puedes hacer es entrar por el lado este, porque no hay salidas de prisioneros por ahí. Nunca nadie ha tratado de *meterse* en la prisión.

—¿Entonces cruzamos de un salto la cerca del lado este y entramos…? —preguntó Aren.

Ella sacó un bosquejo y señaló:

—Norte. Aquí. Hay una puerta que suele usarse para meter pedidos de la cocina. No puedo decirles exactamente adónde irán a dar, pero supongamos que cerca del salón comedor y la cocina. Si entran de noche, estarán vacíos.

Tomó otro bosquejo.

—Esto es un trazado general de las celdas de los prisioneros, por lo que puedo suponer. Un artículo dice que hay un largo corredor que lleva del salón comedor a las celdas, así que lo dibujé aquí —y señaló con el dedo—. Tal vez la tengan en confinamiento solitario, que son unas celdas separadas en el oeste. Si van en esta dirección, deberán encontrarla. La puerta que lleva a ellas estará vigilada y quizás haya guardias arriba también. Si no está ahí, tendrán que buscarla entre la población general. Van a desear que eso no suceda.

—¿Pero es probable que esté en confinamiento solitario? —preguntó Galo.

—Sí. Con la población general no está a salvo, dada su reputación, pero hay posibilidades de que en algún momento la pongan con todos los demás, para atormentarla. Con suerte, tal vez estén a tiempo de impedir eso.

—Entonces debemos ir esta noche —dijo Aren.

—Sí. No podré conseguir más información que ésta. O en todo caso, nada que sea especialmente útil. Y puede ser que ya sepan que un ruino cruzó a Olso, si alguno de los guerreros a los que atacaron en la frontera sobrevivió. Es mejor que vayan ahora, antes de que refuercen la seguridad o que se la lleven a otro lado.

—¿Hay algún sitio en donde Galo pueda esperar sin ser visto? —preguntó Aren.

Galo levantó la vista sobresaltado.

—¿Qué? Ni creas que vas a entrar solo ahí.

—Es increíblemente peligroso, y el solo hecho de haber estado con ustedes dos me ha dado muchísima fuerza. Si tú…

—No puedes hacerlo solo, Aren. Además, si no logras salir, ¿qué crees que me va a pasar a mí? No me van a mandar de regreso a Lera.

—Eso es cierto. Lo que harían sería encarcelarlo —dijo Bethania—. O tal vez mandarlo matar, si deciden que no es útil.

—No lo adornes tanto —dijo Galo fríamente, para ocultar el estremecimiento de pánico que acababa de sentir. El rey August sabía quién era él, y no se le había ocurrido que podían usarlo contra Cas o torturarlo para sacarle información de Lera. Tal vez Galo sabía más del ejército de Lera, de la familia real y del castillo que ningún otro lerano.

Aren lo miró como si se hubiera percatado del súbito terror de Galo.

—¿Por qué viniste? —le preguntó con un tono que denotaba su desconcierto.

—Porque pediste ayuda. ¿Por qué viniste tú?

—Por Iria, por supuesto. Pero yo ni siquiera te caigo bien. Iria tampoco.

Bethania miraba alternativamente a Galo y a Aren con la confusión grabada en el rostro.

—Tú sí me caes bien —dijo Galo—. A Iria no la conozco, en realidad.

—¿No conoces a Iria? —preguntó Bethania.

—En realidad, no.

Bethania intercambió una expresión perpleja con Aren.

—Necesitabas ayuda —dijo Galo—, y no queda nadie para ayudarte porque mi rey los mató a todos. Y cuando eso pasó, yo me quedé cruzado de brazos, sin decir nada. Así que me parece que esto es lo menos que puedo hacer ahora —decirlo en voz alta ayudó a apaciguar su miedo. No tomaría una decisión diferente si pudiera regresar y cambiarla.

Aren parpadeó.

—Oh.

—Así que entraré a la cárcel contigo y tú me protegerás.

—Lo dices con tanta seguridad —dijo Aren.

—Tú no te sientes seguro...

Aren resopló y cerró los ojos unos momentos.

—Ten confianza, Aren —dijo en voz baja.

—¿Acostumbra hablar así consigo mismo? —preguntó Bethania en un susurro. Galo sólo rio.

—Entonces, vamos juntos —dijo Aren con una sonrisa—. Gracias.

—Nada que agradecer.

VEINTINUEVE

Em dobló la esquina y caminó más lento cuando vio a dos guardias apostados afuera del despacho de Cas. Se preguntó si siempre estaban ahí o si se trataba de una novedad por la presencia de los ruinos.

Uno de los guardias hizo una reverencia y abrió la puerta en cuanto la vio. Cas le había pedido que asistiera a una rápida reunión informal, así que debía haberles dado la indicación de que la dejaran entrar. Les sonrió y entró.

Cas levantó la mirada de su escritorio y sus ojos se iluminaron al verla. Se puso en pie y caminó hacia el otro lado del escritorio con la mano extendida hacia ella. Em la tomó y ladeó la cabeza para besarlo rápidamente.

—Supe que tuviste algunos problemas en las caballerizas esta mañana —dijo él con el ceño fruncido.

—Así es, pero lo resolvimos. Mateo me llevó a conocer a algunos de los guardias.

Él la miró sorprendido.

—¿Sí?

—Todos estamos con los nervios a flor de piel. Pensó que sería de ayuda hablar entre nosotros. Me presentó a todos los guardias a los que les tocará vigilar el cobertizo de la debilita —le dijo sonriendo.

Él también esbozó una sonrisa y volvió a besarla, pasándole un brazo por la cintura. Se apartó más pronto de lo que ella esperaba, al ver de reojo el reloj de la pared.

—Tenemos unos minutos antes de que lleguen todos los demás —dijo—. ¿Puedo hablar contigo de algo?

—Claro —lo siguió a las sillas que estaban junto a la ventana y se instaló frente a él. Él la tomó de la mano, con la mirada fija en sus dedos mientras los entrelazaba con los de ella. Su expresión se había tornado seria.

—Tal vez Jovita está muerta, ¿cierto? —preguntó en voz baja.

—Sí. Estaba viva la última vez que la vi, pero no imagino que aún lo esté. Olivia no es buena para mantener con vida a los humanos —dijo la última oración como si pidiera disculpas.

—Hace unas semanas pensé en matarla. Pedí a unos soldados que la siguieran. Habrían podido llegar hasta ella. Parecía muy buena opción, tomando en cuenta que yo no la había podido matar en la fortaleza.

—Pensaba que habías decidido no matarla, no que habías fallado.

—No fue que hubiera decidido no hacerlo, sino que… me acobardé —aclaró.

—Eso no es malo.

—Lo sentí como algo malo. Desde que Jovita se fue de aquí y empezó a reunir a su gente para luchar contra mí, me sentí como un idiota —soltó su mano y se reclinó en la silla—. Esto va a sonar terrible.

—Yo a ti te he dicho muchas cosas terribles.

Cas rio y a su expresión se le quitó un peso de encima.

—¿Como qué?

—Creo que una vez te dije que no me arrepentía de matar a nadie, que se lo tenían merecido.

—Es cierto, dijiste eso.

—Era mentira.

—Lo sé.

Em sonrió.

—¿Y qué es la cosa terrible?

—Hasta cierto punto, comprendo a mi padre y a Olivia, y por qué deciden matar en vez de negociar. Es más fácil, ¿cierto?

—Sí —respondió Em con la respiración entrecortada. La sola mención del nombre de Olivia la hacía querer hacerse un ovillo y echarse a llorar, para después salir huyendo del castillo en su busca.

—Fue difícil sacudirme la sensación de que debía mandar matar a Jovita y listo. Incluso la ley me daba la razón.

—La ley también le daba la razón a tu padre cuando mató a los ruinos. Técnicamente, sigue siendo una ley de Lera que todos los ruinos deben ser exterminados, ¿no es así?

Cas asintió solemnemente con la cabeza.

—Entonces, está claro que no siempre puedes basarte en tus viejas leyes. Pueden estar equivocadas, pueden requerir un cambio.

—Evidentemente no lo hice —dijo Cas—. Vacilé hasta que fue demasiado tarde y se asoció con Olso y Vallos.

—No pienses que titubear antes de matar a la gente es una flaqueza, Cas. Cuando llegué aquí, después de haber matado a Mary, me horrorizó darme cuenta de que al matarla me estaba convirtiendo en alguien parecida al rey. Olivia sin duda se ha convertido en todo aquello que dice odiar —tragó saliva y remató—. Y no quiero hacer eso. Imagino que tú tampoco.

—No —dijo él sacudiendo la cabeza—, pero estaba un poco sorprendido de sentirme así, después de que todo se había apaciguado y nos enteramos de que Jovita seguía intentando usurpar el trono. Me sentía débil, como si nunca la hubiera castigado en realidad por haber convencido a todo mundo de que me había vuelto loco y por haberme envenenado. Quería venganza, quería mostrarle que ahora yo tenía el poder.

—Algo conozco de ese sentimiento.

—Sé que lo conoces —dijo estudiándola—. Antes me identificaba contigo, pero creo que fue la primera vez que en verdad te comprendí. Cuando ya tuve un lugar adonde dirigir mi enojo, quise aceptarlo. Se sentía mejor aceptarlo.

—Sólo al principio.

—¿Y si yo hubiera sido horrible? —preguntó Cas—. Si hubieras llegado aquí haciéndote pasar por Mary para descubrir que yo era igual a mi padre, ¿qué habrías hecho?

Em buscó el collar que ya no traía puesto. Estaba arriba, enterrado en el fondo de una bolsa. Dejó caer la mano en su regazo.

—Creo que lo habría hecho.

—¿Habrías hecho *qué*? Nunca me dijiste los detalles del plan y qué era lo que tenía que pasar.

—¿Estás seguro de que quieres escucharlo?

—Sí.

Em vaciló por un momento, pero sabía que a esas alturas nada que pudiera decir lo asustaría. Cas sabía todo lo que ella había hecho y no la juzgaba por eso.

—Era flexible, porque sabíamos que tendríamos que conseguir que algunos guardias se pusieran de nuestro lado y aprovechar las oportunidades que fueran surgiendo. Idealmente, yo quería matar a toda la familia real, o a casi toda, justo cuando Olso estuviera atacando. Eso habría producido en el castillo una confusión total en el momento preciso. Te habría matado en la cama. No habría tenido que hablar antes contigo para explicarte. Por mí habría estado bien matarte rápidamente.

Cas en realidad parecía entretenido, así que Em prosiguió.

—Lo mismo con Jovita. Habría intentado aparecérmele sin que se diera cuenta. Podría haberle pedido a Aren que se ocupara de ella: mientras estuvimos aquí, dos veces lo designaron para su protección. Lo mismo con la reina. Habría sido Aren, o quizás Iria y los otros guerreros. El rey habría sido el último, y habría sido mío. Quería primero hablarle, decirle quién era yo.

Y al matarlo no habría sido amable ni veloz, pero pensó que eso mejor no debía decírselo a Cas. De todas formas, tal vez él ya lo sabía.

—¿Y crees que eso te habría hecho sentir mejor? —preguntó él—. ¿Si hubiéramos sido tan horribles como imaginabas y nos hubieras matado de esa manera?

—Al principio —respondió—. Creo que esa noche, cuando todos ustedes murieran y Olso reclamara el castillo, lo habría sentido como una victoria. La sensación tal vez habría durado hasta que salvara a Olivia y en el viaje de regreso a Ruina, pero a la larga me habría dado cuenta de lo mismo: que al usar las violentas tácticas del rey estaba volviéndome justo igual a él. Él mataba porque tenía miedo. Yo mataba en venganza. Diferentes razones, pero un mismo final. Me gusta pensar en tu padre como alguien malvado, pero ¿en verdad crees que se sentía del todo cómodo con lo que había hecho?

Cas negó con la cabeza.

—No. Creo que se volvió todavía más terco porque era demasiado aterrador pensar en la posibilidad de que hubiera cometido un error.

—Es más fácil no pensar en eso. Sólo tomar la decisión y aferrarte a ella, sin importar con quién te encuentres y qué nuevas cosas aprendas —y las siguientes palabras las dijo con todo tacto—: ¿Crees que te enojaste tanto con Jovita porque no tenías permitido enojarte conmigo?

Él rápidamente la miró a los ojos.

—Tengo permitido estar enojado contigo. De hecho lo estuve, acuérdate.

—También recuerdo que me perdonaste bastante rápido.

—Pensé que merecías el perdón. Creí que en verdad me querías.

—Lo que digo es que habías perdido a tu padre y a tu madre, y habían invadido tu país. A mí me perdonaste, los guerreros de Olso se retiraron en cuanto llegaste, y nunca culparías a los ruinos en su conjunto, no después de lo que tu padre les hizo. Así que lo único que te quedó fue Jovita. Resultó más fácil dirigir todo tu enojo hacia ella, ¿o no?

Él hizo una pausa.

—Sí. No había pensado en eso —dijo esbozando una discreta sonrisa—. No sé qué haría sin ti. Los últimos días estaba buscando a alguien con quien hablar de esto, y no hay nadie que…

—¿… que haya matado gente en un ataque de furia vengativa? —adivinó Em.

Cas rio suavemente.

—No. Nunca hay nadie que me dé una opinión honesta, por incómoda que sea. Y nadie más que en verdad pueda entender lo que siento.

—Lamento entender lo que sientes. Es algo que no le deseo a nadie.

Se encogió un poco de hombros y dirigió la mirada a la ventana. Era diferente del muchacho al que Em había conocido hacía unos meses, resentido, parado en silencio en el prado del castillo con sus padres. Era incluso diferente del muchacho al que había conocido en Vallos, el que intentó desertar. Ahora era más fuerte, pero más estable.

Em a veces olvidaba que no había pasado tanto tiempo desde la muerte de los padres de Cas. Ella no había estado ni de lejos tan tranquila como él unos meses después de la muerte de los suyos. Había estado muy enojada y era difícil convivir con ella; estallaba todo el tiempo contra Aren y Damian, y fantaseaba sobre todas las maneras posibles de vengarse de los leranos.

Él la descubrió mirándolo y ladeó la cabeza con una sonrisa. Em sintió mariposas en el estómago al verlo. Le sostuvo la mirada, observando cómo el cabello oscuro caía sobre sus ojos y cómo se lo sacudía con un movimiento de cabeza.

—¿Qué? —preguntó Cas riendo.

Llamaron a la puerta y entró Violet seguida de Franco. Em se puso en pie y los saludó. Violet logró esbozar una sonrisa cuando sus miradas se encontraron. Em sabía que no le simpatizaba mucho, pero era de esperarse: su padre había muerto en el asalto al castillo de Lera.

Pero si Em y Violet podían sonreírse una a la otra, quizás había esperanza para el resto.

Violet y Franco ocuparon los otros dos asientos junto a la ventana.

—Gracias por reunirte con nosotros —dijo Violet—. Hemos discutido algunos asuntos con Cas y los consejeros, y pensamos que lo mejor sería hablar a solas contigo antes de reunirnos con los demás ruinos.

—Por supuesto.

—Antes que nada, nos gustaría que los ruinos y nuestros soldados entrenaran juntos. ¿Tengo entendido que Olivia era la encargada de entrenar a los ruinos? —preguntó Violet.

—Así es.

—¿Hay alguien en quien confiarías para que se hiciera cargo aquí y trabajara con la general Amaro en algunas estrategias?

—Creo que Mariana sería buena para eso, y alguno de los ruinos que pueden manipular el cuerpo... Tal vez Gisela.

—Bien. Haznos saber quiénes y los convocaremos a una reunión.

—¿Saben dónde están ahora mismo las tropas de Olso y Vallos? —preguntó Em.

—Supimos que estaban un poco al norte de donde ustedes los atacaron, pero no ha habido noticias recientes de los mensajeros. Es posible que Olivia los tenga.

—Enteramente posible —dijo Em con un suspiro.

—Pero sabemos con certeza que Olivia vendrá tarde o temprano, porque... —la voz de Violet se fue apagando.

—Porque quiere matarme —terminó Em la frase con un súbito nudo en la garganta.

—Quiere matarnos a todos —dijo Cas—. No le echemos toda la culpa a Em.

—Claro. Perdón. No quise decir eso —aclaró Violet.

—No pasa nada.

—Es que, independientemente de lo que pase con las tropas humanas, Olivia y los otros ruinos vienen para acá y queremos estar preparados.

—¿Cómo va la debilita? —preguntó Franco.

—Instalamos una estación de trabajo y reclutamos a algunos guardias y personal para ayudar —dijo Em—. Estamos cubriendo escudos y armaduras; no tomará mucho tiempo.

—Entonces, lo único que nos queda por discutir ahora es su matrimonio —dijo Franco.

Cas lo volteó a ver rápidamente, como si lo hubiera tomado desprevenido.

—Te dije que quiero esperar antes de tener esa discusión.

—Lo sé —dijo Franco—, pero hemos estado hablando de la petición de los ruinos para quitarle algo de poder a la monarquía y necesitamos conocer sus planes matrimoniales. Todo mundo está de acuerdo en que su matrimonio no es legal, dado que el nombre de Em no aparece en el documento. Tendrás que obtener nuevos documentos si quieres volver a casarte.

—Ni siquiera estamos completamente seguros de que tengas suficiente respaldo para el casamiento —señaló Violet con cautela—. Y no sabemos cuál es la opinión de los ruinos sobre el asunto.

Tampoco Em conocía su opinión. Ella había evitado preguntar, temerosa de la respuesta.

—Necesitamos saber si esto es algo por lo que deberíamos estar peleando —dijo Franco. Miró a Cas, luego a Em, y les preguntó—: ¿Quieren volver a casarse?

Em se sonrojó. *Sí.* Tenía la palabra en la punta de la lengua, pero era un poco incómodo decirlo frente a Franco y Violet. Antes debía sostener una conversación privada con Cas.

—Reanudemos la discusión mañana —dijo Cas, eludiendo la mirada de Em.

Franco parecía sorprendido, pero guardó silencio.

—Entonces, hablemos de suministros —dijo Violet—. Estoy buscando la manera de traer algo de ropa y otras cosas para los ruinos, pero... —se detuvo cuando alguien llamó a la puerta.

—¡Pasen! —gritó Cas.

Un hombre joven entró con los ojos muy abiertos y la respiración pesada. Em se puso tensa y empezó a trazar mentalmente una ruta de regreso al dormitorio de Cas, donde había dejado su espada.

El hombre le extendió un sobre a Cas.

—Acaba de estar el rey de Olso en la verja. Tiene un mensaje para usted.

TREINTA

—**D**éjanos ir contigo. Nos mantendremos atrás y August nunca nos verá.

Cas negó con la cabeza y se encogió de hombros mientras se ponía el abrigo. Em hizo un ruido de exasperación y se desplomó en la orilla de la cama.

—El mensaje dice que no lleve a ningún ruino, que lo considerará un acto de guerra —explicó Cas. La nota de August era breve pero clara:

Rey Casimir: Reúnete conmigo tras la puesta de sol en el claro junto al molino para discutir un tratado de paz. Si llevas a algún ruino contigo a esta reunión, lo consideraré una declaración de guerra.

—Es una trampa —dijo Em.

Cas volteó hacia ella.

—Voy a llevar conmigo un ejército de guardias y ya enviamos gente para que se asegure de que no se trata de una emboscada. El ejército de Olso no está cerca. August vino solo.

Em exhaló frustrada.

—No puedes confiar en él.

—Lo sé, pero ha ofrecido pláticas de paz y no puedo declinar la invitación.

—Lo apropiado sería que él viniera al castillo si en verdad está interesado en las pláticas de paz —dijo Em poniendo los ojos en blanco—. Es muy inmaduro eso de enviarte una nota para que te reúnas con él en una ubicación secreta.

—Nada que me hayas contado sobre August me hace pensar que sea alguien maduro.

—Tienes razón.

—Además, los ruinos están aquí en el castillo y eso parece preocuparle mucho. Podríamos hacer que uno le rompa el cuello en cuanto haya traspasado la puerta.

—Lo contemplé. Gisela estaría encantada —Em tuvo que hacer un esfuerzo por aguantarse la risa mientras hablaba. Si en verdad ésa era la razón por la que no quería ir al castillo, August no la conocía. Nunca lo habría matado en el acto: por lo menos, hablaría unos minutos con él primero.

Cas se inclinó y la besó.

—Esto puede tardar, así que intenta dormir. Mañana te informaré de lo que suceda y podremos hablar de… otras cosas.

Em asintió con la cabeza. Sabía a qué se refería Cas con lo de *otras cosas*.

¿Quieren volver a casarse? La pregunta había provocado un inesperado escalofrío de terror a lo largo de la espalda de Cas. Él pensaba que tendría más tiempo. Pensaba que primero lidiarían con Olivia y los ejércitos de Olso y Vallos, y entonces se establecerían para tener una vida normal. Pensó que habría horas de negociaciones con los ruinos, algunas cenas formales y mucho tiempo para mostrarle a Em que eso podría funcionar.

En su lugar, se esperaba que ella decidiera al día siguiente de su llegada al castillo. Y su respuesta lo aterrorizaba. Em nunca le había dado ninguna señal de que pensara que su matrimonio era una opción realista, ni siquiera después de decidir asociarse con él en contra de Olivia. Semanas atrás, durante el asalto de Olivia al castillo, Cas le había dicho que la quería y que deseaba casarse con ella. Ella nunca le dio una respuesta, a ninguno de los dos puntos.

Se despidió y salió a toda prisa de su habitación. Tal vez estaba un poco agradecido por lo oportuno de la nota de August: así podía retrasar un poco más el momento de escuchar la respuesta de Em.

Afuera, encontró a su caballo ensillado y listo para salir. Veinte guardias viajarían con él, con otros más dispersos en todas direcciones y muchos de ellos ocultos. Si era cierto que August estaba tratando de tenderle una trampa, le resultaría difícil lograrlo.

El sitio de encuentro estaba a menos de una hora de cabalgata. Para cuando llegaron, ya estaba oscuro. En vez de encender una antorcha esperaron en silencio en la oscuridad. La luna en cuarto menguante daba una mínima luz, pero el campo abierto estaba tan silencioso que para August sería casi imposible acercarse a hurtadillas.

Cas no desmontó, preparado para salir disparado a la primera señal de problemas. Pasaron los minutos y se convirtieron en horas. Cas arqueó la espalda, enojado. Quizás el truco había consistido en hacerlo esperar en vano.

Por fin aparecieron unos caballos atrás de los árboles. August iba al frente, flanqueado por una docena de guerreros a cada lado. Varios llevaban antorchas y el fuego iluminó sus rostros cuando se acercaron.

Cas dejó que August desmontara primero y luego él hizo lo mismo. Varios guardias lo siguieron cuando caminó hacia el rey de Olso, con Jorge tan cerca que rozaba su brazo derecho. August llevaba a un guerrero a cada lado mientras avanzaba.

Cas sólo había visto a August a lo lejos: algunas veces por las ventanas de su casa, en Roca Sagrada, y una vez más cuando secuestró a Em. Estaba más delgado, con los pómulos hundidos y grandes ojeras. Su cabello rubio se veía grasoso.

—Hola, Casimir —dijo August cuando los dos se detuvieron—. Qué gusto verte de nuevo.

—¿Me habías visto antes?

—Sí. Estabas prácticamente inconsciente y farfullando el nombre de Emelina, así que supongo que no te acuerdas —quizá pretendía decirlo en un tono desenfadado, pero Cas detectó un dejo de amargura.

—No lo recuerdo, pero bien podría haber sido yo, sí.

Detrás de él, oyó un ruido que sonaba a una risa ahogada de uno de los guardias. August no se veía divertido.

—Vine a hablar contigo para que negociemos la paz entre nuestros reinos —dijo August—. ¿Estarías dispuesto a eso?

—Por supuesto.

—¿Supiste que los ruinos nos tendieron una emboscada en la selva?

—Sí. Y supe también que abandonaste a mi prima a su suerte.

—Ella intentaba quitarte el trono, así que podría decirse que te hice un favor.

Cas sólo lo miró.

—Únicamente me asocié con Jovita porque accedió a ayudarme a matar a los ruinos. No me importa quién gobierne Lera, siempre y cuando no sea un ruino —y agregó, cruzando los brazos—: Sé que Em y algunos ruinos más están en el castillo.

—Así es.

—Y el resto está con Olivia en algún lugar. Están divididos. Juntos podríamos derrotarlos definitivamente.

—Te refieres a todos los ruinos, ¿cierto? —preguntó Cas—. No sólo a los que acompañan a Olivia.

—A todos los ruinos —confirmó con un movimiento de cabeza—. Te permitiría que perdonáramos sólo a Em, siempre y cuando ustedes no tengan hijos. Tendrías que procrear herederos con una humana.

—Qué amable de tu parte —dijo Cas fríamente.

—Mataron a toda mi familia, Casimir —a August le tembló la mandíbula al decirlo—. Incluso a los niños.

Cas intentó ocultar la punzada de compasión que sentía por August.

—Sé que Olivia hizo eso, pero no puedes culpar a todos los ruinos por las acciones de unos cuantos.

—No discutiré eso contigo —dijo August bruscamente—. No hay mayor amenaza a Olso que los ruinos, y estoy aquí para destruirlos. Lo que te ofrezco es esto: abandona cualquier alianza que estés formando con ellos y alinéate conmigo en su lugar. ¿Te enteraste de que la gente de Vallos se unió a mí?

—Sí, estoy enterado.

—Únete a nosotros para oponer resistencia a los ruinos y de inmediato firmaremos un tratado de paz. No nos iremos hasta haber eliminado por completo la amenaza ruina de Lera. Después de eso, nadie de Olso volverá a pisar Lera sin tu permiso. Y puedes quedarte también con Vallos.

Cas soltó una carcajada.

—¿Y qué facultad tienes para concedérmela?

—He hablado con el consejo real de Vallos. Han vivido un caos desde que asesinaron a Mary. Estuvieron de acuerdo en que tú gobiernes Vallos si se elimina la amenaza ruina. También podrías quedarte con Ruina, si la quieres. Yo estaría dispuesto a firmar un acuerdo por las minas que se encuentran ahí.

—A mi padre le habría gustado mucho ese acuerdo —dijo Cas en voz baja. Casi podía sentirlo parado junto a él, mirándolo con creciente desdén.

—Es muy buen trato —dijo August, como si pensara que Cas en verdad lo estaba considerando.

—Me permitirás quedarme con Em, ¿pero qué te hace pensar que ella me seguiría queriendo después de que yo la traicionara de esta manera?

—No tendrá a nadie más —dijo August encogiéndose de hombros—. Además, tú una vez la perdonaste.

August no conocía a Em en absoluto. Cas no podía evitar sentirse un poco orgulloso por eso.

—No —dijo Cas—. He formado una alianza con los ruinos y no la romperé. Si quieres unirte a nosotros para pelear contra Olivia y los ruinos que están de su lado, estoy dispuesto a aceptarlo.

Los ojos de August destellaron.

—Yo no me voy a alinear con *ningún* ruino.

—Entonces no tenemos nada de que hablar.

—Me parece que no entiendes. Si declinas esta oferta, vendremos tras de ti. No permitiré que tengas ruinos en tu castillo.

Cas montó en cólera y espetó:

—No te pedí permiso.

August abrió la boca. La cerró. Respiró hondo, como si estuviera tratando de mantener la calma.

—Podríamos terminar con los ruinos fácilmente si lo hacemos juntos. Con tu ejército y con la tecnología de Olso, no tendrán ninguna oportunidad. Sé que quieres a Emelina, pero tienes que pensar primero en tu gente.

—Estoy pensando en mi gente. Eso incluye a los ruinos, y no mataré a mi propia gente. Por no mencionar que ellos son unos aliados increíblemente poderosos, como bien sabes. Tú mismo intentaste conseguir esa alianza.

—Em me traicionó —dijo August entre dientes.

Lo había traicionado por Cas. Otra vez, sintió cierto orgullo.

—También a ti te traicionará —dijo August con un dejo de desesperación.

—¿Terminamos, entonces? —preguntó Cas.

August lo miró con creciente incredulidad. Por lo visto, en verdad esperaba que Cas aceptara el trato, como si fuera a vender a todos los ruinos a cambio de Em.

—Te arrepentirás —gritó August—. Todos los días llegan guerreros a tu país para alistarse en mi ejército. Mataré a los ruinos y tomaré tu reino —lo dijo con una furia apenas contenida, fulminando a Cas con la mirada.

Quizá se esperaba que Cas sintiera miedo. Parecía ser eso lo que buscaba August. Pero el hombre que temblaba de ira enfrente de él no le provocaba miedo. De hecho, a Cas le recordaba a su padre: puro odio ciego y ninguna capacidad de pensar estratégicamente.

Cas contempló hacer algún comentario frívolo o cruel para que August supiera que *no* le tenía miedo, pero casi le tuvo lástima.

—Lamento oír eso —dijo Cas en voz baja y dio un paso atrás—. Espero que encuentres la paz, August, aunque no sea conmigo.

Luego dio media vuelta y se alejó.

TREINTA Y UNO

Aren siguió a Bethania por el sinuoso camino de tierra que llevaba a la cárcel, con Galo a su lado. Era medianoche y Aren apenas conseguía distinguir sus rasgos en la oscuridad.

—Sólo sigan en esa dirección —dijo Bethania señalando hacia delante, aunque Aren tampoco podía ver la prisión en la oscuridad. El camino estaba flanqueado por árboles altos y frondosos, y no alcanzaba a ver nada al final.

Pero él habría sabido dónde estaba la cárcel aunque ella no lo hubiera indicado: percibía al gran grupo de humanos encerrados, lejos del resto de la población de Olso. Le sorprendía distinguirlos, pues a unas cuantas calles había casas llenas de gente, pero sentía que su poder para percibir humanos se iba afinando conforme trataba más con ellos.

—Gracias por toda tu ayuda —le dijo Aren a Bethania.

—No estoy segura de haber ayudado mucho, pero con gusto —se acomodó la bolsa en el hombro—. Esperaré en el punto de reunión. Si al amanecer no están ahí, me iré. ¿Comprenden que no pueden venir a mi casa con Iria? Cuando ella escape, vendrán por mí.

—Comprendo —dijo Aren—. En menos de una hora estaremos en el punto de reunión —lo dijo con una certeza que no estaba seguro de sentir. El corazón martilleaba en su pecho y no dejaba de tomar a Galo de la muñeca para estabilizar su poder.

Bethania dio media vuelta y se alejó a pasos presurosos. Aren la miró desaparecer en la oscuridad.

—¿Listo? —preguntó Galo.

Aren exhaló despacio.

—Supongo.

—Eso no infunde mucha confianza.

Miró a Galo y rápidamente desvió la mirada. Le aterraba no poder protegerlo cuando estuvieran dentro. La fuerza de su terror era sorprendente: no se había dado cuenta de que le importaba tanto.

—¿Estás seguro de que no quieres quedarte aquí? He estado contigo todo el día, así que mi poder se mantendrá hasta que llegue con Iria.

—¡Vamos! —dijo Galo con un toque de diversión en la voz. Por lo visto, no compartía sus temores.

Aren avanzó frente a Galo a grandes zancadas. Pocos minutos después, la prisión apareció ante sus ojos. La estructura era como Bethania la había descrito: un gran edificio cuadrado con una torre en el centro, rodeada de un patio, y tres edificios más pequeños dispersos por el terreno. Una cerca de hierro rodeaba toda la propiedad, con unos remates en puntas que seguramente serían dolorosas si alguien cayera sobre ellas.

Bethania había dicho que había un vigía apostado en la torre central, pero por lo general sólo cuando los presos estaban afuera. Aren no podía verla con suficiente claridad para confirmar si estaba vacía.

Corrieron a la cerca. Galo se agachó y dejó que Aren se parara en su espalda para subir. Aren tomó las barras de hierro y con cuidado lanzó una pierna y luego la otra sobre la cerca, y brincó al piso. La fuerte caída reverberó en sus piernas y se tomó un momento para estabilizarse.

Levantó las cejas hacia Galo para preguntar si estaba listo y éste asintió. Aren usó su magia ruina para levantarlo del suelo, pasarlo por la cerca y colocarlo suavemente en el otro lado. Corrieron hacia la puerta del norte. Había un guardia frente a ella con las manos en los bolsillos, dándoles la espalda.

—¡*Intrusos en el muro!* —gritó una voz de algún lugar por arriba de Aren. Al parecer, la torre sí estaba ocupada después de todo.

El guardia de la puerta giró. Dio un grito ahogado y trató de tomar el garrote que colgaba de su cintura.

Aren lo lanzó contra el muro y lo sostuvo ahí con una sola mirada. Al acercarse más, tomó la muñeca de Galo, aunque ni siquiera estaba seguro de necesitarlo: su poder bullía tranquilamente en su interior, como si no le preocupara que lo usara de pronto.

—Toma las llaves —dijo Aren liberando a Galo—. Aquí lo detengo.

El guardia abrió los ojos como platos; su cuerpo, aún inmovilizado contra el muro, temblaba.

Galo tomó la cadena del cinturón del guardia. Había cinco o seis llaves de diferentes formas y tamaños.

—¿Cuál es? —le preguntó Aren al guardia mientras Galo apresuradamente probaba una.

El guardia sólo lo veía con los ojos muy abiertos, aunque perfectamente podía hablar.

Aren se atrevió a mirar atrás. No había pisadas, pero temía que la mayoría de los guardias estuvieran dentro. Sería mucho más fácil para éstos enfrentarlos si estaban en el interior, y lo sabían.

—La encontré —dijo Galo mientras se abría la puerta.

Frente a ellos se extendió un largo y oscuro pasillo.

Aren tomó a Galo del brazo y lo jaló para poder ir primero. Miró al guardia y lo lanzó a través del patio; un grito sonó a lo lejos cuando golpeó el piso. Aren entró al corredor.

—Mantén los ojos abiertos —le dijo a Galo en voz baja.

Corrieron a toda velocidad por el oscuro pasillo. Aren podía oír arriba de él las pisadas presurosas. Los guardias iban por ellos.

Por una puerta a su izquierda salía luz y se asomó. Era un comedor desierto. A su derecha había un armario medio abierto, lleno de charolas de comida.

Aren disminuyó la velocidad al llegar al final del pasillo. Encontró una puerta y pegó la oreja para tratar de descubrir si había alguien del otro lado. Estaba en silencio.

Empujó la puerta. No se movió. Empujó más fuerte, y nada. Galo hizo presión con el hombro.

Atrás de Aren se escuchó un fuerte *pop*. Se giró. Había guardias al final del corredor aventando cosas que parecían piedras.

Pop-pop-pop. De las rocas explotó luz. La zona alrededor de ellos se llenó de humo y nubló la vista de Aren.

Sintió pánico. Si no podía ver, no podría combatir a los guardias.

Volvió a ponerse frente a la puerta y le dio un empujón. Se movió sólo un poco, como si alguien o algo del otro lado estuviera deteniéndola.

—Galo, ¡a la de tres! —Aren contó y golpeó su cuerpo contra la puerta tan fuerte como pudo. Galo gruñó al empujar.

De repente, la puerta cedió y Aren tropezó y cayó al suelo con un fuerte golpe en la espalda. La punta de una espada apareció frente a su cara.

Echó la cabeza atrás para ver al dueño de la espada sobre su garganta. Una mujer lo miraba desde arriba con mala cara. Sintió el metal frío contra su piel.

Él la impulsó al techo y el cuerpo crujió por el golpe, luego cayó al suelo encima de otro guardia. Aren alcanzaba a ver al menos a diez.

El humo se extendió por el pasillo desde atrás de él; Aren movió la cabeza a toda prisa para buscar a Galo. Estaba de rodillas, con su espada al frente, tratando de rechazar el ataque de dos guardias.

Aren se puso en pie de un brinco y lanzó a los guardias por el corredor. A los demás los envió por los aires y dejó que se mantuvieran ahí, inmóviles, sobre ellos. Tomó el brazo de Galo y salió. Mientras corrían, oyó la caída de los cuerpos.

Brincó encima de los guardias al final del pasillo. Un hombre corrió hasta quedar con la espalda contra la pared y las manos en alto en señal de rendición.

Salieron del pasillo y se encontraron una enorme habitación redonda. Cuatro puertas diferentes llevaban fuera de ahí, incluyendo la que estaba a sus espaldas. Si Bethania tenía razón, la puerta inmediatamente a su izquierda llevaba a las celdas solitarias.

Dio un paso en esa dirección. Galo había cerrado la puerta que daba al pasillo detrás de ellos y estaba deteniéndola con la espalda. Aren le hizo una señal para que se hiciera a un lado.

Aren abrió la puerta. Dos guardias estaban levantándose. Él los paralizó y le hizo una seña con el dedo al guardia que estaba rindiéndose, que seguía apoyado contra la pared. No le permitió ir por su propia voluntad: con su magia ruina hizo que se levantara y lo obligó a caminar.

—Iria —dijo Aren cuando el hombre estuvo frente a él—. Dime dónde está.

El hombre apretó los labios y lanzó una mirada a su derecha.

—¿Sigue en confinamiento solitario? —preguntó Aren—. Ten presente que estaré encantado de regresar y arrancarte la cabeza si no me dices la verdad.

El hombre sacudió la cabeza con vigor.

—Ya no. Ayer la pusieron con la población general. Esa puerta —dijo apuntando a la derecha.

A Aren se le fue el alma a los pies.

—¿Qué celda?

—Este… no recuerdo el número exacto. Nivel superior, en el centro.

Aren tomó las llaves del cinturón del guardia.

—¿Éstas abren las puertas de las celdas?

El guardia negó con la cabeza.

—¿Alguna abre la puerta de afuera?

El guardia alargó su temblorosa mano para señalar una gran llave cuadrada. Aren soltó el hechizo sobre el hombre, lo empujó de regreso al pasillo y cerró la puerta.

Al voltear, se encontró más guardias entrando a raudales al cuarto redondo por todas las puertas. Retrocedió y exhaló, tratando de tranquilizarse.

Despidió su magia ruina con tal fuerza que estuvo a punto de tropezarse. Las paredes temblaron mientras los cuerpos eran arrojados contra ellas. Escuchó a Galo respirar hondo detrás de él, luego él le tocó el brazo, para revisar si eso lo había debilitado, pero éste se sentía más fuerte que nunca.

Con un movimiento de la mano apartó a los guardias que estaban frente a la puerta y metió la llave en la cerradura. Entró.

TREINTA Y DOS

Los ojos de Iria se abrieron. Alguien estaba gritando. No eran los gritos habituales de otros presos a los que ya se había acostumbrado. No, éstos eran gritos desenfrenados, de pánico.

Se sentó en la cama con la cabeza inclinada para no golpearse con la litera. Oyó a su compañera de celda despertar arriba de ella, y se tensó. El ojo parecía punzarle un poco más fuerte con el ruido. Tenía un feo moretón tras el puñetazo de Julia.

—¡*Necesitamos más bombas de humo! Ve por…* —la voz se interrumpió con un grito, seguido de un fuerte estallido.

—¿Qué está pasando allá afuera? —farfulló Julia adormilada.

Iria se levantó y caminó a los barrotes de su celda. Sus dedos temblaron al asirse.

Casi le asustaba tener esperanzas.

—¡Iria! —la voz de Aren llegó en medio de los gritos.

Su cuerpo casi se derrumbó por el alivio.

—¡Aren! —gritó, sacando el brazo entre los barrotes.

Él volvió a gritar su nombre, emocionado, y ella movió la mano con la esperanza de que pudiera verla.

Una mano le dio un tirón brusco. Julia la jaló hacia la celda, la giró y la empujó contra la pared. Iria cerró los puños.

—¡Aren! —gritó Iria.

Julia le iba a tapar la boca, pero Iria le quitó la mano de un golpe. Tiró un fuerte puñetazo y Julia se tambaleó hacia atrás. Rápidamente recuperó el equilibrio, se arrojó contra Iria y le presionó el cuello con el antebrazo. Iria sintió náuseas.

El brazo desapareció del cuello de Iria al mismo tiempo que un fuerte crujido resonó en la celda. Julia gritó y se tambaleó hacia atrás sosteniendo su brazo contra el pecho.

Iria levantó la vista. Aren estaba frente a su celda. Se veía todavía mejor de lo que recordaba: fuerte, seguro de sí mismo y mirándola como si nunca en la vida hubiera estado tan feliz de ver a alguien.

Pero por un momento, mientras asimilaba el aspecto de Iria, en sus rasgos se reflejó cierta preocupación. Abrió la boca.

—¡*La tengo!* —gritó una voz antes de que Aren pudiera hablar. Un guardia de Lera que a Iria le resultó conocido corrió hacia Aren sosteniendo una llave—. Creo que es ésta.

Iria miró a Galo boquiabierta. ¿Qué hacía un guardia de Lera en Olso?

Galo metió la llave en la cerradura. La puerta se abrió.

Iria se quedó viendo a Aren y olvidó por completo su decepción y su enojo. Atravesó la celda cojeando tan rápido como pudo y le echó los brazos al cuello. Él envolvió su cintura con tanta fuerza que la levantó del suelo.

—Lo siento —susurró—, debí haber venido antes.

Ella sólo movió la cabeza, temerosa de romper en llanto si intentaba hablar. No quería decirle que no estaba segura de si algún día iría por ella.

—Aren, a tu izquierda —dijo Galo.

Aren enseguida la soltó y volteó. Una fila de diez guardias subían corriendo las escaleras.

Aren fijó la mirada en ellos y todos se tropezaron al mismo tiempo, para caer hasta abajo, en una pila.

Aren la tomó de la mano y echó un vistazo a su pie vendado.

—No... no puedo correr muy rápido —dijo Iria con voz temblorosa y deseó que no hubiera sonado así.

—No hay problema: puedo llevarte en la espalda cuando salgamos —dijo Aren; le apretó la mano un poco más fuerte y ella se dio cuenta de que quería decir algo más, quizá preguntarle cómo estaba. Iria desvió la mirada.

Aren la rodeó para cerrar la puerta de la celda y dejar a Julia encerrada dentro. Ella los fulminó con la mirada sin dejar de sostener su brazo contra el pecho.

Aren jaló suavemente a Iria de la mano al empezar a correr, y se volvió para preguntar si ese paso le resultaba cómodo. Su pie dolía, pero era soportable, sobre todo si significaba salir de ahí.

Soltó la mano de Aren para agarrarse del barandal y bajar cojeando las escaleras. Había cuerpos de guardias desparramados por todo el piso, algunos muertos, pero la mayoría con brazos o piernas rotos. Algunos corrieron en la otra dirección cuando vieron a Aren de regreso.

—¿Podemos salir por esa puerta? —preguntó Galo señalando a la derecha.

En las dos direcciones había hileras de celdas y en ambos extremos del cuarto había una puerta. La de la izquierda llevaba directo al frente de la prisión, a la lavandería y a una infinidad de pasillos que ella aún no había logrado descifrar.

Aren negó con la cabeza.

—Salgamos al frente, es menos probable que nos atrapen.

Otra vez se pusieron en marcha, con Aren arrojando guardias contra las puertas de las celdas en su camino. Los presos gritaban y sacudían los barrotes e Iria sintió que un estremecimiento de pánico recorría su espalda. Si el plan de Aren fallaba, al día siguiente estaría muerta. Tal vez en los siguientes minutos. Los guardias con toda seguridad podrían usar un intento de fuga como pretexto para matarla.

Llegaron a una puerta que daba al vestíbulo principal y que estaba cerrada con llave cuando Aren intentó abrirla. Iria tuvo que contener otra oleada de pánico, pero él sacó un llavero y deslizó con suavidad la llave correcta.

Corrieron hacia el gran vestíbulo y Aren se fue directo a la puerta principal. Alcanzaba a ver por las ventanas las filas de guardias que los aguardaban.

Aren fijó la mirada en ellos a través de la ventana y los arrojó tan lejos que Iria ni siquiera estaba segura de dónde habían aterrizado los cuerpos. Cuando Aren abrió la puerta, frente a ellos no había más que césped, de ahí hasta la verja.

Aren se acuclilló frente a ella y le pidió:

—Súbete en mi espalda.

Ella rodeó su cuello con los brazos y él se levantó sosteniéndola de los muslos. Se echó a correr hacia la verja.

Cuando llegaron la bajó y Galo le dio el impulso para que saltara. Aren usó su magia ruina para traer a Galo y a Iria al otro lado de la verja, y volvió a ofrecerle la espalda a ella cuando llegaron al suelo. Iria se subió en él.

Aren corrió despacio con ella en la espalda, pero su respiración era regular. Iria hundió la cara en su cuello y se negó a mirar atrás.

—¿Quieres que yo la lleve un rato? —ofreció Galo cuando doblaron una esquina, hacia una calle flanqueada por árboles.

—Estoy bien —dijo Aren.

Corrieron en silencio por varios minutos. Con frecuencia Galo corría de espaldas para ver si nadie los seguía. Iria oyó gritos a lo lejos, pero nadie apareció cuando dieron vuelta en otra esquina.

Después de unos minutos, Aren dejó de correr para continuar caminando y echó una mirada atrás.

—No he visto a nadie —dijo Galo.

Aren asintió y se agachó para que Iria pudiera bajar. Se pararon frente a una pequeña casa que no conocían. La puerta principal se abrió un poco y luego un poco más. Un rostro familiar se asomó: Bethania.

Iria rompió en llanto y avanzó hacia ella. Ésta abrió la puerta de par en par y envolvió a su amiga en un abrazo en cuanto cruzó el umbral.

Ahora, después de haber empezado a llorar, no podía detener las lágrimas, y sus hombros temblaban mientras Bethania la estrechaba más y más fuerte.

—No puedo creer que lo hayan conseguido —susurró Bethania en un tono casi divertido.

Iria sonrió en medio del llanto.

—¿Les ayudaste un poco?

—Un poco, pero dejé que esos locos entraran por su cuenta.

Iria rio y se apartó. El ojo morado le dolió cuando se secó las lágrimas.

—Creo que fue lo más sensato de tu parte.

Bethania dio un paso atrás e invitó a pasar a Aren y Galo.

—Entren, rápido.

Iria avanzó dentro de la casa. Los dos cuartos del frente estaban completamente vacíos, con algunos restos de basura desperdigados sobre los pisos de madera, como si alguien acabara de mudarse.

—Sabía que la casa estaba desocupada —dijo Bethania siguiendo su mirada—. Tenemos algo de ropa para ustedes, y comida. No creemos que sea buena idea que se queden mucho tiempo en esta área, pues cuando no los encuentren en las calles tal vez comiencen a buscarlos de casa en casa.

—Vamos a esperar hasta que hayan buscado por todos los caminos de esta zona y luego volveremos a salir —dijo Aren—. Bethania nos consiguió unos caballos.

—Los robé —reconoció ella.

—Siempre fuiste sigilosa —dijo Iria, luego se deslizó por la pared hasta llegar al piso, en donde se sentó con fuerza.

—¿Por qué estás cojeando? —preguntó Bethania.

—Me hirieron —Iria cerró los ojos por un instante. Parecía más fácil no mirar a nadie. Todos tenían expresiones de preocupación. Hasta Galo, un hombre con el que casi no había hablado, parecía alarmado.

—¿Cómo? —preguntó Aren.

—Un cuchillo. Tuvieron que quitarme parte del pie.

—¿Quién? —preguntó Aren con brusquedad—. ¿Un guardia?

Iria asintió sin decir palabra.

—¿Duele? —preguntó Bethania—. Tal vez pueda encontrar vendas, si las necesitas.

Iria empezó a decir que no, pero ese día no se había cambiado las vendas y lo último que necesitaba era una infección.

—Probablemente debamos cambiarlas —reconoció.

—También tengo ropa limpia para ti —dijo Bethania. Les pidió a Galo y Aren que salieran y se sentó frente a Iria con vendas nuevas.

Iria reclinó la cabeza contra la pared.

—Gracias por pedirles que se fueran. Necesito un momento.

—Me di cuenta —Bethania esbozó media sonrisa mientras le quitaba a Iria las viejas vendas del pie—. También me doy cuenta de que estás feliz de ver a Aren.

—Bueno, sí.

—¿Es complicado?

Iria se retiró un mechón de cabello de la frente con un soplido.

—Sí.

—Me cae bien. Está más loco que tú, que ya es algo.

Iria rio. Era su primera risa auténtica en varias semanas. Bethania había pensado que era una insensatez ofrecerse a la misión de Lera para ayudar a Em, y sin pensarlo dos veces le había dicho lo que pensaba.

Por supuesto, toda esta situación demostraba que había tenido razón. Iria decidió no mencionarlo.

—Pues sí que te quitaron una parte sustancial del pie —dijo Bethania mientras lo vendaba otra vez—. ¿Tan fea estuvo la herida?

—No lo sé, me desmayé. Era un cuchillo muy grande, aunque puede ser que hayan decidido amputarlo en vez de darle tratamiento sólo para fastidiarme.

—Malditos —refunfuñó Bethania. Terminó y se puso cómoda. Echó una mirada por encima del hombro: Aren y Galo no se veían e Iria alcanzaba a oír una conversación en voz baja en otra parte de la casa—. Te van a llevar de regreso a Lera. ¿Eso es lo que quieres?

—¿Tengo alguna otra opción?

—Estoy segura de que podríamos idear algo.

—Lera está bien. ¿Aren...? —su voz se fue apagando. Iria volteó a ver la puerta y preguntó—: ¿A qué parte de Lera? ¿Aren me va a dejar en algún lugar?

—Vamos a cambiarte la ropa y se lo preguntas tú.

Le pasó a Iria unos pantalones marrones y una blusa blanca. Ésta lentamente se puso en pie y se cambió, echando a un lado su uniforme de la cárcel. La nueva ropa se sentía más suave sobre la piel, y agradecida metió los brazos en el abrigo caliente que Iria le ofrecía. No hacía tanto frío, pero estaba tiritando.

Bethania abrió la puerta y llamó a Aren y Galo mientras Iria se dejaba caer en el suelo nuevamente.

—Iria me estaba preguntando adónde van a ir —les dijo.

Aren vio a Iria a los ojos.

—Em está en el castillo con varios ruinos más. Vamos para allá, si te parece bien.

—¿Y Olivia?

—Ella está sola. Yo me quedaré contigo en el castillo de Lera. No te voy a dejar.

Iria sintió más alivio del que le habría gustado admitir. No quería ir sola a Lera, mucho menos en esos momentos.

Aren sacó de una bolsa una cantimplora y algo envuelto en una tela. Se sentó frente a ella con las piernas cruzadas. Un pedazo de la tela se desdobló y reveló un sándwich.

Los dedos de Iria rozaron los de Aren cuando lo tomó. Él la miraba como si quisiera decirle un millón de cosas, pero luego bajó la mirada. Quizá porque Bethania y Galo estaban allí, o quizá porque se sentía un poco torpe. Iria había pensado que la besaría aquella noche en el bosque, o cuando él le dijo que tendría que ir a Ciudad Real sola, y el zumbido incómodo de esa noche permanecía entre ellos.

—Gracias, Aren —dijo ella en voz baja. Estaba expresando gratitud no sólo por el sándwich que acababa de darle, y él sonrió como si entendiera.

—No hay nada que agradecer.

TREINTA Y TRES

Cas regresó al castillo justo antes del amanecer y encontró a Em medio dormida en su cama. Cuando se acostó, ella despertó sobresaltada. Él tranquilamente le contó la conversación que había sostenido con August. Ella no dijo nada mientras él le hablaba del plan de August para traicionar a los ruinos: sólo le echó los brazos y lo apretó, como si nunca hubiera esperado de Cas una respuesta distinta.

Cuando él despertó, ella no estaba ahí. El sol ya estaba alto, y él se vistió y fue a su despacho. A Violet y Franco ya les había relatado el episodio la noche anterior, pero le pidieron que se lo contara ahora a la general Amaro, lo que llevó a una tensa discusión sobre posibles planes de ataque de Olso.

Cas se escabulló y le pidió a un guardia que le dijera a Em que cuando terminara de trabajar con la debilita fuera a buscarlo. Se retiró al punto más alto del castillo: un ático lleno de recuerdos polvorientos de sus abuelos y de ancestros a los que nunca había conocido. Arriba de todo eso, había una buhardilla con una diminuta ventana redonda que daba al mar. Años atrás, él se había apropiado de ese espacio. Había una manta, algunas almohadas tiradas en el suelo, libros apilados en los rincones. Antes sólo algunos guardias sabían de la existencia de ese sitio y cuando iba ahí, nunca lo molestaban.

En ese momento, oyó a un guardia toser del otro lado de la puerta. Dos lo habían seguido.

Recargó la cabeza en la pared y cerró los ojos, imaginando por unos instantes que estaba de regreso en el mundo que había tenido hasta hacía unos meses, cuando Em y él apenas empezaban a llevarse bien, sus padres seguían vivos y su mayor preocupación era la aprobación de su padre.

Sintió una punzada de culpa al abrir los ojos. Para él era fácil pensar con cariño en el pasado y en cómo eran las cosas antes, cuando Lera era grandiosa, pero eso implicaba pasar por alto que ni para Em ni para los ruinos lo había sido. Rememorar esos tiempos era egoísta, y era como hacer caso omiso del dolor que habían causado.

Detrás de él se oyó un rechinido de la puerta al abrir. No era tan buen escondite.

—Cas.

Volteó al escuchar la voz de Em y avanzó a gatas para asomarse por el borde de la buhardilla. Ella estaba abajo, junto a la escalera, y dio una vuelta en círculo examinando las cajas y muebles viejos a su alrededor.

—¿Es éste el cuarto secreto? —preguntó ella.

—¿Qué?

—Una vez que te estuve buscando, cuando vivía aquí, dijiste que estabas en un cuarto secreto. ¿Es éste?

—Sí —y señalando la escalera le pidió—: Ven acá.

Em subió por la escalera y agachó la cabeza para pasar a la buhardilla. Él se echó hacia atrás, recargó la cabeza en la pared y estiró las piernas. Ella se sentó al otro lado y se asomó un momento por la ventana.

—Creo que deberíamos hablar de la pregunta de Franco —dijo Cas con el corazón martilleándole en el pecho—. Sobre el matrimonio.

—Sí —respondió Em frotándose las manos en los pantalones—. ¿Puedo hablar primero yo?

—Sí, por favor.

—¿Crees que los leranos siquiera permitirían…? —se interrumpió y sacudió la cabeza—. Lo siento, es un mal sitio para empezar.

—¿Un mal sitio?

—Las opiniones de todos los demás. Es un mal sitio para empezar esta conversación —sus miradas se encontraron; Em tenía una expresión que él nunca antes le había visto. Quizás estaba nerviosa. Sus mejillas se sonrojaron—. Te amo —dijo.

Cas parpadeó. El corazón le retumbaba; seguía esperando lo peor.

—¿Qué?

—Te amo —volvió a decir ella, como si él en verdad no hubiera escuchado—. Por supuesto que quiero casarme contigo. Otra vez.

Cas desplegó una sonrisa y Em rio, todavía sonrojada.

—¿Hay algún *pero*? —preguntó él.

—No. Quiero casarme contigo. No creo que los ruinos se opongan, pero francamente eso no me importa.

—¿No? —confirmó Cas con las cejas levantadas.

—No. Ya hice muchos sacrificios por ellos. No necesito, además, renunciar a ti —la sonrisa de Em se desvaneció un poco, tal como pasaba cuando estaba por mencionar a su hermana—. A Olivia le dije que lo haría, pero era una mentira. A ti nunca te dejaría, Cas.

Él estaba intentando no sonreír, pero estaba tan feliz que pensó que podría explotar.

—Yo también quiero casarme contigo —dijo, aunque ella ya lo sabía.

—¿Y crees que los leranos lo permitan?

—No me importa.

—Seré una reina poco popular. Estoy acostumbrada a que la gente me menosprecie, me odie. Algunos leranos nunca me aceptarán, y también a ti te van a odiar. ¿Eso no te importa?

—No —confirmó Cas con total seguridad.

—Cuando empecemos las negociaciones tendrás que dejar en claro que tú decides con quién te casas, aunque le quitemos a la monarquía una parte de su autoridad. No podemos darle a nadie poder de aprobación o de veto sobre tu matrimonio. Por tu bien y por el de tus... —esbozó una sonrisa— nuestros hijos.

Él se inclinó para acercarse a Em. Ella puso la mano en la de Cas y dejó que la jalara hacia él; se deslizó por el suelo y se acomodó a horcajadas en su regazo, con una rodilla a cada lado de sus muslos. Él levantó un poco la cabeza y la besó brevemente.

—Sería tonto de su parte decir que no —observó ella echándole los brazos al cuello—. Nuestros hijos serán ruinos. Todos los demás reinos estarán aterrorizados de la realeza lerana, aun si tenemos un papel limitado en el gobierno. Anoche August dejó eso claro. Diles eso.

Cas rio y se inclinó para volver a besarla.

—Eso les va a gustar, de hecho.

—Lo sé.

Cas volvió a posar sus labios en los de Em y tensó un poco más el brazo con el que le rodeaba la cintura. Para todos esos planes, había que suponer que Olivia no los mataría a todos y que August no lanzaría un exitoso ataque para volverle a quitar el país a Cas. Él sabía que todavía no estaban fuera de peligro ni mucho menos, pero por unos momentos, mientras besaba a Em, se permitió fingir que sí.

Ella se echó un poco hacia atrás y posó la frente en la de él. Tenía suavemente agarrados algunos de sus largos mechones de cabello. Ya le hacía falta un corte, pero si ella iba a juguetear así con su cabellera, quizá preferiría que se lo dejara.

—Lo siento —susurró Em—. Siento no haberte dicho antes que te amo, no haber creído, como tú, que podríamos hacer esto. No es que no te amara, sólo estaba asustada.

—Lo sé —dijo él, aunque prácticamente seguía vibrando de alivio con su confesión. Em no necesitaba saber que una pequeña parte de él no estaba segura de que lo amara como él a ella.

Lo besó como si él hubiera sido un insensato al dudar de ella. Los dedos de Em seguían en el cabello de Cas; las manos de Cas encontraron el camino hasta los muslos de Em. Si hubieran estado en algún escenario más íntimo, quizás él habría empezado a arrancarle la ropa y la habría empujado contra las almohadas para terminar lo que habían empezado unas semanas atrás, en Vallos.

Pero en ese momento escuchó los murmullos de los guardias afuera y se echó hacia atrás, dejando que sus labios se quedaran en los de Em por un momento más.

—¿Quieres cenar conmigo hoy? —le preguntó—. El personal accedió a regañadientes a permitirme preparar mi propia comida en la pequeña cocina del comedor privado.

—¿Tú vas a preparar la cena? —preguntó Em arqueando las cejas.

—No seas tan escéptica, me he vuelto bastante bueno.

La sonrisa de Em indicaba que ya sabía lo que él tenía en mente para después de cenar.

—Me encantaría.

TREINTA Y CUATRO

Después de que los guerreros rastrearon la calle, Aren llevó a todos fuera de la casa. Desde ahí seguía percibiendo a los humanos de la prisión y estaba ansioso por llegar lo más lejos posible.

Mientras caminaban por la calle, Aren llevaba a Iria en la espalda. Cuando empezó a cansarse, Galo lo relevó. Éste se daba cuenta de que a Iria le frustraba que tuvieran que cargarla: varias veces mencionó que podía caminar, pero su dolor era patente en cuanto su pie tocaba el suelo.

Aren habría querido conocer la gravedad de su herida, pero ella no contaba muchos detalles y él no quería ser indiscreto. Al menos podía caminar, si tenía que hacerlo. Más adelante podrían preocuparse por los pormenores.

Había guerreros desplegados por todas las calles de la ciudad y Galo sugirió que al salir siguieran más o menos de cerca a un grupo. Era fácil mantenerse apartados de los humanos al alejarse de la ciudad, pues Aren percibía cuando se aproximaban.

Bethania había atado los dos caballos robados en árboles cercanos a los senderos que llevaban hasta la frontera. Cuando llegaron a ellos, Iria se bajó de la espalda de Galo.

—Aquí me despido —dijo Bethania—. Tengo que llegar a mi casa antes de que alguien se aparezca en mi puerta para hacerme preguntas.

Iria caminó hacia Bethania y la acercó para darle un abrazo.

—¿Podrías venir con nosotros? —Iria lo planteó más bien como pregunta, con la cara en el hombro de Bethania; Aren a duras penas podía escucharla.

—Lo sé. Me lo ofrecieron —Bethania le dio un beso en la mejilla y se apartó—, pero éste sigue siendo mi hogar.

Iria pasó una mano por sus ojos, pero su cuerpo estaba orientado de tal modo que Aren no podía ver sus lágrimas. Él tenía la misma sensación que había experimentado en la casa: Iria estaba más alterada de lo que decía y no había nada que él pudiera hacer al respecto.

Bethania se despidió de Galo y luego le dijo a Aren con una sonrisa:

—Me dio gusto conocerte, Aren. Más te vale que Iria llegue a Lera sana y salva.

—Cuenta con eso.

Bethania volvió a abrazar a Iria, sólo brevemente, y enseguida se dio la media vuelta y se fue corriendo sin mirar atrás.

Aren dejó que Iria la observara por un momento y luego le dijo con dulzura:

—¿Montas conmigo?

Iria asintió con la cabeza y al voltear, tragó saliva. Él se subió al caballo primero y luego le extendió la mano. Galo la ayudó a levantarse, y ella se acomodó detrás de Aren.

—Estoy muy cansada —dijo en voz baja—, tal vez me quede dormida.

—Adelante. Yo te despertaré si tenemos problemas.

—Vas hacia el tramo sur de la frontera, ¿cierto? ¿Les habló Bethania de los puestos abandonados?

—Sí, nos habló de ellos.

Iria puso los brazos alrededor de la cintura de Aren y un momento después él sintió su mejilla en el hombro.

—Despiértame si necesitas ayuda con la orientación.

Él posó un momento las manos sobre las de ella.

—Lo haré.

Bethania tenía razón: en una parte de la frontera sur de Olso no había guardias y las torres estaban abandonadas. Iria seguía dormida cuando cruzaron y Aren se enderezó, alerta y atento por si se presentaba algún problema.

Pero eso no pasó y cruzaron con facilidad a Lera, también sin vigilancia. Aren se sorprendió a sí mismo suspirando con alivio. ¿Cuándo se había convertido Lera en su lugar seguro?

Cabalgaron por algunas horas para alejarse de la frontera. Se detuvieron poco después del amanecer y Galo llevó a los caballos a un arroyo mientras Iria se echaba al pie de un árbol. Aren se sentó frente a ella y le ofreció la cantimplora.

Ella agradeció y bebió con la cabeza inclinada hacia atrás.

Estuvieron largos minutos sentados en silencio. Galo no regresaba, y Aren pensó que tal vez se había esfumado para que ellos pudieran hablar. Aren no estaba seguro de por dónde empezar.

—¿En verdad están los ruinos en el castillo de Lera? —preguntó Iria al fin.

—Iban hacia allá cuando nos fuimos —respondió.

Ella sacudió la cabeza en la dirección por donde Galo había desaparecido y preguntó:

—¿Cómo lo convenciste de que viniera?

—Yo no lo convencí: él se ofreció. Nos... ¿hicimos amigos? —sonó rara la afirmación y salió como pregunta, pero la palabra *amigo* parecía la única manera adecuada de describir a Galo.

Iria soltó una risa suave.

—Mira…

—Y creo que se siente culpable de todo —no se explayó sobre lo que significaba *todo*, pero sabía que Iria entendía.

El silencio volvió a cernirse sobre ellos. Aren respiró hondo tratando de encontrar las palabras apropiadas.

—Perdóname —dijo él en voz baja—. Perdóname por haberte abandonado, por no haberte salvado cuando los guerreros te llevaron.

—Lo intentaste —dijo ella viendo al suelo.

—Por culpa de Olivia, no tenía todas mis fuerzas. De otro modo, esos guerreros la habrían tenido muy difícil conmigo. Estaba demasiado asustado para separarme de ella. Lo lamento.

—Entiendo que hayas tenido que quedarte con Em.

—A lo mejor Em y yo ya no necesitamos estar siempre juntos. Queremos lo mismo, pero de vez en cuando podemos hacerlo por separado.

Iria asintió con la cabeza.

—Todo… —su voz se apagó—. Gracias, Aren. Por rescatarme. Por todo.

Aren se dio cuenta de que no había dicho *Todo está bien*, porque quizá no lo estaba todavía. De todas formas, no parecía enojada con él. Se veía agotada y adolorida. Y él pensó que tal vez su relación no era en ese momento su mayor prioridad.

—No hay nada que agradecer —dijo él—. Y si necesitas ayuda con el pie, no dudes en pedírmela —señaló sus propias manos, llenas de cicatrices, y añadió—: Tengo experiencia tratando heridas horribles.

—Te lo haré saber —dijo Iria con una leve sonrisa.

TREINTA Y CINCO

Em eligió para la cena un vestido rosa que ya había usado alguna vez. Era escotado, con mil botones en la espalda, y tenía algo que le atraía. Era bonito, pero había algo más. Cuando lo sacó del armario, estaba segura de que algo grande había pasado la última vez que lo había usado.

Había estado largo rato observando los vestidos antes de elegir ése. La madre de Cas había escogido cada uno, y Em podía oír la voz de la reina en su cabeza *(Tengo muy buen gusto)* cuando los veía. No estaba segura de si la reina estaría furiosa u orgullosa de que Em siguiera usándolos tras su muerte.

Pero por lo visto a Cas no le molestaba que los usara, dado que los había mandado traer a su habitación, y ella por supuesto que no iba a desperdiciar un enorme guardarropa. Alguien había trabajado arduamente, y a marchas forzadas, para hacerle todos esos vestidos.

Le había dicho a Cas que se reuniría con él en la cocina privada del primer piso. Salió de su habitación y caminó por el corredor del castillo. Todo estaba más tranquilo que de costumbre, pero vio a Mariana doblar una esquina y dirigirse a los salones de entrenamiento con Mateo y otro guardia; Gisela iba detrás de ellos con expresión suspicaz. Em se detuvo en lo alto de las escaleras, preguntándose si debía ir a ver cómo estaban.

No. No podía pasarse toda la vida revoloteando en torno a los ruinos, intentando prevenir posibles conflictos. Lo mejor que podía hacer en ese momento era dar un paso atrás y dejar que los ruinos conocieran a algunas personas del castillo.

Había dos guardias frente a la puerta del comedor y uno la abrió al verla acercarse.

—Gracias —dijo Em al entrar.

Nunca había estado en ese cuarto, ni siquiera cuando había vivido ahí. La mesa rectangular en el centro era para ocho personas, pero sólo se habían puesto dos lugares, uno frente al otro. Las cortinas de los grandes ventanales estaban abiertas y dejaban entrar los últimos rayos de sol y una magnífica vista de los jardines laterales.

En el extremo de la mesa había dos personas a las que Em no conocía: un hombre alto y delgado y una mujer bastante mayor, cada uno con una canasta. Se enderezaron cuando Em entró al sitio.

Se abrió la puerta a su derecha para dejar pasar a Cas, que estaba mejor vestido que la última vez, pero con la ropa ya desarreglada: un lado de la camisa salía de sus pantalones. Ella contuvo una risita.

Cas le sonrió y luego vio al hombre y a la mujer.

—Les presento a la reina Emelina. Em, te presento a Kenton y Lucinda. Son los dueños de la panadería más grande de Ciudad Real. Me hicieron un poco de pan de queso y te trajeron a ti un regalo. Les pedí que se quedaran para que te lo entregaran en persona.

Lucinda cruzó el cuarto y le alargó lo que le había llevado.

—Preparé para usted unas tartas de frutos rojos, su majestad.

Em las tomó lentamente.

—¿Para mí?

—Sí, para usted —dijo Lucinda con una risa nerviosa—. A mis hijos les encantan. Pensé que le gustaría probarlas, pues en Ruina no se dan los frutos rojos.

—Gr-gracias —tartamudeó Em—, qué amable es usted.

—Los hicimos aquí en la cocina —dijo Lucinda—. Sé que hay reglas muy estrictas sobre lo que el rey Casimir y usted pueden comer.

Ella no sabía de ninguna regla, pero ya le había pasado por su mente la posibilidad de que las tartas estuvieran envenenadas. Sonrió y volvió a agradecerles.

Lucinda y su esposo hicieron una reverencia y salieron del comedor; un guardia cerró la puerta detrás de ellos.

—Me hizo unas tartas —le dijo Em a Cas levantándolas.

—Lo sé —dijo él con voz divertida. Atravesó el comedor y le dio un beso.

—¿Hay reglas sobre lo que puedes comer?

—Sí, desde que me envenenaron, vigilan muy de cerca mi comida. Y la tuya también —dijo señalando la canasta que llevaba en la mano—. Todo se preparó aquí, con ingredientes de nuestras cocinas, bajo supervisión de los guardias.

—Maravilloso —Em puso la canasta en la mesa y trató de reprimir una sonrisa burlona al verlo—. Ven acá.

—¿Qué? —preguntó él viendo su ropa.

—Estás todo desarreglado —metió el borde de la camisa debajo de su cinturón. Cuando lo conoció le había parecido extraño que anduviera tan desaliñado y lleno de polvo, sobre todo en comparación con sus padres, siempre con la ropa perfectamente planchada. Eso había distraído a Em por unos momentos de la rabia y el terror que había sentido al bajar del carruaje haciéndose pasar por Mary.

Cas la miró de arriba abajo.

—Conozco este vestido. Una vez me pediste que lo desabotonara.

Em, riendo, puso las manos en la cintura de la prenda.

—Sabía que este vestido me traía un recuerdo lindo.

—Pero fue cuando todavía me odiabas.

—La verdad es que yo ya empezaba a ceder —tras decir esto se paró de puntillas, lo besó y susurró contra sus labios—: Espero que esta noche me lo vuelvas a desabotonar.

—Claro que lo haré —dijo él apretándola un poco más de la cintura.

Ella volvió a besarlo y se quedó ahí un momento. Cuando se alejó, los ojos de Cas se posaron en su brazo izquierdo, que tenía las cicatrices del incendio de Olso.

—¿Sigue doliendo? —preguntó.

—No.

—Qué bueno.

Cas se dio media vuelta y regresó a la cocina. Em lo siguió. Había carne chisporroteando en la estufa. Les dio la vuelta a los dos filetes en la sartén. En otra hornilla había una olla. Em se asomó al interior: una sopa blanca cremosa.

—Necesito un poco de ayuda con la sopa —dijo él—. Y con el pan. Pero sí, lo amasé yo mismo. Empezaré a bajar más seguido a la cocina para desahogar mi frustración con la masa.

Em echó un vistazo a un tazón en la barra: panecillos. Al lado, un plato con papas.

—¿Disfrutas cocinar? —preguntó Em sentándose en la mesita contra la pared.

—Sí, es relajante eso de picar y amasar. Y es satisfactorio ponerlo todo junto y ver cómo se convierte en una cena —se volvió y apoyó los brazos en la barra detrás de él—. ¿A ti no te gusta cocinar?

—No especialmente. Prefiero esto: que alguien más cocine para mí —dijo sonriéndole.

Él se agachó para besarla rápido y luego volvió a poner atención en la carne.

—¿Crees que habrías sido cocinero si hubieras nacido en una familia diferente? —preguntó Em.

Cas ladeó la cabeza y respondió:

—Quizá. Cuando era chico quería ser maestro, pero sólo porque mis tutores iban y venían del castillo todos los días. Creo que sólo quería esa libertad. Y me contaban sus historias sobre estudiar en Vallos o vivir en Ciudad Gallego. A mí eso de ser maestro me parecía muy glamoroso. Además, mi padre… —se interrumpió de pronto y se tensaron sus hombros.

—Puedes hablar de tu padre, Cas —dijo Em en voz baja.

Él sacó dos tazones de la repisa sin voltear a verla.

—Lo que iba a contar era un recuerdo lindo.

—¿Entonces? Cuéntamelo.

—No creo que quieras oír cosas lindas de mi padre.

—Claro que sí quiero —dijo Em con sinceridad—. No me interesa que aparentes que tu padre era horrible todo el tiempo y que no tienes un solo buen recuerdo de él. Yo no fingiré eso de mi madre. Ni de mi padre.

Cas volteó a ver a Em.

—Nunca hablas de tu padre. Siempre lo mencionas en el último momento, como ahora.

—No lo conocí bien. Él no se sentía cómodo cerca de los niños, ni siquiera de Liv y de mí. Creo que sólo tuvo hijos para hacer feliz a mi madre.

Cas puso la carne en los platos y luego sirvió la sopa en los tazones. Em los tomó y pasó al comedor para ponerlos en la mesa. Cas la siguió con lo demás; llenó primero el plato de Em y luego el suyo.

—¿Qué crees que habrías hecho tú si hubieras nacido en una familia diferente? —preguntó Cas mientras se sentaban.

—Primero cuéntame el recuerdo de tu padre —dijo probando un bocado de carne—. Por cierto, esto está delicioso.

—Gracias —él lentamente cortó una papa mirando el plato—. A mi padre le gustaba leer. Siempre pasaba algún tiempo con mis tutores, recomendando libros y discutiendo cosas con ellos. Bueno, él insistía en que su interpretación de un libro era la única correcta, así que quizás era más una conferencia que una discusión —soltó una risita—. Pero mi padre respetaba mucho a mis tutores, así que tal vez ésa sea la razón por la que yo quería ser uno.

—Tiene sentido.

—Ahora cuéntame tú —dijo él con una larga exhalación, como si le aliviara cambiar de tema.

—Yo habría sido una paria si hubiera nacido en una familia diferente —dijo—, por mi condición de inútil. Lo fui, en muchos sentidos, pero se me tenía un poco más de respeto por pertenecer a la realeza.

—¿Hay más ruinos inútiles vivos?

—No. Había uno, pero ya murió.

—¿Eras amiga de él?

—No: era cincuenta años mayor que yo. Ni siquiera lo conocí, sólo oí a los demás hablar de él. Mi madre impedía que se acercara, tal vez a propósito: no quería que yo sintiera lástima de mí misma por ser inútil y, por lo que he oído, él estaba muy amargado —masticó un trozo de pan—. Creo que podría haber sido costurera en una vida diferente. Siempre he remendado mi propia ropa e incluso me he hecho algunos vestidos.

—¿En verdad?

—No estaban muy bien hechos, pero me gustaría volver a intentarlo algún día.

Su corazón se hundió, como a menudo ocurría cuando ella pensaba en el futuro. Sabía que quizá no tendría uno, que Olivia podría irrumpir esa misma noche en el castillo y matar a todo mundo. Había vivido tanto tiempo con la muy real posibilidad de la muerte que las palabras *algún día* le parecían por mucho optimistas.

—Me aseguraré de que tengas algo de tela —dijo Cas—. Vamos a instalar un cuarto en el que... —se calló antes de terminar, con expresión pensativa—. Deberíamos mudarnos a los aposentos reales, son mucho más grandes.

—La verdad es que me preguntaba por qué no lo habías hecho aún.

—Recuerdos —no se explayó más. No hacía falta.

—Creo que es una gran idea —respondió Em y lo tomó de la mano—. Me encantaría mudarme contigo a los aposentos reales.

Él sonrió y le apretó un poco más la mano.

—Qué bien.

Em deslizó su brazo por la cintura de Cas mientras subían las escaleras después de cenar. Él le plantó un beso en la coronilla.

Cruzaron la biblioteca de Cas y pasaron a su dormitorio. El corazón de Em se aceleró y puso su mano en el pecho esperando que él no lo notara. De los dos, él era quien se veía más tranquilo.

Cas posó suavemente los dedos en su cuello y con el pulgar levantó un poco su cabeza. Cuando la besó, ella se dio cuenta de que no era cierto que estuviera tan tranquilo. Notó su aliento irregular y cierta duda cuando puso delicadamente la mano en su cintura.

Ella se apoyó en él con las manos en su pecho. Una parte de sus nervios desapareció mientras se fundía en él y se perdía en su beso hasta sentir débiles las piernas.

Em se apartó un poco, sólo lo suficiente para poder hablar y decirle, sin dejar de recibir su cálido aliento en la cara:

—¿Y si me desabotonas el vestido?

Él tenía los dedos aún enredados en su cabello y le acariciaba los mechones mientras la besaba.

—Será un placer.

Se separó y ella dio media vuelta. Reunió su cabellera y la dejó caer sobre su hombro. Ella lo sintió soltar el primer botón, en la parte inferior de la nuca.

—¿Sabías que yo me quería quedar la primera vez que hice esto? —preguntó él mientras liberaba más botones.

—No. Sólo te fuiste sin verme siquiera —dijo Em girando la cabeza, pero no alcanzaba a verlo—. ¿Querías quedarte?

—Sí, un poco. Me habría quedado si me lo hubieras pedido.

Sacó algunos botones más de sus ojales y el vestido empezó a resbalarse por los brazos de Em. Ella lo dejó.

—Espero que esta vez planees quedarte —dijo.

Cas soltó una risita. Mientras terminaba de desabotonar el vestido, el aire rozaba la espalda de Em. El vestido se resbaló un poco más y Em sacó los brazos de los tirantes, dejando que se posara alrededor de su cintura.

Los dedos de Cas recorrieron su columna y un momento después ella sintió sus labios en su piel. Un fuego se encendió en su espalda mientras los dedos de Cas resbalaban hasta encontrarse con el vestido.

Usó las dos manos para bajarlo y el vestido cayó al piso en un bulto arrugado.

Ella se apoyó en él y dio una inhalación brusca cuando él puso los labios en su hombro, luego en su cuello.

Em se volvió y recorrió rápidamente con los ojos el cuerpo de Cas. Seguía completamente vestido, como ya sabía ella, pero de pronto eso la decepcionó.

Ella se acercó para desabotonar su camisa. Antes de que pudiera terminar de quitársela, él la tomó de la cintura y la levantó del suelo. Em rio y lo envolvió con las piernas. Cas dio unos pasos y la soltó en la cama.

Mientras Em se acomodaba en el colchón, Cas se quitó la camisa, sólo para revelar otra fina camisa blanca debajo.

—Tienes puesta mucha más ropa que yo —se quejó ella jalándolo de la camisa. Él se agachó para permitir que ella se la quitara.

—¿Mejor? —preguntó Cas con una sonrisa, recargando las manos en la cama mientras la miraba.

—No mucho —dijo Em jalándolo de la pretina.

Él seguía sonriendo cuando se inclinó para besarla. Ella pasó los dedos por su cabello; la ligereza del momento se disipó cuando lo envolvió con las piernas. El aliento se quedó atorado en su pecho mientras se aferraba a él para acercarlo más.

Él se soltó sólo el tiempo necesario para sentarse y desabrocharse el cinturón. Mientras lo hacía, no dejaba de mirar a Em. Ella nunca había visto esa expresión particular en él: los labios curvándose hacia arriba y un dejo de travesura en los ojos… y le dieron ganas de ver eso todos los días por el resto de su vida.

Em se sentó, le pasó un brazo por el cuello y lo besó. Unos minutos antes podría haberse reído de que no le hubiera permitido quitarle los pantalones, pero su corazón latía alocado y la risa parecía fuera de lugar.

Él la acercó hacia su regazo con las manos tibias en su espalda. Curvaba los dedos contra su piel como si tratara de jalarla entera hacia él. Ella quería dejarlo hacer.

Lo soltó lo suficiente para que él pudiera quitarse el resto de la ropa y pudiera despojarle a ella lo que aún tenía puesto. Él regresó a la cama y sus labios volvieron a encontrar los de Em. Ella cerró los ojos para sentir cómo sus labios rozaban apenas su mejilla, su cuello, su barbilla.

—Em —respirando junto a su oreja, Cas dijo su nombre: un susurro tan suave que ella apenas alcanzó a escucharlo.

TREINTA Y SEIS

Galo descubrió a Aren mirándolo de reojo por décima vez ese día. Estaban en Lera, a sólo una hora o algo así de Ciudad Real. Aren e Iria iban montados en el caballo junto a él. De vez en cuando el brazo de Iria rodeaba la cintura de Aren para estabilizarse.

—¿Qué? —preguntó Galo.

—No he dicho nada —respondió Aren.

—Te la pasas volteándome a ver.

—Pareces nervioso. ¿Es por Mateo?

—¿Mateo? ¿El guardia? —preguntó Iria.

—Su novio —dijo Aren—. No le dijo que iría a Olso antes de salir corriendo conmigo.

—¿Qué? —Iria soltó una risa, quizá la primera risa auténtica que Galo le hubiera oído desde que habían salido de Olso, varios días atrás—. ¿No le dijiste a tu novio que ibas a cruzar las líneas enemigas?

—Fue una decisión de último minuto. Además, no le habría hecho gracia.

Aren echó la cabeza hacia atrás con una carcajada.

—Yo que tú, inventaría una mejor excusa.

—¿En serio? —dijo Iria entre dientes.

—Va a estar enojado —dijo Galo.

—Eso dalo por hecho —dijo Aren—. Pero no estás muerto. Apuesto a que le va a emocionar que sigas con vida.

—Es lo que espero —dijo Galo, pero seguía sintiendo un nudo en el estómago. Era perfectamente posible que Mateo estuviera tan enojado que quisiera terminar la relación. A lo mejor ya habían terminado y él todavía no se había enterado.

—Yo en su lugar me alegraría de verte y luego te daría un buen golpe en la cabeza —dijo Iria.

—Algo me dice que ése es el mejor de los panoramas —dijo Galo.

Aren de pronto se puso tenso y volteó la cabeza bruscamente a la derecha. Jaló las riendas del caballo y le indicó a Galo que hiciera lo mismo. Los dos se detuvieron.

Galo oyó los murmullos un minuto después. Aren les había avisado de cada humano cerca de ahí y si percibía a una gran cantidad de gente, los desviaba a otra zona.

Esta vez sólo se había quedado quieto, lo que significaba que percibía a un pequeño grupo. Y en efecto, Galo vio a cuatro hombres ya mayores entre los árboles. Llevaban bolsas a la espalda y viajaban a pie. Uno volteó a la derecha y los descubrió. Vio a Galo primero, pero luego detectó a Aren y se quedó paralizado: las marcas ruinas en su cuello y brazos eran notorias.

—Todo está bien —gritó Galo, bajando rápidamente de su caballo. Caminó hacia los hombres con los brazos levantados—. Vamos hacia el castillo. ¿Ya supieron que hay ruinos allí?

Uno de los hombres, de barba oscura y espesa, salió de entre los primeros árboles y miró a Aren con recelo.

—Lo supe, pero no estaba seguro de que fuera verdad. Apenas ayer vimos a unos ruinos matando gente.

—¿Vieron a Olivia? —preguntó Aren detrás de Galo.

—Supongo —dijo el hombre—. Nos largamos de ahí antes de que alcanzaran a vernos.

Los otros tres hombres avanzaron con cautela, uno de ellos con la mirada fija en los brazos de Galo.

—Yo no soy ruino —dijo Galo tranquilamente—. Soy un antiguo guardia de Lera y me estoy asegurando de que ellos dos lleguen a salvo al castillo.

—También nosotros vamos al castillo —dijo el hombre barbado—. Los ruinos... —y miró a Aren de soslayo—. Bueno, algunos ruinos, supongo, están siguiendo al ejército de Olso. Vamos a informarle al rey.

—¿Están siguiendo al ejército? —repitió Galo—. ¿Cómo lo saben?

—Porque nosotros también lo estábamos siguiendo. Hace poco pasaron por nuestra ciudad y se llevaron todo lo que quisieron. Oímos que el rey Casimir estaba restableciendo el ejército en Ciudad Real, así que decidimos ir hacia allá. Rastreamos al ejército hasta que detectamos a los ruinos.

Galo volteó a ver a Aren. Le parecía extraño que Olivia encontrara a un ejército humano y no lo atacara.

—Está esperando que algo pase —dijo Aren en voz baja—. O el momento correcto, o... no lo sé —miró a los hombres—. ¿Pueden decirnos algo más sobre los ruinos? ¿Qué estaban haciendo? ¿Dónde está ahora el ejército?

—Eh, no estoy seguro de que deba decirlo —dijo nervioso el hombre de la barba—. Creo que hay información que sólo debo darle al rey.

—Entendido —dijo Galo. No podía culparlos de no confiar en unos extraños a los que acababan de conocer en el camino—. ¿Quieren viajar con nosotros? No puedo garantizarles que tendrán acceso al rey, pero me aseguraré de que lleguen con un consejero.

Los hombres aceptaron y caminaron con rigidez junto a los caballos mientras avanzaban a Ciudad Real, sin perder a Aren de vista. Galo observó que, aunque con mucha mayor sutileza, también Aren estaba vigilando a los hombres. La desconfianza era mutua.

Al poco tiempo apareció por fin ante sus ojos lo alto del castillo. Había guardias apostados en sus sitios habituales y la muralla estaba completamente restaurada después de la última vez que Galo la había visto.

Un guardia lo reconoció y sus ojos se abrieron como platos. Miró alternativamente a Galo y a Aren, y corrió a abrir la verja. Otro guardia se alejó a toda velocidad de los demás y subió por la escalinata del castillo hasta desaparecer en el interior.

Galo detuvo a su caballo frente a la puerta y desmontó. Descolgó su bolsa y se la echó sobre el hombro. A su lado, Aren e Iria desmontaron también. Iria hizo una mueca de dolor al presionar sobre el pie.

—Esperen aquí un minuto —les dijo Galo a los cuatro hombres. Caminó hacia Wade, uno de los guardias de la entrada, y bajó la voz.

—Acabamos de encontrarnos a esos cuatro hombres en el camino. Dijeron que tienen información para el rey. Hay que registrarlos en busca de armas y si ponen un pie en el castillo, algunos guardias tendrán que acompañarlos.

Wade asintió con la cabeza y luego sonrió ampliamente.

—Bienvenido.

Galo devolvió la sonrisa.

—Gracias.

Caminó hacia el castillo pero se detuvo para mirar a Aren e Iria. Ella tenía la cabeza inclinada hacia atrás y contemplaba el castillo como si nunca antes lo hubiera visto y no hubiera pasado semanas allí poco tiempo atrás. Quizás en esa ocasión se veía distinto.

—¿Vienen? —preguntó Galo.

Aren le ofreció el brazo a Iria. Ella lo rechazó con un movimiento de cabeza y avanzó.

—Estoy bien.

Galo regresó a la entrada del castillo y vio a Cas que salía volando por la puerta. Una gran sonrisa se dibujó en su rostro cuando vio a Galo. Bajó corriendo la escalinata y le dio un abrazo.

Galo se reía mientras apretaba a Cas.

—También a mí me da gusto verte.

—Estás completamente loco —dijo Cas alejándose un poco, pero con las manos en los hombros de Galo—. ¿En verdad fuiste a Olso? —preguntó, y en cuanto sus ojos se posaron en Iria encontró la respuesta.

A Aren le hizo gracia todo aquello.

—Pareces sorprendido —observó—. ¿No creías que pudiera rescatarla?

Cas rio y luego, para sorpresa de Galo, le dio un corto abrazo a Aren. Éste parecía aún más impactado.

—Nunca lo dudé ni por un segundo —dijo Cas, y poniéndole atención a Iria dijo—: Me da gusto volver a verte, Iria.

—Lo mismo digo —respondió ella suavemente.

Galo miró detrás de Cas. Si Mateo estaba de guardia, no podría dejar su puesto, así que el hecho de que no se hubiera presentado todavía a saludarlo no significaba nada.

O en todo caso, eso era lo que Galo se decía a sí mismo.

Em apareció en la puerta y salió corriendo a estrechar a Aren. Galo se llevó a Cas a un lado y le dijo en voz baja:

—Esos hombres dicen haber visto al ejército de Olso y a Olivia. Nos topamos con ellos hace una hora. Quieren darte directamente a ti cierta información.

—Escuchémoslos, entonces —dijo Cas acercándose a ellos a grandes zancadas.

Galo corrió a alcanzarlo.

—No los conozco, Cas. Debería acompañarte un consejero...

Cas lo interrumpió con un movimiento de la mano.

—No pasa nada: soy inmortal.

Galo hizo un ruido de exasperación, pero ya había varios guardias rodeando a Cas para protegerlo de los hombres, quienes parecían muy sorprendidos de ver al rey aproximarse a ellos.

Galo fue acercándose poco a poco para tratar de oír lo que tuvieran que decir los hombres, pero un destello azul llamó su atención. Mateo salió corriendo del castillo con su uniforme de guardia y se paró en seco cuando vio a la multitud en la entrada. Con mirada alocada buscó entre la gente hasta que encontró a Galo.

Éste dejó que la bolsa se resbalara de entre sus dedos. Mateo corrió hacia él y estuvo a punto de hacerlo caer cuando lo abrazó.

—Eres un idiota —le dijo con fiereza.

Galo rio. Sentía un gran alivio recorriéndole las venas. Abrazó a Mateo de la cintura y dejó caer la frente en su hombro.

—Idiota —volvió a decir Mateo, ahora más bajo.

—Lo lamento —susurró Galo.

Mateo se apartó de él y puso las manos en su cuello mientras lo examinaba.

—¿Estás herido? —vio la cortada en la ceja, que aún no cerraba del todo—. ¿Qué pasó?

—Olivia —se la tocó con cuidado—. Y no es nada: Aren está preparado para las heridas.

Tomó a Mateo de la mano y miró de soslayo a los guardias que estaban lo suficientemente cerca como para oírlos. Cas estaba invitando a los hombres a pasar al castillo y le hacía a Em una señal para que los siguiera. Galo tendría que oír más tarde lo que los viejos dijeran.

—¿Vienes a hablar conmigo? —le pidió a Mateo.

Éste le apretó la mano y asintió. Entraron y subieron por las escaleras a la habitación de Jovita... o de Galo. Le seguía costando mucho verla así: seguía tal como él la había dejado, con la puerta del armario abierta después de tomar su chaqueta a toda prisa.

Galo dejó caer la bolsa en el suelo y se sentó en la orilla de la cama. Sentía el cuerpo pesado y las piernas le dolían después de tantos días de haber montado a caballo.

—Perdóname por haberme ido así —le dijo Galo a Mateo, que seguía en la puerta—. Habría podido tomarme unos minutos más para hablar contigo, pero no lo hice y me fui.

—Habrías podido —confirmó Mateo levantando una ceja. Luego sonrió y caminó hasta que sus rodillas rozaron las de Galo. Mateo tomó su mano—. Pero en realidad, yo no te escuché. Necesitabas encontrar un modo de ayudar, mientras que yo sólo quería que te quedaras aquí, donde estabas a salvo.

Galo asintió con la cabeza y trató de deshacer el nudo que sentía en la garganta.

—¿Lo lograste? —preguntó Mateo esbozando media sonrisa—. ¿O estás planeando un segundo viaje a Olso? ¿O quizás a Vallos, en esta ocasión? Has de saber que ellos también nos declararon la guerra.

—Creo que ya tuve mi dosis de reinos enemigos por un buen rato —dijo mirando sus manos, entrelazadas con las de Mateo—. Pero sí quiero seguir ayudando y no quiero reincorporarme a la guardia.

—Lo sé.

—No sé qué va a pasar ahora o en dónde me necesite Cas... o Aren.

Mateo levantó las cejas.

—¿Ahora recibes órdenes de Aren?

—No recibo órdenes de él, pero lo apoyo. Es mi amigo —se sentía extraño decirlo en voz alta, aunque supiera que era cierto.

—Tu amigo —repitió Mateo.

—No es como aparenta. De hecho, es un gran tipo.

Mateo soltó un suspiro exagerado.

—Estoy seguro de que no ayuda mucho que además sea tan guapo.

Galo rio y jaló a Mateo de las manos para acercarlo a él.

—¿Estás celoso de Aren?

—Yo no diría celoso. A lo mejor preocupado —una sonrisa jugueteaba entre sus labios—. Enfadado. Un poco inquieto.

—Fuimos a rescatar a Iria porque Aren está enamorado de ella. Eso lo sabías.

—Bueno, sí, pero tú eres muy encantador. Aren podía cambiar de opinión a la mitad de camino.

Galo agarró la parte delantera de la camisa de Mateo y lo acercó de un jalón.

—Pero yo *no* habría cambiado de opinión.

Mateo sonrió mientras se inclinaba para besarlo.

—Eso me parece muy bien.

TREINTA Y SIETE

—Entonces Jovita está viva —dijo Em—, o lo estaba hace unos días. Probablemente ya no.

Cas miró cómo los guardias escoltaban a los hombres fuera de su despacho. Habían visto no sólo a Olivia y al ejército de Olso, sino también a Jovita. Era prisionera de los ruinos y parecía poco probable que siguiera viva.

Emociones encontradas combatían en su pecho. No había deseado la muerte de Jovita, pero mentiría si dijera que no sentía alivio de que le hubieran arrebatado la decisión.

Uno de los guardias miró a Em de soslayo antes de cerrar la puerta. Como ella se había sentado en la silla del escritorio de Cas, los guardias no habían dejado de verlos a los dos alternadamente, como si eso les hubiera parecido extraño.

—¿Debería haberme movido? —preguntó al observar la mirada fija del guardia. La puerta se cerró rápidamente—. ¿Está mal visto que me siente en la silla del rey?

—No, creo que lo mejor es que te sientes ahí —dijo él—. Sin duda, los hombres le dirán a todo mundo lo que vieron, y la gente deberá saber que confío en ti.

Em se reclinó en el asiento y acomodó las manos en los brazos de la silla.

—Podrían decir que yo asumí el control, que el pobre rey no puede ni siquiera sentarse en su propia silla.

Él se encogió de hombros.

—Que lo digan.

Aun si los ruinos empezaban a ganarse la simpatía de la gente del castillo, ésta de ninguna manera veía a Em como una igual de Cas. Él se daba cuenta por la manera como interactuaban con ella, porque algunos no podían hacerle una reverencia o fingían no haberla visto en los pasillos. Tal vez los rumores de que Em tenía más poder que Cas harían algún bien.

—¿Por qué Olivia estaría siguiendo al ejército? —preguntó Em.

—¿Alguna vez se ha tropezado con humanos sin matarlos?

—Claro que sí, cuando ha querido algo de ellos.

—¿Crees que haya hecho un trato con August?

—No, nunca —Em sacudió la cabeza con el entrecejo fruncido—. Él tampoco haría un trato con ella. Sabes que August odia a los ruinos tanto como Olivia a los humanos.

—¿Y entonces?

—Si yo fuera ella… —consideró Em por un momento— esperaría a ver qué hace el ejército. Olivia tiene demasiados objetivos: quiere matarme a mí, quiere matarte a ti, quiere conquistar Lera. Pero no puede hacerlo todo, no con ese pequeño grupo de ruinos. Yo estaría esperando que el ejército atacara, para entonces actuar.

—Esperaba que hubiera alguna posibilidad de que August cambiara de opinión después de que rechacé su trato.

—Creo que eso puede ser demasiado optimista —dijo ella y sonrió como si él hubiera dicho algo gracioso.

—¿Qué?

—La manera como dices su nombre: August.

—¿Cómo lo digo?

—Como si tuviera mal sabor.

—Sabe mal —dijo él arrugando la nariz—. August. Em rio.

—No me cae bien —añadió Cas.

—Estoy sorprendida.

—Intentó casarse contigo y luego te secuestró. No me cae bien.

Em se echó adelante para besarlo.

—Tenemos que suponer que August sigue planeando un ataque. Se están preparando, esperando el momento indicado. Quizá no deberíamos permitirles que ataquen primero.

—Tenemos una mejor posición en el castillo: contamos con una muralla y torres, y conocemos bien la zona.

—En cambio, él sólo está sentado allá afuera, aguardando. Y te dijo que los guerreros están entrando en el país. Si seguimos esperando un ataque, puede ser que sólo estemos permitiéndoles fortalecer su ejército y sus armas.

—Siguen debilitados tras el ataque ruino. Bien podría haber estado exagerando para hacernos caer en la trampa de dejar la seguridad del castillo y atacar primero.

—Es cierto —dijo Em—. Puede estar buscando eso, que nosotros nos impacientemos y ataquemos antes.

—Entonces, ¿esperamos por ahora?

—Bien, pero ¿qué hay de Jovita? Hay una posibilidad de que le proporcionara información a Olivia. Quizá por eso la mantiene viva.

—Jovita no tiene ninguna información útil, ya no. Sobre todo, ahora que estamos revisando los planes de batalla para incluir a los ruinos.

—Muy bien, pero tendrás que decidir qué hacer con ella. Si alguien consigue llegar con ella, ¿cuáles son tus órdenes?

Cas hizo una pausa y se quedó pensando.

—Le pediré a la gente que me traiga cualquier informe de avistamientos de Olivia o de Jovita, pero fuera de eso, esperaremos —dijo exhalando, un poco molesto—. Si Jovita escapa de alguna manera, deberá ser traída al castillo.

—¿Viva? —preguntó Em.

—Viva —confirmó Cas.

TREINTA Y OCHO

Aren llevó a Iria a la vieja habitación de Em, que seguía casi exactamente igual que la última vez que él la había visto. Se habían llevado todos los vestidos de Em, pero la ropa de cama azul y los muebles extravagantes eran los mismos.

Iria caminó despacio hasta la cama y se sentó con un suspiro. Luego se quitó los zapatos. Se notaba que le dolía cada vez que caminaba.

—Deberíamos ir a que un médico te revise el pie —dijo él.

—Sólo necesita sanar.

—¿Tienes hambre? Voy a buscar algo de comida. ¿O necesitas un baño? Puedo pedir que una doncella te traiga un poco de agua tibia.

No sabía qué hacer y sentía que si lo ofrecía todo, quizás alguna cosa sería la correcta.

—Sólo quiero descansar —dijo ella echándose en la cama. Jaló las mantas. Evidentemente, ésa era la señal para que él se fuera, pero se quedó junto a la puerta, dudando si debía dejarla sola.

—¿Te molesta si vengo en unas horas a ver cómo estás? —preguntó Aren—. Sé que es incómodo quedarse en el castillo de Lera —estuvo a punto de agregar *también para mí* al final de la oración, pero no era cierto. Su primera visita al castillo había sido horrible y aterradora, pero ésta no. Lo tranquilizaba estar de vuelta.

—No me molesta, está bien —dijo ella echándose las mantas encima. No se había cambiado de ropa, y Aren de pronto se dio cuenta de que no tenía nada, salvo lo que llevaba puesto.

Él estuvo a punto de decirle que iría a buscarle algo de ropa y cualquier otra cosa que quisiera, pero Iria ya había cerrado los ojos. Tal vez en ese momento no le importaban sus pertenencias. A él no le importaron cuando todas se habían quemado. Sus posesiones estaban muy por debajo en su lista de preocupaciones.

Salió del dormitorio y luego de la sala. Cerró la puerta con delicadeza. Em iba caminando por el pasillo y se detuvo frente a su vieja puerta.

—¿Tenían información útil esos hombres? —preguntó Aren.

—No, en realidad. Vieron a Jovita, aún viva.

Aren hizo un gesto de dolor. Olivia seguramente no la estaría tratando bien. Quizá la muerte era una opción más amable.

—Lo sé —Em ladeó la cabeza hacia el cuarto de Iria y preguntó—: ¿Está bien?

—Creo que necesita un tiempo para... —Aren no estaba seguro de para qué necesitaba tiempo. No sólo sanar, sino adaptarse.

—¿Es seria la herida? —preguntó Em.

Aren miró atrás mientras las doncellas se apiñaban al final del pasillo.

—Ven —le dijo a Em y la llevó por el corredor hasta las habitaciones de la esquina que Violet acababa de mostrarle. Eran más pequeñas que las de Iria, con un solo cuarto y un baño, pero de todas formas eran imponentes, con un armario inmenso, un gran escritorio y enormes ventanales que daban al prado del sur. Evidentemente, se usaban para huéspedes especiales, y Aren no estaba seguro de que le correspondiera ese lugar.

Cerró la puerta. Se sentó frente al escritorio y Em arriba del baúl, al pie de la cama.

—Algunos guardias la atacaron —dijo Aren—. Le clavaron un cuchillo en su pie y le amputaron una gran parte.

—¿Y todavía puede recargarse en él? —preguntó Em.

—Puede. O podrá, con el tiempo. Sigue siendo doloroso. Y siempre va a cojear, eso es un hecho.

—Puede ser que también le cueste usar la espada —susurró Em—. Por el equilibrio, quiero decir. Está bien, trabajaré con ella.

—Galo y yo estábamos hablando de eso y pensamos que podemos hacerle una bota que le ayude. No es una herida terrible: sólo necesita algo que compense la parte del pie que perdió.

—Es una suerte que hayan llegado a Oslo tan rápido —dijo ella—. Pudo haber sido mucho peor.

Él había estado tratando de no pensar en eso.

—¿Cómo van las cosas por acá?

—Todavía no empezamos con las reuniones formales. Hemos estado trabajando en las armaduras y diseñando estrategias de batalla para que los ruinos puedan pelear con nosotros. Además, esperábamos que volvieras pronto.

—¿Estaban esperándome? —preguntó él, sorprendido.

—No quedan muchos líderes ruinos. A ti todo mundo te admira, y creo que sería mejor que Mariana y tú llevaran la batuta en las negociaciones, tomando en cuenta mi relación con Cas.

—Me encantaría, pero necesito un día o dos para descansar.

—Por supuesto. Los otros ruinos están abajo, por si quieres ir a verlos. Ofrecimos poner a algunos en unos cuantos dormitorios como éste, pero prefirieron quedarse juntos en los cuartos de los guardias.

Aren asintió con la cabeza. Se dio cuenta de que él no quería lo mismo: él prefería quedarse arriba, cerca de Iria, y no en los diminutos cuartos de los guardias.

No estaba seguro de cómo armonizar sus sentimientos por ella con sus responsabilidades hacia los ruinos. Nunca lo había sabido, pero en ese momento la respuesta era confusa. Poner a los ruinos primero siempre había sido lo natural para él, algo que daba por hecho, pero la situación había cambiado.

—Quisiera ver cómo consigo algo de ropa para Iria —dijo Aren—. ¿Será posible?

—Les dieron algunos artículos básicos a los ruinos, así que velo con Mariana. En Ciudad Real hay muchos refugiados de Ciudad Gallego y Westhaven, y los suministros son reducidos, pero Cas está haciendo todo lo posible por satisfacer las necesidades básicas de todo mundo.

Aren se dio cuenta de que el arrebato de enojo que solía acompañar toda mención del nombre de Cas había desaparecido.

—¿Y Cas y tú? ¿Se van a quedar casados oficialmente?

—Sí. Tendríamos que casarnos otra vez, pero es lo que quisiéramos —tragó saliva—. Tenía la esperanza de contar con tu apoyo en eso. Creo que los otros ruinos harán lo que tú digas.

—Em —dijo él con dulzura—, por supuesto. Es tu decisión.

Pareció un poco sorprendida.

—¿Estás seguro? Una vez me dijiste que él era insignificante comparado conmigo.

—Me equivoqué. No es tan fuerte como tú y a diferencia de ti, no es un líder natural, pero no es cierto que sea insignificante. Es un buen hombre, y tú mereces ser feliz. Todo lo que has hecho ha sido por el bien de los ruinos. Esto es algo que podemos permitirte.

Em se puso en pie, atravesó la habitación y le echó los brazos al cuello.

—Gracias, Aren.

Él rio mientras la abrazaba.

—Deberías haber sabido que no me opondría a lo de Cas. Acabo de ir a Olso a rescatar a una guerrera.

Em estaba sonriendo cuando soltó a Aren.

—Eso esperaba, pero también lo habría entendido si me hubieras dicho que como reina tengo ciertas responsabilidades.

—Las tienes, pero estamos por derribar todo el gobierno de Lera, y tal vez también el nuestro. En las reuniones pelearé por tu matrimonio con Cas, si eso es lo que quieres.

—Sí, eso quiero. Gracias.

TREINTA Y NUEVE

Un médico visitó a Iria y le examinó el pie. Dijo que estaba cicatrizando bien, pero necesitaba dejarlo reposar todo lo posible durante los siguientes días. Por lo visto, le comunicó esa información a Cas después, porque una empleada se apareció en su habitación con una pila de libros, una charola de refrigerios y una campana. Le dijo a Iria que la tocara cada vez que necesitara algo.

Iria empujó la campana al otro lado de la mesa de noche. Su nueva meta personal era nunca tañerla.

Se recostó en las almohadas. El pie le dolía un poco, pero había mejorado mucho en el viaje de Olso a Lera.

Le había preguntado al médico cuánto tiempo más le dolería y él había dicho que no mucho, siempre y cuando descansara y lo cuidara. Supuso que eran buenas noticias, pero le estaba costando trabajo emocionarse.

Si algo le había enseñado el viaje de Olso a Lera era que ya no era tan fuerte como antes, ni mucho menos. No podía caminar sin cojear, y eso no cambiaría cuando su pie hubiera sanado. Su equilibrio se veía afectado sin unos dedos que la estabilizaran, y con frecuencia estaba a punto de caer de bruces sólo por intentar moverse de un lado a otro. Aren se la pasaba atrapándola y eso era humillante.

Podía considerarse que había ocurrido en el momento justo, porque ya no era guerrera, pero no lo sentía así. No estaba segura de qué habilidad tenía si no podía pelear. Tras sus días en la cárcel, su lealtad a Olso parecía endeble, en el mejor de los casos, pero tampoco podía ofrecerle ayuda a Cas. ¿Qué iba a hacer ella en Lera?

Alguien tocó a la puerta del dormitorio. Había dejado abierta la puerta de la sala para no tener que levantarse cuando Aren volviera. Le pidió que entrara.

La puerta se abrió, pero se trataba de Em. Iria se enderezó un poco, sorprendida.

—Hola —dijo Em—. Te ves fatal.

—Gracias —dijo Iria fríamente, a pesar de que sabía que era cierto. Había alcanzado a verse en el espejo después del baño. Los moretones en el rostro eran de un feo tono amarillo y azul, y se veía pálida y demacrada.

Em cerró la puerta y atravesó la habitación.

—¿Quién te hizo eso? —preguntó señalando el rostro de Iria.

—Mi compañera de celda.

Em miró alrededor.

—Ésta era mi habitación, ¿sabes?

—Lo recuerdo. ¿Ahora dónde estás?

—Con Cas.

—Claro —dijo Iria sonriendo.

—El otro día no saliste a cenar. ¿Te estás escondiendo de nosotros?

—De hecho, sólo de ti.

Em la miró un poco molesta y torció los labios.

—Estoy descansando —explicó Iria señalando su pie—. Estoy herida.

—Oí que está sanando muy bien —dijo Em acercándose a la cama—. ¿Te importa si echo un vistazo?

Iria se quitó las mantas para revelar el pie derecho vendado. Em se sentó en la orilla de la cama y lo examinó.

—Podría haber sido mucho peor —dijo.

—Eso no me hace sentir mejor.

—Lo siento.

Llamaron a la puerta y Aren entró un momento después. Llevaba ropa limpia y ya no quedaba ni rastro del viaje en él. Se veía relajado y guapo, y sus ojos brillaron cuando vio a Iria.

—¿Cómo te sientes? —le preguntó. La había visitado la noche anterior, cuando el médico estaba ahí. Lo acribilló a preguntas y el hombre parecía un poco exasperado para el momento en que se fue.

—Bien —dijo.

—Justo estaba haciéndola sentir peor —dijo Em.

—Así es —confirmó Iria con una risa. En realidad no se había sentido tan bien en varias semanas.

—Eso sospechaba —Aren atravesó el cuarto y sacó la cinta para medir—. ¿No te molesta si mido tu pie? Unos empleados me van a ayudar a hacerte unas botas, pero antes necesito las medidas.

Iria asintió con la cabeza y Em se levantó de la cama para dejarle a Aren su lugar.

—Pronto iniciaremos unas pláticas formales entre leranos y ruinos —dijo Em mientras Aren sostenía la cinta junto al pie bueno de Iria—. Quería ver si hay algo que tú necesites.

—¿Algo que yo necesite?

—En cuanto a tu asilo aquí. Estaba pensando que podría incluirte como parte de los ruinos, porque pediremos viviendas, indemnizaciones, cosas así. Pero no hay ningún problema si prefieres negociar por tu cuenta. Cas será justo contigo.

—Aunque Cas no se mantendrá en el poder por mucho tiempo más —dijo Aren, y volteando a ver a Iria le advirtió—: quizá te convenga permitirnos incluirte entre los ruinos. Podemos solicitar lo que quieras.

—¿Y qué se supone que debo querer? —preguntó Iria.

—Honestamente, no lo sé. La reina Fabiana pidió casarse con el rey Salomir cuando desertó de Olso, pero no imagino que tú quieras eso.

Iria estalló en una risa tan súbita que tuvo que taparse la boca con la mano para sofocarla. Otra carcajada bullía en su pecho. Aren sonrió.

—Entonces, ¿no quieres casarte con Cas? —preguntó Aren.

Ella bajó la mano y cedió a la sonrisa que se dibujaba en todo su rostro. Viendo a Em, respondió:

—No. De hecho, creo que regresaría a Olso si alguien me sugiriera casarme con Cas.

—¡Hey! —exclamó Em.

—Yo también preferiría la cárcel antes de casarme con Cas —dijo Aren.

Iria volvió a reír y se dio cuenta de que no lo había hecho desde la última vez que lo había visto. A mucha gente él le parecía serio y estoico, pero ella siempre había sentido un orgullo secreto por conocer al verdadero Aren.

—No tienes que saber enseguida lo que quieres —dijo Aren—; sólo piensa si hay algo que necesites. Empieza quizá con un documento que te convierta en ciudadana de Lera: de esa manera Olso jamás podrá exigir tu regreso ni capturarte legalmente. Tu país será éste.

—¿También los ruinos pedirán ser ciudadanos de Lera? —preguntó.

—Eso creo. No tenemos planeado regresar a Ruina, así que alguien tiene que recibirnos —dijo Em—. Si quieres, puedo simplemente incluirte cuando hablemos de la vivienda y la ciudadanía, y el resto lo decidiremos después.

—Claro —dijo Iria agradecida.

—Muy bien —dijo Em mientras caminaba a la puerta—. Los veo más tarde. Iria, más vale que empieces a practicar cuando esa bota esté lista, porque pronto quiero ponerme a entrenar contigo otra vez.

La idea de combatir con Em era un poco aterradora, tomando en cuenta que ella a menudo le había ganado, incluso cuando estaba en plena forma.

—A muerte, ¿cierto?

—¿Qué? —preguntó Iria con una risita.

—Es lo que siempre decías cuando combatíamos en el castillo de Ruina —Em levantó una mano como si estuviera sosteniendo una espada y echó la cabeza atrás de manera histriónica—: ¡A muerte!

—Eso hacía, ¿verdad?

—Eras muy intensa —dijo Em sonriéndole—. ¿A muerte, entonces? ¿Después?

—Lo estaré esperando —mintió Iria.

Em se fue y cerró la puerta, dejando a Iria sola con Aren. Él ya había terminado de medir su pie, pero seguía sentado en la orilla de la cama. En realidad, no habían estado solos desde antes de que la rescatara. Ella lo había despedido muy rápido el día anterior, simulando estar exhausta, cuando en realidad sólo quería quedarse sola para sentir lástima por ella misma.

De hecho, no habían tenido momentos de intimidad desde que ella había desertado de los guerreros y se había ido con él en la selva de Lera. Si él se hubiera quedado con ella y a ella no la hubieran enviado de regreso a Olso, posiblemente para entonces ya estarían compartiendo una cama. Podría agarrarlo del cuello de la camisa para jalarlo y colocarlo con ella debajo de las mantas.

En vez de eso, Aren estaba apretando las manos y soltándolas, como si ella lo pusiera nervioso.

—Voy a empezar con la bota —dijo él poniéndose en pie—. ¿Necesitas algo?

—No, estoy bien.

—Si quisieras ir después a cenar, yo con gusto te ayudo.

—No, gracias. El médico dijo que debo dejar reposar el pie por unos días.

Él asintió con la cabeza y metió las manos en los bolsillos.

—Entonces vengo después a ver cómo estás.

Se dio la media vuelta y salió, dejando a Iria sola otra vez.

CUARENTA

Em se mudó a los aposentos reales con Cas. Se habían retirado todas las pertenencias de sus padres y en el dormitorio que había sido del rey casi no había muebles, salvo por la cama que Cas había llevado de su antigua habitación.

Ella despertaba en esa cama con él todos los días. En las mañanas, Cas se giraba y rodeaba su cintura con un brazo, acercándose, y para cuando salían del cuarto, el sol ya estaba en el cenit.

Ese día ella le dio un beso en la frente y luego bajó de la cama. Él tomó su mano en cuanto sus pies tocaron el suelo.

—¿Adónde vas? —preguntó.

—Hoy es la primera negociación ruina —respondió Em—. Tenemos que vestirnos.

Él soltó su mano y se giró para mirarla. Intentó sonreír pero se le notaban los nervios en todo el rostro. Tal vez ella se veía igual.

Habían pasado la última semana o un poco más en una burbuja: instalándose en los aposentos reales, pasando todas las noches juntos y haciendo como si no hubiera varias personas que quisieran matarlos. Em pasó mucho tiempo tratando de no hacer caso al dolor en el pecho que le recordaba que una de las personas que querían hacerlo era su propia hermana. Pero ese día tendrían una dura dosis de realidad: los ruinos y los leranos decidirían si podrían casarse.

Después de comunicarle a todo mundo sus intenciones, pusieron la discusión en manos de otros. Aren hablaba en nombre de los ruinos, y varios consejeros de Cas tomaban decisiones por los leranos. Tenían pendientes las discusiones formales desde que Em había mencionado la idea de quitarle algo de poder a la monarquía. Había la posibilidad de que ese día todo se desmoronara.

—Quiero bajar y ver a los ruinos antes de empezar. Galo iba a pasar por aquí esta mañana —dijo ella. Cas le había ofrecido a Galo el puesto de embajador ruino, y Galo había aceptado. Había pasado los últimos días discutiendo con ellos asuntos menos importantes y preparándose para la reunión.

Se vistieron casi completamente en silencio y Em le dio a Cas un rápido beso antes de salir de los aposentos. Bajó las escaleras adonde los ruinos estaban reunidos, en el área común de los guardias. Galo, que estaba sentado con Aren, Mariana y Davi, se puso en pie e hizo un gesto con la cabeza. Aren sonrió cuando vio a Em y la saludó con un gesto de la mano.

—Estábamos por subir —dijo Aren.

—Todavía es temprano, ¿no? —preguntó Em, intentando calmar las mariposas que revoloteaban en su estómago.

—Quiero presentarles a Aren a unos consejeros. Hay algunos a los que no ha conocido oficialmente —dijo Galo.

—¿Me vas a presentar como *el malo*? —preguntó Aren—. Tengo que mantener mi reputación.

—Trataré de mencionarlo en la conversación —dijo Galo poniéndole la mano en el brazo y dirigiéndolo a la puerta.

Mientras se alejaban, Aren rio de algo que dijo Galo. Mariana se paró junto a Em y los siguió con la mirada.

—Creo que se han hecho amigos —dijo Em.

—Eso espero —dijo Mariana—. De otro modo, no sé por qué ese humano habría ido a Olso con Aren.

De todas formas, que Aren y Galo se hicieran amigos era más de lo que Em habría esperado apenas unas semanas atrás. Galo nunca había parecido tener mucho interés en los ruinos más allá de obedecer los deseos de Cas, y a Aren no solían gustarle los humanos, con excepción de Iria.

—¿Cómo van las cosas acá abajo? —preguntó Em.

—Nada mal, de hecho. Anoche unos guardias nos invitaron a jugar cartas.

—¿En serio?

—Sí. Parecían desconfiados cuando mencioné que tenía el poder de arruinar la mente, como si yo fuera a hacer trampa, pero luego nos ganamos su simpatía. Además, les dije que guardaba mi poder para cosas mucho peores que hacer trampa en la baraja.

—¿Y eso cómo les cayó?

—Bien, de hecho. Les conté algunas de las cosas que puedo hacer y más tarde iremos a practicar juntos. No han integrado el poder mental en los planes de batalla, así que voy a tratar de mostrarles cómo podría ayudar.

Em sintió un pequeño alivio. Últimamente se había apartado un poco de los ruinos a propósito, para que ellos solos se familiarizaran con el castillo. Por lo visto, eso estaba funcionando mejor de lo esperado.

Davi y Gisela se unieron a ellas y subieron al Salón Océano para la reunión. Violet y Franco ya estaban ahí, al igual que las consejeras de Cas, Julieta y Danna, y tres hombres a los que Em había conocido unos días antes. Aren y Galo estaban hablando con uno de ellos.

Cas ya estaba sentado y se puso en pie cuando Em entró a la sala. Todos los demás siguieron su ejemplo. Le extendió la mano y ella se la tomó, permitiendo que la llevara a un lugar junto a él en la mesa.

Aren se sentó junto a Galo y Em vio a Mariana sentarse al otro lado. Davi y Gisela se sentaron en el lado opuesto, junto a Julieta. Em no pudo evitar pensar que era una buena señal que los ruinos no se hubieran puesto todos en hilera de un lado de la mesa, listos para pelear con los temibles humanos.

—Gracias por venir —les dijo Cas a los ruinos.

—Gracias por recibirnos, su majestad —dijo Aren. Em creía que nunca había oído a Aren decirle a Cas "su majestad", y ni siquiera sonaba a que fuera en son de burla.

—Empecemos, entonces —dijo Aren—. Estamos satisfechos con el plan que plantearon para la monarquía de Lera. Estamos de acuerdo en que el rey Casimir siga al frente del gobierno y comparta el poder con representantes electos. Seguirá al mando del ejército y tendrá el poder de presentar y vetar leyes. Todos los tratados con otros reinos tendrán que ser aprobados tanto por la monarquía como por los representantes, y él tendría que obtener su aprobación antes de declararle la guerra a cualquier otro reino —y al decir esto, le pasó a Franco un papel por la mesa—. Sin embargo, quisiéramos cambiar la definición de guerra. Oficialmente, el rey Salomir nunca les declaró la guerra a los ruinos. Ciertos actos deberían considerarse una declaración de *guerra*.

Franco lanzó una mirada a los otros consejeros y luego asintió con la cabeza.

—De acuerdo.

—Todos los otros poderes que han planteado para el rey están bien —Aren miró a Cas—. ¿Ya vio esto?

—Sí.

—¿Y está de acuerdo? ¿Entiende que necesitará aprobación de los representantes electos para casi todo? ¿Y que ellos tendrán el poder de abolir la monarquía por completo si cuentan con el apoyo de suficientes ciudadanos?

—Lo entiendo.

—Bien. En lo que respecta a los representantes, no estamos de acuerdo en que su número se determine por la población de la provincia. Eso significa que los ruinos tendrían un representante frente a docenas de representantes de Lera. Nuestro voto no significaría nada. Necesitaremos más de uno.

—¿Cuántos más? —preguntó Franco.

—Seis, con el acuerdo de que se necesitarían al menos tres votos ruinos para pasar cualquier ley.

—Pero ustedes son muy pocos —protestó Danna—. ¿Por qué habrían de estar sobrerrepresentados en nuestro gobierno?

—Porque no confiamos en ustedes —dijo Aren—. Si nos otorgan sólo un asiento, ¿qué impedirá que fallen en contra nuestra a cada momento? ¿Qué impedirá que bloqueen cada medida que beneficie a los ruinos?

Danna se frotó la frente.

—Veo a qué se refiere, pero sigo pensando que será difícil convencer a la gente.

—No sería permanente. Podríamos volver a revisar el tema en diez o veinte años.

—No es insensato —dijo Galo—. No pueden darles sólo un asiento. Eso es apenas simbólico, y lo saben.

Julieta se removió en su asiento con la boca fruncida.

—Está bien. Discutamos seis. ¿Qué sigue?

Em buscó la mirada de Galo y le hizo un gesto de gratitud con la cabeza. Él sonrió.

—Todo ciudadano de Lera tiene ciertos derechos —dijo Aren—. Queremos los mismos derechos, además de dos enmiendas ruinas. La primera es que la sola posesión de poder ruino no se considere un delito.

Todos los consejeros miraron a Cas. Él asintió con la cabeza.

—De acuerdo —dijo Franco.

—En segundo lugar, que un humano nunca podrá tratar de utilizar el poder de un ruino u obligarlo a usarlo.

Franco asintió.

—Tendríamos también algo que añadir: un ruino nunca puede usar su poder sobre un humano sin su consentimiento.

—Sí —dijo Aren—, pero quisiera ver cuáles deben ser los castigos para eso. Un ruino que mata a alguien no debería ser castigado de la misma manera que uno que, por ejemplo, hiciera que un humano se diera a sí mismo una bofetada.

—De acuerdo —dijo Franco mientras tomaba nota de algo.

Revisaron varios otros puntos —el servicio ruino dentro de la guardia real y en el ejército, futuras viviendas e indemnizaciones por tierras y propiedades perdidas, y acceso de los ruinos al empleo y la educación. Volvieron a abordar el tema de los representantes electos y los poderes que el monarca podría conservar.

—Y necesitaremos determinar qué poder tendría la reina de Lera —dijo Franco—. Si va a ser Emelina, no podemos permitir que tenga el mismo poder que el rey.

Cas, al lado de Em, se puso rígido.

—¿Por qué no? —preguntó.

—No podemos decirle a la gente que Emelina Flores tiene el poder de comandar el ejército de Lera —dijo Franco. Hablaba mirando a Em y casi disculpándose—. Podría vetar leyes, destituir a representantes si le pareciera conveniente. Nada de eso le sentará bien a la gente. Tememos que puedan causar disturbios o abolir la monarquía. Nosotros les habríamos dado el poder para hacer eso.

—¿Qué poder tendría Emelina? —preguntó Mariana inclinándose hacia delante con el ceño fruncido.

—La reina o el rey consorte de Lera tiene muchos deberes ceremoniales y tendría la libertad de asumir cualquier proyecto que le gustara aquí en Ciudad Real. La reina anterior tenía un programa para alimentar a niños con desnutrición y trabajó con Vigilancia de Ciudad Real, que es nuestra policía aquí en la ciudad. Con toda libertad, podría asistir a la mayoría de las reuniones con Cas, si así lo quisiera, pero no estaría ahí en representación de un papel oficial.

—No —dijo Mariana.

—No —repitió Gisela.

—Em es la reina de Ruina —dijo Aren—. Nunca han tenido a un monarca que se case con otro. No es lo mismo.

—La princesa Mary accedió a estas condiciones —dijo Danna.

—No me importa lo que haya hecho la princesa de Vallos —dijo Gisela—. Incluso ahora que han muerto la mayoría de los ruinos, somos más poderosos de lo que Vallos fue jamás.

—Emelina conspiró con Olso para atacar Lera —dijo Julieta—. Estamos quitándole poder a la monarquía de Lera como castigo por las acciones del rey Salomir, pero para ella no hay consecuencias.

—Consideramos que la desaparición de casi todos los ruinos es suficiente consecuencia —dijo Aren en tono duro.

Em le lanzó una mirada a Cas, con un nudo en la garganta. Por un lado, no quería ser tan sólo una reina consorte. Por el otro, quizá ellos tenían algo de razón. Cas deslizó los dedos entre los suyos y apretó.

—Deberían haberme hablado antes de esto —dijo él dirigiéndose a los consejeros—, porque no estoy de acuerdo.

—Su majestad...

—Em y yo tendremos los mismos poderes. Si eso significa quitarle más poderes a la monarquía, entonces eso es lo que tendrán que hacer —y mirándola a ella agregó—: Si eso le parece bien a Em.

Ella apretó la mano en respuesta.

—Me parece justo —dijo, y volteando a ver a los demás en la mesa añadió, con los ojos entrecerrados—: Si no están de acuerdo, sólo recuerden que si no me caso con Cas, sigo siendo reina de los ruinos. Y también podría postularme como representante de los ruinos en el gobierno de Lera. Si hiciera las dos cosas, alguien podría decir que tengo *más* poder que el rey.

Aren bajó la cabeza al pecho, evidentemente tratando de no soltar una carcajada.

—¿Nos estás amenazando? —preguntó Danna con dureza.

—Sólo estaba señalando un hecho —dijo Em.

—Es mucho más aterrador cuando ella amenaza —dijo Mariana—. Lo sabrán cuando eso pase.

Danna miró boquiabierta a Julieta y a Galo como si estuviera tratando de descifrar si Mariana hablaba en serio.

—Escuchen —dijo Cas en tono casi divertido—: ya estuvo bueno de comparaciones. Todos hemos hecho cosas horribles.

Em no los está amenazando: sólo está señalando el hecho de que es una reina poderosa que cuenta con la lealtad de su gente e infunde terror en el corazón de sus enemigos. Nadie así se ha casado jamás con un miembro de la familia real de Lera. Las reglas tienen que cambiar para ella. Ustedes pueden aceptar este matrimonio o pueden huir, temerosos de ella, como todos los demás. Es su decisión.

CUARENTA Y UNO

Olivia se quedó viendo el sitio en donde dos ruinos habían estado durmiendo. Habían dejado atrás los restos humeantes de una fogata y nada más: ya no estaban ahí las mantas que la noche anterior los habían cobijado.

Parpadeó y se puso en pie. Seguía medio dormida y al mundo a su alrededor le tomó unos momentos cobrar forma.

No había caballos ni provisiones ni comida.

No había ruinos. Todos se habían ido.

Giró en un círculo con el corazón martilleando en su pecho. Encontró a Jovita atada a un árbol con el cabello alborotado y la mirada perdida.

—Se fueron —dijo una voz.

Olivia se volvió y encontró a Ester agachada bajo una rama, y a Carmen y Priscila detrás de ella, con sus bolsas colgadas sobre los hombros.

—¿A qué te refieres con que *se fueron*? —gritó Olivia.

—Tenían miedo de que los lastimaras si te lo decían —explicó Ester—. Nosotras decidimos tener contigo la cortesía de despedirnos.

—¿Despedirse? —repitió Olivia.

—Nos vamos de regreso a Ruina. Esto... no tiene sentido —y al decirlo señaló a Jovita. Ester había logrado abrir su mente. Apenas la noche anterior ésta había contado todos los secretos de la familia real, entre ellos, los diferentes amoríos de su tía, la reina. Todavía no obtenían nada útil, pero era sólo cuestión de tiempo.

—¿Se están rindiendo? —preguntó Olivia, atónita. Primero los ruinos habían seguido a su hermana inútil nada menos que al castillo de Lera y ahora los pocos que habían quedado de su lado la estaban abandonando. Señaló en dirección al ejército al que habían estado siguiendo durante días.

—¡Se están preparando para un ataque! Ya no debe faltar mucho.

—Si regresamos a Ruina ahora, podremos reclamarla como nuestra —dijo Ester—. Si la reivindica Emelina, eso significa que también Lera sería dueña de ella. Debería quedarse en manos ruinas.

—Por supuesto —dijo Olivia—, pero podemos tener también Lera. Y después de eso, Vallos y Olso. Recuperaremos los cuatro reinos. Fueron los humanos quienes nos los robaron —y apuntando al este indicó—: los ejércitos de Vallos y Olso están *allí mismo*.

Ester sacudió la cabeza y explicó:

—Lo lamento, Olivia. Yo también quiero eso, pero no va a pasar. Somos demasiado pocos para invadir Lera. Nuestra mejor vía de acción es regresar a Ruina y empezar a reconstruirla. Quizás en algunas generaciones, cuando seamos más, podamos volver a intentarlo.

—¿Algunas *generaciones*? —Olivia la miró boquiabierta. Para entonces estaría muerta. No la recordarían más que como una reina desacreditada que había sido capturada y luego derrotada por su hermana inútil. Tal vez la familia Flores no volvería a gobernar en algunas generaciones si Olivia fallaba.

—Puedes venir con nosotras, si quieres —dijo Ester echándose una bolsa sobre el hombro. Arrugó la nariz señalando a Jovita—. Pero a ella no puedes traerla. Termina de una vez con su miseria.

Jovita no dio ninguna señal de haber oído el comentario de Ester sobre matarla. Parpadeó una vez, muy lentamente, y suspiró.

Ester empezó a caminar, y Priscila y Carmen siguieron su paso. No esperaron la respuesta de Olivia.

—¿Van a dejar que se salgan con la suya? —gritó Olivia a sus espaldas—. Cas seguirá gobernando, ¿y a ustedes ni siquiera les preocupa?

No se voltearon. Siguieron caminando hasta que se perdieron de vista.

Olivia contuvo las lágrimas. De pronto, todo estaba silencioso. Demasiado silencioso. No había estado sola desde... desde antes que la capturaran. E incluso entonces solía estar cerca de su madre. O de Em.

Un nuevo enojo rodó por su cuerpo. Soltó un grito. No le importaba si los cobardes de los ruinos la oían.

Había fallado. Olivia, como su madre, había fallado en su intento de conquistar Lera. Tenía que reconocerlo.

Pero aún podía hacer que Em pagara por lo que había hecho.

Olivia se volvió para mirar a Jovita. Aspiró hondo para estabilizarse. Jovita no respondía bien al enojo. Ya no. No lo había hecho en los días anteriores, cuando Ester en verdad la había destruido.

Caminó hasta donde estaba y se sentó frente a ella.

—Hola —dijo suavemente—, es hora de despertar.

Jovita abrió un ojo.

—Despertar —repitió, y lo susurró una vez más.

Jovita meditó en eso unos momentos. Luego miró a Olivia como si acabara de darse cuenta de que estaba ahí sentada. Dejó caer los hombros y se echó atrás, como si estuviera asustada.

Olivia tomó su cantimplora.

—¿Quieres un poco de agua? Toma. Mira, hasta te voy a desatar.

Pasó los brazos atrás de Jovita y aflojó las cuerdas para liberarle las manos. La prisionera, ávida, se aferró a la cantimplora, la inclinó y bebió hasta la última gota.

Olivia le dio también su última carne seca y Jovita inmediatamente arrancó un trozo con los dientes.

—Voy a ser honesta contigo —dijo Olivia—. Las cosas no están marchando muy bien para mí ahora mismo.

Jovita resopló. Podía haber perdido la razón, pero no su odio hacia Olivia. Ésta señaló a su alrededor con un gesto del brazo.

—Como puedes ver, todo mundo se ha ido. No voy a invadir Lera, pero sí hay algo que puedo hacer.

Jovita royó la carne y se quedó viendo fijamente un punto detrás de la cabeza de Olivia.

—Puedo entrar al castillo a hurtadillas y matar a Em. Y a Cas, si así lo deseas.

Los ojos de Jovita brillaron, pero no dijo nada.

—¿Cómo saliste del castillo la noche que los guerreros atacaron? —continuó Olivia.

—No te lo voy a decir.

Olivia levantó las cejas. Por lo visto, Jovita no había perdido la razón por completo.

—¿Por qué no? —preguntó—. Si entro, mataré a Casimir. ¿No es eso lo que quieres?

—Te van a matar —observó Jovita—. Hay demasiados guardias. Ni siquiera tú saldrás viva.

Eso, desafortunadamente, era cierto. Con la ayuda de Jovita, Olivia podría entrar y tal vez mataría a mucha gente, incluyendo al amado de Em, pero nunca lograría salir. Aun si conseguía matar a todos en el castillo, quedaría tan débil que difícilmente podría caminar. Los guardias la atraparían antes de que pudiera cruzar las murallas del castillo.

Pero era el único plan que no la hacía querer arrancarse el cabello. No protegería a la gente que había matado a su madre y a su padre, como hacía Em. Ella no se iría enfurruñada a Ruina para ser la reina de nada. Matar a Em la haría inmortal. Los ruinos siempre hablarían de eso, de cómo había peleado hasta el final, completamente sola, y vencido a la mayor traidora ruina que se hubiera conocido jamás.

—Tú sabes cuán poderosa soy —le dijo Olivia a Jovita—. ¿No crees que puedo matar a Casimir? Puedo matar a todos en ese castillo.

Jovita la miraba fijamente mientras masticaba. Parpadeó varias veces, como si estuviera viendo algo ausente. Era un efecto secundario del control ruino de la mente, sobre todo cuando éste había llegado demasiado lejos. Probablemente Jovita vería por el resto de su vida cosas que no estaban ahí.

—No a *todos* —concedió Jovita al fin—. Necesito algunos guardias y soldados.

—Claro —mintió Olivia.

—Y tú tendrás que irte cuando hayas terminado —dijo Jovita con seriedad.

—Por supuesto.

Jovita la estudió como si supiera que Olivia estaba mintiendo. Se encogió de hombros.

—No podrías quedarte, aunque quisieras. Ahora eres sólo tú —e hizo un amplio movimiento histriónico de los brazos, quizá para mostrar cuán sola estaba su interlocutora—. No puedes dirigir un castillo completamente sola, ¿cierto? —rio.

Olivia contuvo el impulso de cortarle la cabeza justo en ese momento.

—Dime cómo entrar.

—Tienes que prometerme que no me vas a matar después de que te lo diga —dijo Jovita.

—¿Y eso para qué? ¿Si te lo prometiera me creerías?

Jovita frunció el ceño.

—Escucha —dijo Olivia—, te dejaré ir porque, la verdad, tu estado actual me resulta más entretenido que matarte, pero incluso si te matara, ¿no preferirías decirme antes cómo entrar al castillo? De cualquier manera, voy a ir a matar a Em y Casimir. Tú ahora no estás en condiciones de vengarte, así que déjame hacerlo por ti.

Jovita se mordió el labio, considerando la propuesta.

—Está bien, lo prometo —dijo Oliva, poniendo los ojos en blanco.

Jovita todavía parecía escéptica, pero quizá le quedaba suficiente raciocinio para saber que lo que Olivia decía era verdad: si alguien iba a matar al rey Casimir, ésa era Olivia.

—En la cocina hay un pasadizo secreto —dijo Jovita—. Termina en una de las torres de vigilancia, pero está completamente escondido. Ni siquiera los guardias apostados en la torre saben que está ahí.

—¿Cómo lo encuentro?

—Desprende las tablas del suelo.

—¿Qué torre?

—La del sureste.

Olivia sonrió.

—Gracias, Jovita. Ester tenía razón sobre trabajar con ustedes —tomó las cuerdas y se levantó para volver a amarrar a Jovita al árbol.

—¡Hey! Pensé que me dejarías marchar.

—Lo haré —dijo Olivia, y en verdad lo pensaba. Se dio la vuelta para caminar en dirección a los ejércitos de Olso y Vallos—. Sólo necesito esperar el momento adecuado.

CUARENTA Y DOS

Iria estaba sentada en la orilla de su cama pensando en cuántos días más podría pasar en esa habitación sin perder la razón, cuando alguien llamó a la puerta.

—¡Adelante! —gritó.

Al otro lado de la puerta estaba Aren, que llevaba un montón de ropa y un par de botas. Su expresión era tan brillante y esperanzada que Iria sintió que una sonrisa se esbozaba en sus labios.

Aren echó la ropa en la cama. Era ropa de combate. La sonrisa se desvaneció.

—Éstas son para ti —dijo levantando las botas—. Trabajé con algunos guardias para hacer algo que te sirviera para correr y pelear con la espada. Es sólo un primer intento, así que si son incómodas no te preocupes: podemos ajustarlas.

Le alargó las botas y ella las tomó despacio. Pensó que podría sentir alivio o esperanza al ver las botas que supuestamente le ayudarían, pero lo único que sintió fue pánico. ¿Y si no servían para facilitarle el movimiento?

—Gracias —dijo, poniendo las botas en el suelo—, pero hoy no me siento muy bien. Quizá podamos hacerlo otro…

—No —dijo Aren con firmeza—, ponte las ropas de combate.

Iria sintió el enojo estallando en su pecho.

—No puedo.

—Claro que puedes. El médico dijo que puedes empezar a moverte por el lugar.

—No. Es decir, no tiene ningún sentido. Nunca más necesitaré usar una espada otra vez. Yo sólo voy a... —dejó que su voz se apagara. No tenía idea de lo que haría.

—¿Qué? ¿Quedarte en esta habitación por el resto de tu vida? —preguntó Aren, y agregó señalando la ropa—: Creo que esa ropa te va a quedar. Es la misma que usan los guardias y una muchacha como de tu tamaño me ayudó a elegirla. Así que póntela.

Ella se cruzó de brazos.

—¿Qué? ¿Quieres ver si te desnudo y te pongo esa ropa yo mismo? No me pongas a prueba —dijo Aren.

Iria lo observó por un momento. Aren podía estar hablando en serio.

Exhaló enfadada.

—¿Y te vas a quedar ahí nada más? Espera afuera mientras me cambio.

Torciendo la boca, Aren dijo:

—Está bien, pero si en cinco minutos no has salido, volveré a entrar.

Ella suspiró exageradamente sólo para darle gusto. Él rio al salir y cerró la puerta detrás.

Primero, se cambió la ropa y luego se sentó en la cama para ponerse las botas. Eran negras y sencillas, pero por dentro la derecha tenía un relleno en la punta. Se levantó y dio unos pasos. Se sentía un poco raro, pero era más fácil mantener el equilibrio con un soporte en el lugar donde solían estar sus dedos.

Cuando salió del dormitorio, encontró a Aren recargado en el respaldo del sillón de la pequeña sala.

—¿Y tú siquiera usas la espada? —preguntó Iria.

—No muy bien, y justo por eso soy una buena persona, para empezar.

—Eso me hace sentir de maravilla.

—¿Quieres que vaya a buscar a Em? Porque estoy seguro de que estaría encantada de combatir contigo.

Iria puso mala cara, porque ambos sabían que no quería combatir con Em. A excepción de Cas, Em tal vez era la mejor espadachina de todo el castillo. Pelear con ella parecía una buena manera de exponerse a la humillación.

Aren abrió la puerta e Iria vaciló por un momento.

—Tarde o temprano tendrás que salir de esta habitación —dijo él—. Nadie te va a morder.

—¿Estás seguro?

—He estado jugando cartas con los guardias. Créeme, si a mí ya me perdonaron, tú no les preocupas para nada.

Ella seguía escéptica, pero salió y cerró la puerta. Si Em y Aren y el resto de los ruinos deambulaban libremente por el castillo, ¿por qué ella no?

Caminaron por el pasillo y doblaron una esquina para llegar al salón de entrenamiento. Aren dejó que Iria entrara primero y luego pasó él y tomó dos espadas romas del estante.

—Nada de usar tus poderes —le dijo Iria cuando él le pasó una.

—Por supuesto que no —respondió Aren, y tras una pausa agregó—: ¿Ni siquiera si empiezas a caerte? Puedo detenerte antes de que toques el piso.

—No.

—Nada de poderes, pues.

Ella cambió el peso de un pie a otro para acostumbrarse a las botas. Le rozaban los talones, pero eso pasaba siempre con las botas nuevas.

—Empezaremos despacio —dijo él encogiéndose de hombros—. Yo siempre soy lento comparado contigo.

Iria levantó la espada. Él hizo lo mismo y dio un paso al frente.

Bastaron dos golpes para que Iria perdiera el equilibrio. Se tropezó hacia atrás, aterrizó sobre su trasero y la espada se fue rebotando por el suelo.

—Bueno, eso fue patético —dijo.

—Levántate y vuelve a intentarlo.

Aren dijo esto amablemente y ella recordó el entrenamiento de guerrera cuatro años atrás. Un entrenador le había gritado que se levantara una vez que había caído, tras horas de práctica. Con su actitud de ese momento, inmediatamente la habrían dado de baja.

Se puso en pie ayudándose con las manos.

Empezaron otra ronda. Una vez estuvo a punto de darle con la espada en el pecho a Aren, antes de tropezarse. Aren desplegó su arma y tomó a Iria de la cintura antes de que cayera. Su cabeza golpeó el pecho de Aren.

—Estuviste a punto de darme —dijo él.

Ella levantó la mirada y vio que Aren estaba sonriendo. Se desprendió de sus brazos un poco sonrojada.

—En serio, eres terrible con la espada.

—Te lo dije.

Volvieron a sus posiciones. Iria se dio unos momentos para estabilizarse y luego blandió la espada. Era un poco lenta cuando trataba de equilibrarse. La bota estaba mejor de lo que creía, y los añadidos del pie derecho le daban estabilidad.

Dolía un poco, pero se dio cuenta de que recuperaba el equilibrio mucho más rápido de lo que esperaba.

Dio un paso atrás después de apuntar al pecho de Aren con la espada por tercera vez.

—¿Quieres empezar a combatir? No tienes que ser lento a propósito.

—¡Hey! En verdad estoy combatiendo.

Ella echó la cabeza atrás y se carcajeó.

—¿En verdad?

—Sí.

Volvió a reírse.

—No me sirve de nada una espada —dijo él con un dejo de enfado, pero sus labios temblaban como si estuviera esforzándose por no sonreír.

—Lo siento.

—Claro que lo sientes. ¿Quieres que vaya por Em? Ella no es lenta.

—Sí, de hecho sí —si combatía con alguien tan lento como Aren no iba a llegar a ningún lado, y la perspectiva de practicar con Em de pronto no pareció tan temible.

—¿En serio?

Se veía tan contento que Iria no podía dejar de reír.

—Sí. Necesito a alguien que en verdad lo haga difícil.

Aren salió del salón como flecha, como si temiera que Iria cambiara de opinión, y volvió con Em unos minutos después.

—Oí que Aren es tan malo que hasta tú le ganas —dijo Em con una sonrisa burlona.

—¡Hey! A lo mejor Iria es muy buena —protestó Aren.

Em levantó la espada de la que Aren se había deshecho.

—Por lo que recuerdo, mala no es —sus ojos se posaron en los pies de Iria—. ¿Quieres que vayamos con calma al principio?

—Sí, desafortunadamente —suspiró Iria.

Pensó que Em se burlaría, pero ella sólo asintió con la cabeza.

—¿Se va a quedar? —preguntó Em señalando a Aren.

Iria lo miró y él sacudió la cabeza antes de que ella tuviera que pedírselo.

—No, ya me voy. ¿Vengo por ti más tarde para cenar juntos? —lo planteó como pregunta e Iria aceptó con una sonrisa.

Aren salió y cerró la puerta, e Iria se volvió hacia Em, que la veía con expresión divertida.

—¿Qué? —preguntó.

—Es muy torpe cuando está cerca de ti —dijo Em moviendo la espada en círculos para calentar su brazo—. Me da ternura: Aren rara vez se muestra torpe con alguien.

Iria sintió cómo se sonrojaba, y no avanzó cuando Em lo hizo. Ésta bajó la espada y se le quedó viendo, expectante.

—Me estaba preguntando algo —dijo Iria—. Sobre Aren y yo. Los ruinos sólo tienen noviazgos y se casan unos con otros, hasta que llegaste tú, pero tú eres… —se interrumpió, temiendo que fuera ofensivo decir la palabra.

—Inútil —terminó Em.

—Sí. Pero Aren no lo es. Es el más poderoso de todos ustedes. Supongo que será uno de los representantes ruinos.

Em asintió con la cabeza.

—¿Será un problema si… si estamos juntos? —preguntó Iria despacio—. ¿Se enojarán? ¿Le traerá problemas?

—No —dijo Em de inmediato—. Mi madre creía que los ruinos sólo debían casarse entre sí, como todos los ruinos antes de ella, y eso sólo consiguió que nuestro poder se debilitara y se redujera la cantidad de ruinos. Creo que de hecho es preferible que Aren te haya elegido a ti. Y sé que no soy la única que lo pensará así.

Iria no pudo evitar la sonrisa que se desplegó en su rostro en ese momento. Agachó la cabeza tratando de ocultarla.

—Él sí te eligió a ti, ¿sabes? —dijo Em—. Sé que estaban enojados cuando dijo que te dejaría sola en Lera, pero fue por ti en cuanto pudo.

—Lo sé —dijo Iria. Se dio cuenta de que ya no estaba enojada con Aren por eso. No creía haber estado enojada desde que oyó su voz en la cárcel de Olso. Quizás incluso antes de eso. No tenía nada de malo que quisiera ayudar a su gente o que no quisiera abandonar a Em.

—¿Recuerdas cuando veníamos aquí a combatir esos días que estabas especialmente llena de rabia? —preguntó Iria.

—Eso era casi todos los días.

—Así es.

—Y te ganaba casi todos los días.

Iria alzó su espada y dio un paso al frente.

—¿Quieres probar de nuevo?

—Con gusto —sonrió Em.

CUARENTA Y TRES

Después de su sesión de combate con Iria, Em se cambió de ropa y salió de los aposentos reales para ver a Mateo parado afuera de la puerta, como de costumbre. No era tan formal como los guardias de Cas; él se recargaba en la pared y le sonreía cuando salía al pasillo.

—¿Tengo que ir acompañada de unos guardias si salgo de los terrenos del castillo? —le preguntó.

—Sería lo recomendable. Lléveme por lo menos a mí —dijo Mateo—. ¿Adónde quiere ir?

—Le dije a Mariana que podíamos dar un paseo para ver Ciudad Real. Nunca ha ido —Em dio unas palmaditas a su bolsillo, donde llevaba algunas monedas de Lera que Cas le había dado—. Y quizá comprar un poco de pan de queso.

—Si son sólo las dos, recomiendo que me lleven con ustedes. Me quedaré atrás y apenas si se percatarán de mi presencia.

—Eso se me hace un poco raro, ¿no te parece? —dijo Em riendo—. Creo que prefiero que camines con nosotras.

—Eso también puedo hacerlo —dijo Mateo sonriendo.

—Muy bien —Em se dio la vuelta y empezó a caminar; Mateo acopló su paso al de ella.

—¿Puedo hacerle una pregunta? —dijo él con voz un poco nerviosa.

—Claro.

—¿Tenían guardias en el castillo de Ruina? ¿Alguien cuidaba a la familia real?

—No. No hacía falta —dijo Em—. La mayor parte del tiempo no había más que ruinos en Ruina. Y cuando un guerrero de Olso iba de visita, no había peligro, porque nunca eran muchos al mismo tiempo. Mi madre se aseguraba de que así fuera —empezó a bajar las escaleras—. Además, mis padres no confiaban en nadie. Sobre todo mi madre: ella nunca habría confiado mi seguridad o la de Olivia a nadie que no fuera ella misma.

Había fallado, por supuesto, y Em se preguntaba si habría sido distinto en caso de que hubiera habido guardias cuando Lera los atacó. Al final, su madre confiaba sólo en sí misma, de modo que no hubo nadie para protegerla cuando el rey Salomir fue por ella.

También Em había fallado, claro. Ella ya no podía proteger a Olivia, y desde luego que Olivia no tenía ningún interés en proteger a Em.

—¿Le molesta si hago preguntas sobre Ruina y su familia? —preguntó Mateo con tacto—. Entenderé si es demasiado doloroso.

Era doloroso, pero de todas formas Em le sonrió.

—No, no me molesta. La verdad es que prefiero que preguntes. Hay muchas ideas falsas sobre nosotros.

—Eso es cierto. Hace unas semanas alguien le preguntó a Cas si todos ustedes tenían cuernos.

—¿*Cuernos*?

—Quizá no debí mencionar eso.

Em rio mientras abría la puerta que daba a los cuartos de los guardias. Mariana estaba despatarrada en un sofá de la sala de estar y saludó con un gesto de la mano cuando entraron. Había dos guardias en los sillones frente a ella.

—¿Oyeron que alguien creía que tenemos cuernos? —preguntó Em.

—Sí, un guardia me lo contó —dijo Mariana dándose una palmadita en la cabeza—. Creo que me vería linda con cuernos.

—Ya lo creo —le confirmó uno de los guardias. Mariana le sonrió.

—¿Quieres ir a dar ese paseo? —preguntó Em—. Mateo viene con nosotras.

Mariana se puso en pie de un salto.

—Estoy lista.

Salió con Em y con Mateo del castillo a la luz del atardecer. Caminaron por el sendero de tierra en dirección al este, hacia donde Em había ido una vez con Galo y Cas, la primera vez que vio Ciudad Real.

—¿Ya se tomó una decisión sobre tu matrimonio con Cas? —preguntó Mariana mientras caminaban.

—Todavía no. Apenas ayer, ehh…

—¿Señalaron cortésmente que una alianza matrimonial entre ustedes es en realidad una decisión muy sensata? —adivinó Mateo.

Em rio.

—¿Así es como Galo lo describió?

—Algo así dijo —Mateo la miró divertido—. ¿Tuvieron que convencer también a los otros ruinos?

—No, nosotros no teníamos problema —dijo Mariana—, siempre y cuando Em gobierne en igualdad con Cas.

—Deberíamos reunir a algunos ruinos mañana y salir de nuevo —dijo Em contemplando el cielo despejado—. Deberían ver la ciudad en la que van a vivir.

—Puedo pedir que los acompañen algunos guardias más, si quiere que vengan todos —dijo Mateo.

—Todos los ruinos juntos —dijo Mariana—. Eso no aterrorizará a la gente.

—Bueno, tal vez la mitad —dijo Em riendo—. Lo haremos más fácil para ellos.

Estaban acercándose a la ciudad y Em notó que los hombros de Mariana se ponían rígidos al pasar junto a un grupo de mujeres enfrascadas en una conversación. Ellas ni siquiera voltearon a ver las marcas ruinas visibles en los brazos de Mariana.

—O ni se darán cuenta de que estamos aquí —dijo Mariana alegremente.

Doblaron una esquina y los edificios de Ciudad Real aparecieron frente a ellos. Em podía oír el ajetreo de la ciudad mientras se acercaban: cascos de caballos, carros chirriando, gente gritándose órdenes. Pero hubo otro ruido, fuerte y agudo, que se abrió camino entre todos los demás.

Un grito.

Em se detuvo. Mateo sacó su espada. Mariana inspeccionó a Em.

—No trajiste espada —le dijo.

—Traigo una daga en la bota. Pensé que una espada haría pensar que estoy en busca de pleito.

—Parece que encontramos uno, lo estuvieras buscando o no —dijo Mariana mientras otro chillido rasgaba el aire, seguido de un estrépito.

—Vamos a ver —dijo Em echándose a correr. La parte lógica de su cerebro sabía que podría no tratarse de Olivia (no había fuego ni, desde luego, los gritos suficientes), pero de todas formas su corazón se aceleró.

Corrió en dirección al grito. Mateo aceleró el paso para ir unos pasos por delante de ella. Se pararon en seco al doblar en la calle principal. Había un carro de frutas volcado y una anciana sentada en el suelo que presionaba su mano contra su cabeza ensangrentada. Algunas personas iban corriendo por la calle persiguiendo a alguien a quien Em no consiguió distinguir del todo.

—No puede ser Olivia —dijo Mariana. Evidentemente, habían estado pensando lo mismo—. Ella no correría. En todo caso, no para *alejarse* de la violencia.

Un hombre joven llegó a toda prisa al lado de la anciana. Em, con ayuda de Mateo, enderezó el carro.

—¿Quién era? —preguntó.

—La prima del rey —dijo el joven mientras se agachaba para examinar la herida de la mujer.

—¿Qué? ¿Jovita? —Em se dio media vuelta, pero ya no había nadie al final de la calle. Volteó de nuevo con la mujer, que trataba de limpiarse la sangre de los ojos.

—¿Tiene un trapo limpio? —le preguntó Em al hombre.

Él sacó un pañuelo de su bolsillo y se lo entregó. Em tomó una jarra de agua que había junto al carro y la levantó.

—¿Esto es suyo?

La mujer asintió con la cabeza. Em echó un poco de agua en el pañuelo y se arrodilló junto a la mujer, quien vacilante apartó su mano de la herida. Era profunda, pero la hemorragia había disminuido. Em secó la sangre de su rostro, dobló la tela y le presionó la frente con ella. La mujer hizo una mueca de dolor.

—Sólo siga haciendo presión para que no sangre mucho más —dijo—. Y no trate de levantarse: si se para, podría sentirse mareada.

La mujer asintió con la cabeza y pestañeó viendo a Em, como si acabara de darse cuenta de quién era. El hombre miraba fijamente los brazos de Mariana. Em se levantó y puso los brazos a los lados de la cintura.

—¿Crees que Jovita haya ido al castillo? —le preguntó Em a Mateo.

—Puede ser, pero nunca podrá entrar. Lo tenemos completamente cerrado —respondió él.

—Es cierto —susurró Em.

—¿Qué tal si esperan aquí mientras yo voy a revisar? —dijo Mateo.

—O puedo ir yo contigo a revisar —replicó Em.

—Ni siquiera tienes una espada, porque quieres que la gente crea que eres buena —dijo Mariana.

—No quiero que la gente crea que soy buena —dijo Em—. Sólo estaba intentando verme no tan temible; no hay necesidad de dejarse llevar por *buena*.

—A mí usted no me da miedo —dijo la anciana esbozando una sonrisa.

—Gracias. ¿Ves? Está funcionando —dijo y empezó a caminar hacia atrás—. Voy por ella.

Mateo daba la impresión de querer seguir protestando, pero Em dio media vuelta y echó a correr. Un momento después, escuchó los pasos de Mateo y de Mariana detrás de ella.

Dobló una esquina y se topó con una pequeña multitud en la calle, todos con los rostros hacia arriba. Jovita estaba en el tejado de un edificio de tres pisos con el cuerpo de frente al castillo.

—¡Te veo! —le gritó al castillo.

—¡Jovita! —gritó Em.

Jovita dio una vuelta, perdió el equilibrio y estuvo a punto de caer del tejado. Se acuclilló un momento para estabilizarse. Miró a Em con los ojos entrecerrados.

—¡Tú! —gritó.

—¿Qué hace allá arriba? —preguntó Mariana.

—No lo sé.

—Ella es… —Jovita apuntó a Em con un dedo tembloroso—. ¿Saben todos ustedes quién es ella?

Algunos rostros se volvieron hacia Em.

—¡Emelina Flores! —gritó Jovita, para quienes aún no se daban cuenta—. ¡Allí está, parada con ustedes!

—Saben quién soy —dijo Em—. Ya llevo un tiempo viviendo en el castillo.

—¡Vaya! —dijo Jovita, dándose una palmada en los muslos—. Lo siento. Ahora *vives aquí*.

—¿Qué le pasa? —preguntó Mateo en voz baja.

—Alguien ha estado en su mente —dijo Mariana—. Olivia debió haberla torturado.

Em echó un rápido vistazo alrededor. Era muy probable que Olivia y sus ruinos siguieran merodeando por ahí.

—¿Ester es lo suficientemente poderosa para hacer esto? —preguntó Em señalando a Jovita.

—Sí.

Em volteó hacia Jovita con una chispa de compasión.

—¿Por qué no bajas?

Jovita sacó la espada de su cinturón.

—Sí, bajaré… si aceptas un duelo.

—Por supuesto.

Jovita pareció confundida por esa respuesta.

—A muerte.

—No hay problema.

Jovita lo pensó un momento y luego asintió con la cabeza.

—¡Bien!

Caminó al borde del tejado e intentó descender con la espada en la mano. Necesitó varios intentos para darse cuenta de que tendría que envainarla para poder bajar.

—Y todavía no tienes una espada —susurró Mariana.

—Mírala. No necesito una.

Una mujer se fue alejando lentamente del grupo de humanos que las observaban.

—No va usted a matarla realmente, ¿cierto? —le susurró a Em.

—No —respondió ésta y apuntó al final de la calle, donde podía ver a algunos de Vigilancia de Ciudad Real cabalgando en su dirección—. De hecho, si pudiera ir usted con ellos y explicarles lo que está pasando para que no me lleven también a mí, sería maravilloso.

La mujer salió a toda velocidad, al parecer aliviada.

Jovita finalmente llegó al suelo y volvió a sacar su espada, lista para pelear.

—¿Quieres que yo…? —preguntó Mariana sacudiendo el pulgar para señalar a Jovita.

—¿Podrías, por favor?

Mariana concentró la mirada en Jovita. A ésta los ojos se le empañaron y cayó de espaldas con un ruido sordo.

Em caminó hacia ella y levantó su espada de donde se le había caído.

—No es justo —farfullaba Jovita con la mirada fija en el cielo—. No es justo.

Em se arrodilló a su lado.

—¿Fue Olivia quien te hizo esto? ¿Olivia y Ester?

—*Tú* nos hiciste esto.

—¿Pero estuviste con Olivia hace poco?

Jovita volteó la cabeza para encontrarse con la mirada de Em.

—Sí. Hicimos un trato.

Em frunció el ceño, pero la distrajo por un momento uno de los vigilantes, que estaba desmontando de su caballo y caminando hacia ella. Rápidamente le pasó la espada de Jovita a Mateo, con la hoja viendo hacia ella, para que el vigilante supiera que ella no era una amenaza.

—Es una espada de la familia Gallego —dijo Em—. Hay que dársela a Cas.

Mateo la tomó.

—Por supuesto —respondió y caminó hacia los vigilantes para decirles algo.

—Deberíamos llevarla al castillo —dijo Em—. Cas querrá lidiar con esto él mismo.

—Podemos ayudar a trasladarla —dijo uno de los vigilantes.

Em asintió con la cabeza y volteó hacia Jovita.

—¿Qué clase de trato? —le preguntó en voz baja.

—Va a matarlo —respondió Jovita con cierto orgullo—. Y a ti también.

—¿Cómo?

—Yo sé secretos. Conozco pasadizos —dijo entre risitas.

Un escalofrío de terror recorrió la espalda de Em. Había un pasadizo secreto afuera del castillo: por ahí habían escapado Jovita y la reina cuando Olso atacó. Pero a Em nunca le habían hablado del pasadizo en los días en que se hizo pasar por Mary y no le había preguntado a Cas desde entonces. No tenía idea de dónde estaba.

Vio a Mateo y se encontró la misma expresión de horror. Olivia debía estar en el castillo en ese momento.

—Súbanla a un caballo —dijo Em señalando a Jovita—. Tenemos que regresar al castillo.

CUARENTA Y CUATRO

Después de que Iria terminó de combatir, Aren la llevó hacia la cocina y se negó a permitir que volviera a su habitación hasta que hubiera cenado con él. Tomó algo de pan y queso de la cocina del personal y se dirigieron a los jardines. Se sentó en una mesa cerca del centro del prado.

—Aquí es adonde siempre vengo para evitar a los leranos —dijo mientras partía un trozo de pan y se lo pasaba—. Pensé que te gustaría.

Ella rio suavemente.

—Gracias, Aren.

—Aunque ellos no son tan malos... Me he hecho amigo de algunos.

—Me di cuenta. No me opongo a hacer nuevos amigos —dijo sonriéndole—, aunque tampoco me molesta estar sola contigo.

Cuando Iria dijo eso, Aren estaba partiendo un trozo de pan y lo soltó, sintiendo cómo se calentaba su rostro. Sus mejillas estaban sonrojadas.

—Quería hacerte saber que lo entiendo —dijo ella—. Cuando dijiste que tuviste que dejarme aquí para quedarte con Em... Ella no estaba lista para declararle una guerra total a Olivia. Te necesitaban.

—*Tú* me necesitabas —dijo Aren.

—En ese momento, no tanto. Tú llegaste cuando realmente te necesité. Y la verdad es que no creí que llegarías.

Él arqueó las cejas.

—¿No creíste que te rescataría de la prisión? Te dije que lo haría.

—Claro, pero nadie te habría reprochado que rompieras esa promesa. Tenías que cruzar Olso y encontrar un modo de entrar en nuestra prisión de más alta seguridad —Iria levantó un hombro—. Lo que digo es que estoy muy agradecida.

—Lo haría de nuevo —dijo él en voz baja.

Iria esbozó una sonrisa. Ya no tenía moretones en el rostro, sus mejillas habían recobrado su color y a Aren le costaba trabajo mirar a cualquier otro lugar. Quería inclinarse a través de la mesa, apartarle el cabello del rostro y besarla.

Nunca antes había vacilado tanto en besar a una muchacha. Eso solía ser fácil para él. En el pasado, había tenido muchas novias y pocas veces había sentido tantos nervios como los que estaba experimentando en ese momento. El Aren del pasado la habría besado varios segundos antes. Varias semanas antes, de hecho.

Sintió un jalón familiar y estuvo a punto de ignorarlo, demasiado absorto en Iria como para que le importara. Vino de nuevo, más insistente.

Dio una respiración brusca y se levantó disparado. Percibía la emoción desenfrenada de cientos de humanos, con una energía diferente del flujo constante de Ciudad Real.

—¿Qué? —preguntó Iria, alarmada.

—Siento que alguien viene. Mucha gente. Suficiente para conformar un ejército.

—¿Puedes detectar eso?

—Sí —dijo. Le extendió la mano y la jaló para ponerla en pie. Tal vez era el ejército de Olso, y en esa ocasión él no iba a perderla de vista. Corrieron hacia dentro. Iria se movía asombrosamente bien con su nueva bota. Aún cojeaba, pero estaba aprendiendo a moverse rápido otra vez.

—¡Galo! —gritó Aren al entrar corriendo al castillo—. ¡Cas! —quizá no debía estar gritándole al rey de manera tan informal en el castillo, pero era una emergencia y no tenía tiempo para ceremonias.

Subió las escaleras a toda prisa y se encontró a Cas saliendo de su despacho. Galo apareció detrás de él, junto con Franco y Violet.

—¿Qué pasa? —preguntó Cas.

—Viene un ejército —les informó Aren.

—¿Qué? No. Nuestros vigías lo habrían visto —dijo Franco—. Yo no los oí dar la señal.

—Aren percibe a gente que está más lejos que lo que nosotros podemos ver —explicó Galo.

—Suenen la alarma —dijo Cas. Violet y Franco salieron corriendo y desaparecieron por las escaleras—. ¿Dónde está Em?

—Salió hace rato con Mariana y Mateo a la ciudad —dijo Aren.

El miedo cruzó fugazmente por el rostro de Cas, pero pronto se recuperó.

—Preparen a los ruinos. Sé que no han tenido oportunidad de entrenar con nuestros soldados, pero necesitamos su ayuda si están dispuestos a dárnosla.

—Lo están.

—¿Sabes exactamente dónde están y cuántos son? —preguntó Cas.

—No —dijo Aren con pesar—. Creo que están al suroeste, pero no estoy completamente seguro. Tendrán que esperar a que los vigías los vean para conocer la cifra exacta, pero yo contaría con que son muchos.

—Está bien —dijo Cas—. Vayan por los ruinos y coordínense con la general Amaro.

Aren asintió con la cabeza y volvió a buscar la mano de Iria, pero ella estaba concentrada en Cas.

—Te puedo decir cuáles son los planes de ataque más probables, si quieres —dijo.

Aren la miró con sorpresa. Cas también estaba sorprendido.

—Definitivamente me interesa, si tú estás dispuesta.

—No lo sé con certeza, pero hay tres fuertes posibilidades. Y si subo a un puesto de observación, quizá pueda hacer un buen cálculo.

—Pediré que alguien te lleve a uno —dijo Cas.

Aren envolvió los dedos ligeramente alrededor de la muñeca de Iria en protesta silenciosa.

—Está bien —dijo ella—. Ve a alistar a los ruinos.

Le sujetó la muñeca un poco más fuerte, reacio a dejarla, pero Cas ya estaba caminando y dando órdenes a sus guardias. Iria soltó su brazo esbozando una sonrisa y luego se paró de puntillas para besarle la mejilla.

—Haz aquello para lo que mejor eres, Aren —dijo y retrocedió.

—¿En qué soy mejor?

Iria rio como si fuera ridículo que no lo supiera aún.

—En salvar a todo el mundo.

* * *

Cas estaba tratado de no dejarse llevar por el pánico. Estaba preocupado por Em. Mandó a Iria a la torre, se reunió con la general Amaro y tranquilizó a todos diciéndoles que *sí, en verdad vienen para acá aunque todavía no los vean,* pero todo eso lo hizo con el pánico borboteando justo bajo la superficie.

—... cerrar el castillo con llave —estaba diciendo Jorge y Cas volvió a poner atención repentinamente. Estaban parados en la entrada frontal, Galo al lado de Cas. La gente pasaba volando junto a ellos gritando órdenes.

—No hasta que Em, Mariana y Mateo regresen —dijo Galo antes de que Cas hablara. Era evidente que Jorge quería protestar.

—Todavía no podemos ver el ejército —dijo Cas—, y Mariana es una ruina muy poderosa. Ella es quien empañó la visión de nuestros vigías cuando Olso atacó. La necesitamos aquí.

—Está bien, pero en cuanto vuelvan, necesitaremos ponerlo a usted en un escondite —dijo Jorge.

—No me puedo esconder. Necesito... —se le ocurrió que no estaba seguro de lo que necesitaba. Había puesto a Aren a cargo de los ruinos. La general Amaro estaba a cargo de los soldados.

—Necesitas permanecer a salvo porque se desatará un verdadero caos si tú mueres —dijo Galo. Su mirada pasó a la espada de Cas, que éste había tomado tras salir con Aren—. Así que ni pienses en eso.

Las puertas del castillo se abrieron de golpe y Cas volteó con el pecho henchido de esperanza. Em se abalanzó con gesto adusto seguida por Mariana, Mateo y varios miembros de Vigilancia de Ciudad Real. Tras ellos, para sorpresa de Cas, iba Jovita. Su prima venía con las manos atadas frente a ella, con el cabello alborotado y sucio, pero cuando sus miradas se encontraron, estaba tan furiosa como siempre.

Cas se precipitó y puso las manos en las mejillas de Em.

—Cómo me alegra que hayas regresado. Aren...

—Cas, Jovita me dijo...

—Hay un ejército en camino y no puedes...

—¡Cas! —dijo Em bruscamente retirando las manos de sus mejillas y sosteniéndolas con fuerza—: Jovita le habló a Olivia del pasadizo secreto de la cocina, el que ellas tomaron para escapar de los guerreros de Olso. Ella podría estar en el castillo ahora mismo.

—Está sellado —dijeron Galo y Jorge al mismo tiempo, antes de que Cas pudiera siquiera empezar a dejarse llevar por el pánico.

Em estaba a todas luces sorprendida.

—¿Sí?

—Por supuesto —dijo Galo—. Lo mandé sellar en cuanto recuperamos el castillo.

Jovita dejó escapar un suspiro fuerte y cargado de rabia. Refunfuñó algo que Cas no alcanzó a oír.

—Los guerreros de Olso estuvieron aquí varias semanas —dijo Jorge, que se veía un poco ofendido—. No cabía duda de que lo habían descubierto. Hubiéramos sido unos tontos si lo hubiéramos dejado abierto.

—Oh —dijo Em con el ceño fruncido—. ¿Y qué decías de un ejército?

Cas prácticamente transmitió el mensaje de Aren y el rostro de Em se fue poniendo más y más serio mientras escuchaba.

—Por eso Olivia soltó a Jovita hoy —dijo Em—. Ella estaba rastreando el ejército y sabía cuándo atacarían. Olivia necesita esta clase de caos ahora mismo —soltó las manos de Cas y dio un paso atrás—. Pero entonces sabemos dónde va a estar: en la torre de observación, tratando de entrar en el pasadizo.

—Desde la torre puede acceder al pasadizo. Aún no lo hemos llenado por completo, así que sólo está bloqueado del lado contrario. Cuando llegue, tendrá que darse la media vuelta y regresar.

—Voy a buscarla. Empezará a matar gente cuando vea que no puede entrar.

Cas negó con la cabeza.

—No. Tienes que ir más allá de las murallas del castillo para llegar a esa torre y hay un ejército en camino.

Ella extendió la mano.

—Entonces voy a necesitar tu espada.

Cas hizo un ruido de exasperación, pero desenvainó la espada y se la entregó, sabiendo que discutir no lo llevaría a nada. Ella se paró de puntillas y lo besó rápidamente antes de salir corriendo por la puerta.

—¿Su majestad?

Cas se volvió y encontró a Franco frente a él, sin aliento.

—Los vigías ya avistaron al ejército.

CUARENTA Y CINCO

Aren bajó corriendo a los cuartos de los guardias, donde encontró a la mitad de los ruinos holgazaneando en sus habitaciones o en el área común.

—Ataque, ahora —gritó varias veces caminando por los pasillos. Los ruinos salían a raudales de sus cuartos, se ponían las chaquetas, se amarraban las botas. Un guardia salió tropezando de una habitación con Gisela, parpadeando por la sorpresa mientras se abotonaba la camisa.

—¿Ataque? ¿Dónde? ¿Quién? —preguntó.

—Supongo que es el ejército de Olso —dijo Aren—, y vienen aquí, así que espero que recuerden sus tareas de emergencia.

—¿Sí? Sí —el guardia le guiñó un ojo a Gisela, que ya iba a la mitad del pasillo reuniendo a los ruinos. Aren dio media vuelta y corrió hacia ellos.

—A ustedes deben atacarlos seguido —farfulló el guardia que estaba detrás de él. Aren se habría reído si no hubiera estado pensando en la retirada de Iria mientras ésta se dirigía a una torre.

Gisela los dirigió fuera de las habitaciones de los guardias. Al final del pasillo, en el cuarto donde habían estado trabajando con la armadura de debilita, varios soldados entraban y salían a toda prisa y tomaban sus escudos, sus petos y pilas de ropa. Subieron por las escaleras y salieron al prado este. El sol empezaba a ocultarse y proyectaba un resplandor naranja en la hierba. Ya estaban ahí cientos de soldados y guardias, y otros más seguían saliendo de cada puerta del castillo.

Aproximadamente una cuarta parte de los soldados tenían armadura de debilita o escudos. No había manera de saber si Olivia o cualquier otro ruino estaría atacando con los humanos, así que se les dio la orden de usarla sólo en caso necesario. Aren pensó que Em estaba en lo cierto: si se había detectado a Olivia siguiendo al ejército, eso significaba que ella atacaría al mismo tiempo.

Aren vio a Galo abriéndose camino entre los soldados. Tres hombres y dos mujeres lo seguían: los soldados designados para protegerlo a él, justamente. Detrás de ellos, Mariana se dirigía adonde estaba la general Amaro.

—¿Ya regresó Em? —Aren le preguntó a Galo.

—Sí. Creemos que Olivia va a la torre del sureste a tratar de usar un túnel viejo y cerrado que hay en el castillo. Em va a encontrarse con ella.

Aren sudó frío.

—¿Sólo ella?

—Em fue sola a la torre. Estamos mandando a gente con armadura de debilita a ese lado, por si la ayuda es necesaria. ¿Quieres ir a encontrarte con ella?

Aren negó con la cabeza, a pesar de que moría por salir corriendo lo más rápido posible a esa torre. No sólo porque pensara que Em estaba en peligro: le preocupaba lo que ella se vería obligada a hacer si se encontraba a solas con su hermana. ¿Mataría Em a Olivia en un esfuerzo por salvar al resto?

Pero sabía que Em querría que él se quedara ahí para proteger al castillo y ayudar a las tropas de Lera a rechazar el ataque inminente. Se le habían dado instrucciones y los soldados asignados a él estaban listos. No iba a abandonarlos ahora.

—Todos, a nuestras posiciones —dijo Galo. Aren se dio cuenta de que echaba un vistazo por encima del hombro a Mateo, quien se encontraba con un grupo de guardias que se dirigían de regreso al interior del castillo.

Aren siguió a los soldados alrededor del costado del castillo y se dirigieron a las puertas principales para salir por ellas. En la zona frontal al castillo no había nada más que césped; a la derecha, los edificios de Ciudad Real, y a la izquierda, casas a lo lejos.

—Vienen en esa dirección —dijo Galo señalando al sur.

Los soldados pasaron a toda prisa junto a él para entrar en formación. Galo le quitó un contenedor a uno de ellos y lo puso en el suelo. Aren se paró en él para poder ver mejor con la altura.

—Cualquiera que esté operando un cañón, primero —le recordó Galo. Aren asintió.

Esperaron. Parecía que Aren había percibido el ejército cuando todavía estaba muy lejos. August ya había perdido el elemento sorpresa al amenazar a Cas, pero Aren les había dado a los soldados de Lera una enorme ventaja con la advertencia anticipada.

Galo se paró justo frente a Aren y los demás soldados formaron un círculo en torno a éste. Los otros ruinos estaban dispersos entre los soldados y los guardias, vestidos igual, de manera que para la mayoría fuera imposible detectarlos. Aren vio a Mariana parada entre dos mujeres con espadas y a Gisela hablando con un guardia, pero no consiguió reconocer a ninguno de los otros ruinos: se perdían entre el mar de uniformes azul y negro.

Miró hacia atrás, a la torre de vigilancia del sureste. Alcanzaba a ver su punta, pero el castillo ocultaba la parte inferior. Em y Olivia podían estar ahí en ese momento.

—Aren —dijo Galo en voz baja.

Aren giró la cabeza bruscamente hacia el frente. El ejército de Olso acababa de aparecer en la cima de una pequeña colina. Todos los de la primera oleada venían a caballo y desde esa distancia parecía como si muchos llevaran su armadura de batalla. No bajaron la velocidad al ver al ejército de Lera esperándolos. Quizás Aren se había equivocado: tal vez August contaba con que él les advirtiera pronto a los leranos.

Cientos de guerreros seguían llegando a la cima de la colina. Los cascos de los caballos aporreaban el suelo. De ambos lados de su formación había explosiones. Desde el sitio donde Aren acababa de ver a Gisela, se elevaba humo.

Primero se concentró en los guerreros con los cañones y lanzó sus cuerpos a lo alto. No estaba lo suficientemente cerca para ser muy preciso, y los guerreros a su alrededor también salieron volando.

Los guerreros alcanzaron a los soldados de Lera con gritos resonantes mientras las espadas se encontraban y los cuerpos se estrellaban entre sí. El suelo empezó a temblar y un árbol se derrumbó, aplastando a varios guerreros y su cañón. Soldados de Vallos volaron por los aires. Gisela los señalaba mientras ella los iba arrojando.

Pero los guerreros seguían llegando con sus uniformes rojos y se abrían camino entre los soldados de Lera. Aren respiró hondo y concentró su magia en ellos.

Jorge le pidió a Cas que saliera del vestíbulo del castillo mientras los soldados y los guardias se precipitaban para entrar en formación.

—Creemos que la pequeña biblioteca es el mejor lugar para usted —dijo Jorge con una voz tan baja que sólo Cas alcanzó a escucharlo—. Acabamos de rediseñar el armario de esa habitación para que se cierre con llave desde dentro. Debería quedarse ahí hasta que esto haya pasado.

—¿Vendrán por mí en cuanto sepamos algo de Em y Olivia?

—Por supuesto —Jorge vio a Jovita, que seguía con las manos atadas y fulminándolos con la mirada—. ¿Qué quiere que haga con ella?

Cas suspiró.

—Dejen que se dé un baño y luego enciérrenla en las celdas del sótano.

Jorge asintió con la cabeza y les hizo señales a los dos guardias que estaban con Jovita para que se la llevaran. Ella caminó arrastrando los pies y frunció el ceño en dirección a Cas desde detrás de los mechones de cabello que habían caído sobre su rostro.

Cas miró sobre su hombro mientras daban vuelta en un pasillo y advirtió la espada que llevaba un guardia y que le había parecido conocida.

—¿Es la espada de Jovita?

—Sí. Mateo me la dio para que se la devolviera a usted. Dijo que era de la familia Gallego y…

Jovita se giró tan rápido que Cas apenas la vio alcanzar el arma que llevaba en su bolsillo. Las cuerdas que amarraban sus muñecas salieron volando, luego sacó la daga de sus pantalones y se la hundió al guardia en el cuello. Jorge la embistió, pero ella le lanzó una patada al pecho y él se tambaleó hacia atrás con un grito ahogado.

Cas intentó alcanzar la espada que se deslizaba de la mano del guardia muerto, pero era demasiado tarde. Jovita la tomó y le dio un codazo en la cara al otro guardia mientras éste trataba de agarrar a Cas.

Cas se dio la vuelta, preparándose para correr, pero Jovita bruscamente lo empujó por la puerta abierta hacia la pequeña biblioteca. Se tambaleó, pero no cayó, y a toda prisa dio media vuelta. Jovita azotó la puerta y echó la cerradura. Le apuntó con la espada y sonrió.

Él dio un paso atrás y revisó el lugar desde el rabillo del ojo. Las paredes estaban cubiertas de libros. Había un sofá y varias sillas en medio de la sala, en torno a una pequeña mesa. Había más sillas cerca de las ventanas. Pero en ese cuarto no había espadas y le había dado la suya a Em. El corazón martilleaba en sus oídos mientras miraba fijamente a su prima.

—Dijeron que a duras penas podías sostener una espada —dijo él—, que estabas en lo alto de un edificio despotricando y delirando.

Ella se acercó un poco más.

—Eso es cierto. Pero tú no crees que una ruina podría romperme con tal facilidad, ¿o sí? —pestañeó tres veces, entre temblores por última vez. Sí, la habían roto, al menos un poco.

Cas se aferró al respaldo de la silla junto a él. Al otro lado de la puerta los guardias gritaban y luego se escuchó un fuerte golpe seco. La pared se sacudió. Estaban derribando la puerta.

Jovita mantenía firme la espada, pero respiraba pesadamente, y no dejaba de echar miradas a su izquierda, como si viera algo ahí. A Cas le preocupaba que su pánico pudiera volverla incluso *más* peligrosa.

Ella lo atacó y dirigió la espada a su pecho. Él tomó la silla, la sostuvo frente a él a manera de escudo y se movió como flecha.

—Nunca te dejarán ser reina —dijo Cas.

Jovita volvió a embestir, ahora hacia su brazo. Le hizo un tajo y la sangre empezó a manar. Él trató de esquivarla, pero golpeó su espalda contra la pared.

Le aventó la silla a la cabeza. Jovita se agachó y el mueble pasó volando por encima de su cabeza y al pegar con la pared se hizo astillas. Una pata de la silla rodó por el suelo.

Cas tomó ventaja de la distracción momentánea para salir disparado hasta el otro lado y pasar junto a Jovita. Cruzó por el sofá hasta la mesa en el centro de la sala y brincó al suelo para tomar las patas de la silla.

Se giró justo a tiempo para ver la espada que Jovita blandía frente a su cara. La bloqueó con la pata de la silla. La madera crujió cuando la espada la golpeó. Él balanceó la pata tan fuerte como pudo y le dio un golpe a Jovita en la cara.

Ella se tambaleó hacia atrás; le escurría sangre por la frente. Cas se arrojó hacia ella y los dos cayeron al suelo. La espada salió rodando por el suelo.

Jovita se retorcía debajo de Cas, tratando de alcanzar la espada con una mano. Él le jaló el brazo y lo mantuvo firme contra el suelo.

—Nunca te dejarán ser reina —volvió a decir, más lento.

Jovita pataleó y dio un grito furioso. Se retiró un mechón de cabello con un soplido y lo fulminó con la mirada.

—No tenía pensado pedir permiso —dijo—. Ése es tu problema: tú siempre estás pidiendo permiso.

Se oyó un fuerte estrépito detrás de él.

—*¡Otra vez!* —gritó Jorge.

Jovita se retorcía tratando de liberar un brazo. Consiguió zafarse y se fue directo hacia la espada.

Cas la tomó de la blusa, la jaló hacia atrás y se lanzó por la espada. Cerró la mano sobre la empuñadura.

Ella intentó asirlo del tobillo, pero él consiguió esquivarla. Apenas. Se puso en pie de un brinco y extendió la espada frente a él. Dio varios pasos atrás, todavía respirando pesadamente. Jovita se incorporó pero no se tomó la molestia de ponerse en pie. Ya no tenía sentido pelear, mucho menos ahora que él tenía la única espada del cuarto.

Jovita se recargó en el sofá e inclinó la cabeza hacia atrás mientras soltaba una risa forzada.

—Fue mucho más teatral de esta manera, ¿verdad?

—¿Qué? —preguntó Cas con el ceño fruncido.

—Una vez hicimos una broma, después de que ese hombre intentó matarte en tu boda. Mencioné que yo no habría usado veneno, que prefería algo más teatral.

—Pero sí me envenenaste.

—Bueno, tiempos desesperados requieren medidas desesperadas. Y esa estúpida de Olivia no pudo matarte otra vez, por lo visto —se quejó moviendo una mano con desagrado.

Cas caminó a la puerta y trató de alcanzar la cerradura, pero en ese momento la puerta se sacudió como si algo pesado hubiera golpeado contra ella.

—¡Estoy bien! —gritó Cas. Giró la cerradura y luego, con la mano en el pomo de la puerta miró a Jovita.

—Tú no mandaste a ese hombre a matarme en mi boda, ¿o sí?

—No —dijo bajando la cabeza con el ceño fruncido—. No que yo recuerde —parpadeó dos veces, acercó las rodillas al pecho y farfulló algo que Cas no consiguió entender.

Cas abrió la puerta y se encontró con un pasillo atestado de guardias. Jorge sostenía un hacha y la bajó enseguida.

—¡La tengo! —gritó un guardia que doblaba una esquina sosteniendo una llave en lo alto. Se paró en seco cuando vio a Cas.

—Oh.

—¿Está bien, su majestad? —preguntó Jorge.

—Estoy bien —y señalando a Jovita, advirtió—: Va a ser necesario tener a varios guardias vigilándola: todavía es perfectamente capaz de blandir una espada.

Jorge les ordenó a algunos guardias que entraran a la sala y Jovita no dejó de refunfuñar mientras la jalaban para ponerla en pie.

—Lo siento, su majestad —dijo Jorge—. No debí permitir que esto pasara —en eso vio la espada en la mano de Cas y comentó—: estaba seguro de que usted ni siquiera tenía espada.

Cas soltó una carcajada.

—No tenía. Ésta se la quité a ella.

Jorge llevó su mirada de la espada a los trozos de silla sobre el suelo.

—Creo que tal vez es cierto que es usted inmortal, su majestad.

CUARENTA Y SEIS

unque Em no hubiera sabido dónde estaba Olivia, podría simplemente haber seguido el rastro de cadáveres.

Los detectó casi en cuanto se aventuró más allá de la muralla del castillo y pudo ver varios cuerpos a lo lejos, quietos, desplomados. Olivia les había roto el cuello, un estilo de asesinato mucho más pulcro y silencioso que su método habitual. Estaba tratando de ser cautelosa.

Em rodeó con cuidado a uno de los hombres caídos. Por sus uniformes pudo ver que formaban parte de los vigilantes, los humanos que patrullaban Ciudad Real. Uno de ellos seguramente había reconocido a Olivia.

Em comenzó a correr, a pesar de que quería quedarse paralizada. La torre sureste se alzaba frente a ella con la puerta entreabierta y tuvo que obligar a sus pies a moverse. Deseó que la torre se encontrara más lejos, deseó que su hermana no estuviera ahí, deseó que las dos se hallaran de vuelta en Ruina, acurrucadas en la cama con su madre.

Em fue bajando la velocidad hasta detenerse al llegar a la puerta y trató de expulsar ese pensamiento. De nada le serviría pensar en el pasado. Si algo había aprendido de Olivia era que obsesionarse con el pasado y tratar de regresar a una supuesta época dorada sólo trae consigo más dolor y sufrimiento.

Empujó la puerta, pero estaba atorada con algo y tuvo que empujar un poco más fuerte: el cadáver se arrastró por el piso. A juzgar por el uniforme, era el guardia que había estado de turno en la torre.

Las tablas del suelo justo frente a Em estaban hechas pedazos y dejaban ver un agujero en la tierra. Se arrodilló y estiró el cuello para echar un vistazo adentro. No podía ver a Olivia, pero el pasadizo era bastante largo. Le tomaría un buen rato recorrer a gatas todo el camino al castillo y de regreso.

Detrás de ella sonó una explosión y Em se dio media vuelta con el corazón acelerado. Los ejércitos de Olso y Vallos habían llegado.

Em tragó saliva y presionó su espalda contra la puerta. No podía dejar que Olivia anduviera a sus anchas, aunque eso significara dejar la pelea en manos del ejército de Lera y los ruinos. Olivia podría causar más daño si salía de la torre.

Esperó varios minutos. Los ruidos del ataque se iban haciendo más fuertes detrás de ella. Escuchaba caballos galopando, gente gritando, disparos de cañón.

Em se enderezó al oír un crujido proveniente del agujero y empuñó con más fuerza la espada de Cas. Lo primero que salió del hoyo fue una mano sucia que se agarró de la orilla de la tierra para impulsarse y salir de ahí.

Olivia estaba hecha un desastre: cubierta de tierra, con la misma ropa que llevaba la última vez que Em la había visto, el rostro demacrado y pálido. Vio a Em cuando estaba a punto de salir y se detuvo un momento. Su rostro primero mostró sorpresa y luego se tornó en una máscara furiosa.

—Parece que el ejército ya llegó —dijo Olivia, evidentemente tratando de sonar casual. Em detectaba el filo de decepción y enojo en su tono debido a su fracaso.

—Aren percibió que venían mucho antes de que los vigías los detectaran —explicó Em—. Lera tiene la ventaja.

Olivia soltó una risa sardónica.

—Siempre puedes contar con Aren.

—Sí, siempre —dijo Em suavemente.

Los ojos de Olivia se posaron en la espada que Em empuñaba.

—¿Estás planeando apuñalarme con esa cosa?

—No.

—¿Y entonces?

—Vamos a esperar aquí hasta que todo esto haya pasado. Luego te vas a ir y te llevarás a Ester, a Carmen y a quienesquiera que hayan venido contigo.

—No están aquí —dijo Olivia—. Yo no necesito ayuda.

Em arqueó las cejas.

—¿Y adónde fueron?

—De regreso a Ruina, como una bola de cobardes.

—Ah —sintió un destello de compasión por Olivia. Ya no quedaba nadie con ella—. Creo que lo mejor es que te unas a ellas.

—Tú no me das órdenes —espetó Olivia. Luego agitó la mano.

—¿Qué significa eso?

—Significa que te quites de la puerta.

Em sacudió la cabeza intentando mantener una expresión tranquila. Con toda seguridad, Olivia la embestiría en cualquier momento.

—¿Qué planeabas hacer cuando llegaras al castillo? ¿Matarme?

—Sí. Y también a Casimir. Así conseguí que Jovita me hablara de este estúpido pasadizo: prometí matarlo. Aunque estoy segura de que ella tampoco llorará mucho tu muerte.

385

Em sintió una punzada de decepción, a pesar de que era la respuesta que estaba esperando. Exhaló y asintió con la cabeza. Olivia se le quedó viendo como si estuviera esperando algo más.

—¿Eso es todo? —le preguntó a Em.

—¿Qué quieres que diga? Tenías razón: te conduje a una batalla en la que sabía que podrías morir. No somos tan diferentes tú y yo. Es sólo que tú no... —sacudió la cabeza.

—¿Qué? ¿Yo no qué?

Ella no tenía la capacidad de ver fuera de sí misma ni siquiera un momento. Em estaba segura de que Olivia nunca entendería el punto de vista de Cas, de Aren, de Iria ni, desde luego, el de ella. No cambiaba de opinión, no transigía, sin importar cuánto le suplicara Em. Ella no podía cambiar quien era Olivia, y aceptar eso la hacía sentir un poco mejor.

—Nada —Em recargó la cabeza en la puerta y dijo con toda calma sus siguientes palabras—. Simplemente me da mucha tristeza que no hayamos encontrado la manera de hacer la paz entre nosotras. Tú eres toda mi familia.

La expresión de Olivia cambió y Em tuvo que desviar la mirada. Por un momento, su hermana pareció asustada y ofendida, y Em temió que si la veía por demasiado tiempo olvidaría que con Olivia ya no podía razonarse.

Detrás de ella sonó otra explosión y el rostro de Olivia regresó a su máscara furiosa. Dio un paso al frente.

—Quítate.

—Oblígame —dijo Em sosteniendo su mirada.

Olivia la embistió con los brazos extendidos. Su cuerpo chocó en el de Em y ésta la repelió con facilidad. Olivia se tambaleó, estuvo a punto de caer en el hoyo e hizo un ruido de enojo desde lo profundo de su garganta.

Em extendió la espada frente a ella.

—Preferiría no usarla.

Olivia resopló.

—No vas a usarla.

Volvió a embestir a Em y se lanzó a un lado para eludir la espada. Em golpeó con ella el brazo de Olivia.

Esperaba que su hermana pegara un grito, se echara atrás de un salto o por lo menos se estremeciera, pero apenas pareció darse cuenta. Agarró la espada por la hoja. Em dio un grito ahogado. La sangre corría por su mano, ahí en donde sostenía el acero.

—Va aquí —gruñó Olivia, apuntando la espada a su pecho.

Demasiado tarde Em se dio cuenta de que Olivia había pasado la mano atrás de ella, buscando a tientas el pomo de la puerta, y cayó de espaldas cuando ésta se abrió. Al tropezar soltó la espada, temerosa de que pudiera clavarse en el pecho de Olivia mientras caía junto con ella.

El codo de Olivia se incrustó en el estómago de Em cuando cayeron al piso y ésta resolló. De pronto, las manos de Olivia estaban rodeando la garganta de Em, pero sólo la mitad de su cuerpo la cubría, así que fácilmente pudo quitársela de encima.

Em se arrodilló con dificultad, pero una mano la agarró del tobillo y la tiró de nuevo. Su rostro golpeó la tierra. Se rodó para quedar de espaldas justo a tiempo para ver a Olivia saltar por el aire con los ojos fijos en la pierna de Em.

Sus botas golpearon el tobillo de Em y ésta gritó mientras el crujido retumbaba en sus oídos. Se tapó la boca con la mano para sofocar el ruido.

—Listo —dijo Olivia soplando para retirarse un mechón de la cara—. Eso hará que te quedes quieta un minuto.

Em se sentó. Un fuerte dolor le recorría la pierna. Dio un grito ahogado al ver detrás de Olivia al ejército de Olso, que hacía retroceder a los soldados de Lera y se acercaban a las verjas del castillo. Nubes de humo salían de los cañones y volaban por los aires cuerpos impulsados por la magia ruina.

Em vio, por el rabillo del ojo, que Olivia agarraba su espada. De golpe volvió a centrar su atención en su hermana. Olivia apuntaba la hoja al cuello de Em. Ésta hundió los dedos en la tierra y tragó saliva al levantar la vista hacia su hermana. Olivia tenía una expresión que Em nunca había visto antes: de derrota. Enojo, determinación y resentimiento, pero también derrota.

—Una vez me dijiste que en realidad no esperabas salir viva del castillo de Lera —dijo Olivia—, así que esto resulta muy apropiado, ¿cierto? Así es como debió ser siempre —llevó su vista de Em a los soldados con una sonrisa triste—. Tampoco yo creo haber esperado salir viva. No somos de las que viven, Em: nosotras somos de las que pelean solas para que otros puedan vivir mejor.

Olivia fue acercando la hoja de la espada hasta que tocó el cuello de Em. La respiración de su hermana era pesada: el pecho subía y bajaba en jadeos breves y temerosos. Em se le quedó viendo y sintió en el pecho una explosión de alivio: Olivia no iba a matarla. No podía hacerlo.

La hoja descendió sólo un poco. El rostro de Olivia reflejó frustración, y Em habría jurado que tuvo que contener las lágrimas. Abrió la boca para hablar.

Algo pasó zumbando por los aires, proveniente de atrás de Em. Golpeó la cabeza de Olivia y la hizo tambalearse hacia atrás. Su rostro se contrajo de rabia cuando tocó su frente sangrante y vio con los ojos entrecerrados el objeto en la tierra: una piedra.

Em miró detrás de ella, pero no vio quién la había arrojado. No podía ver a nadie en las sombras del castillo. Todos los soldados estaban en el frente, no en el lado sureste. Em se puso en pie con dificultad y dio un grito por el dolor que abrasaba su pierna. Trató de agarrar la espada que estaba en la mano de su hermana. Olivia la soltó sin oponerse. Corría sangre por su rostro y entraba en su ojo izquierdo, pero no se la limpió.

Em observó cómo Olivia miraba a la izquierda, hacia los oscuros edificios de Ciudad Real. Si su hermana corría en ese momento, con toda seguridad saldría viva de ahí. Olivia miró a la derecha, hacia la batalla que tenía lugar frente al castillo. De entre el montón de soldados surgían algunos gritos. Había cadáveres desparramados por la tierra, cerca de los enfrentamientos.

Olivia se giró a la derecha. Se dirigió a grandes zancadas hacia la batalla, con el abrigo ondulando detrás de ella y moviendo los brazos con furia.

Soldados de Lera empezaron a volar por los aires.

CUARENTA Y SIETE

Iria salió disparada de atrás de un arbusto y corrió hacia Em. Su pie protestó, pero ahora sólo tenía un dolor sordo, apenas un rastro de lo que había sido.

Em estaba tratando de correr pero iba arrastrando una pierna e Iria la alcanzó sin ninguna dificultad. Puso una mano en su hombro.

—Em —dijo.

Em brincó y sintió un gran alivio al volverse y encontrar a Iria ahí parada. Ésta tomó a Em de la cintura y dejó que se apoyara en ella.

—¿Ésa fuiste tú? ¿Con una piedra? —preguntó Em.

—Sí. Era todo lo que podía hacer —y señalando su ropa dijo—: yo no tengo armadura de debilita. O me habría matado en el acto.

Iria siguió la mirada de Em hasta Olivia, que estaba caminando hacia el prado frontal del castillo. Había cientos de soldados tendidos; volaban espadas, hachas de guerra y otras armas. Algunas flechas pasaron zumbando sobre sus cabezas.

Era evidente que los ejércitos de Olso y Vallos habían sufrido bajas considerables —había cuerpos esparcidos por doquier—, pero no mostraban señales de retirada. Iria detectó a varios guerreros blandiendo sus espadas con soldados de Lera.

Olivia se acercaba por el lado este e iba corriendo detrás de unos soldados de Lera, ajenos a lo que estaba pasando. Un cuerpo voló por los aires. Los gritos se propagaron entre la multitud.

Em tomó a Iria por la cintura y trató de avanzar cojeando.

—Necesitamos llevarte al castillo —dijo Iria—. Estás herida.

—Primero debemos ir por Olivia —Em dejó escapar un grito mientras intentaba caminar demasiado rápido, y el dolor se disparó en su pierna.

Iria agarró la tela de la blusa de Em y logró detenerla. Se arrodilló frente a ella y le dijo:

—Súbete a mi espalda. Será más rápido.

Hubo un breve silencio, como si Em estuviera pensando en protestar, pero luego Iria sintió que rodeaba su cuello con los brazos. Iria se puso en pie y sostuvo a Em por debajo de los muslos para mantenerla firme.

En las últimas semanas había perdido alguna fuerza, pero no toda, y pudo correr con Em en su espalda. Olivia había desaparecido entre los soldados y se oyeron gritos entre la multitud. Iria los siguió.

Una flecha pasó zumbando a su lado y estuvo a punto de dar en la oreja de Iria. Sintió cómo Em se sacudía para esquivarla.

Iria corrió hacia la aglomeración de cadáveres. Estaba rodeada de soldados de Lera que se gritaban órdenes unos a otros.

—¡*Olivia!* —les gritó Em a los soldados—. ¿Han visto a Olivia?

Iria vio por el rabillo del ojo el brillo de una espada y se lanzó hacia un lado, apretando las piernas de Em. Un guerrero de Olso arremetió contra ellas con el hacha de guerra elevada por encima de su cabeza. Un soldado de Lera brincó frente a Iria y hundió su acero en el pecho del cazador, que cayó al suelo.

—Se fue por ahí —dijo el soldado de Lera respirando pesadamente y apuntando detrás de Iria.

Iria dio la vuelta, se introdujo más entre la multitud y esquivó a un grupo de guardias que protegían a una ruina tan cansada que apenas podía mantenerse en pie.

A su derecha, un soldado de Lera rechazaba a un guerrero con una espada e Iria intentó abrirse paso entre ellos. Sintió que Em daba una respiración brusca y clavaba los dedos en su hombro.

August apareció entre la multitud. Sacó su acero del pecho de un soldado de Lera y empujó a éste al suelo. Con el uniforme salpicado de sangre y mirada frenética, buscó entre los rostros a su alrededor.

La primera a la que descubrió fue a Em. Cuando miró a Iria, sus ojos se abrieron como platos y sus labios se separaron por la impresión. Quedaba claro que todavía no le habían llegado las noticias de su escape.

Em se bajó de la espalda de Iria. Ésta quiso agarrarla, pues no quería perderla mientras estuviera herida, pero ella se escabulló y se perdió de su vista. August echó a correr y saltó sobre un soldado muerto con la mirada fija en Iria.

Ella desenvainó la espada tratando de recordar qué tan bueno era August con el acero. No creía haber tenido alguna vez la oportunidad de entrenar con él.

La espada de él vino en su busca y ella la bloqueó, pero chocó con alguien a sus espaldas mientras retrocedía. El arma de August volvió a estrellarse en el suelo y él gruñó. Ella se agachó y zigzagueó para bloquear sus ataques; le costaba mantener el equilibrio cuando la multitud los empujaba.

—¡*Olivia!* —la voz de Em se abrió camino entre el ruido y August se paralizó. Su mirada se movió bruscamente a la derecha, de donde provenía el grito.

Iria aprovechó su distracción para agacharse detrás de unos soldados y correr en dirección a la voz de Em, que seguía llamando a Olivia.

Varios guardias de Lera se dieron la vuelta y escaparon corriendo; casi la derriban cuando pasaron a su lado. Se había formado un espacio vacío en la multitud a su alrededor y de pronto descubrió por qué: Olivia estaba a unos pasos de ahí.

Corría sangre por su rostro, ahí en donde Iria la había golpeado con una piedra, y respiraba entrecortadamente. Dio una vuelta en círculo, como si estuviera buscando algo.

—¡Olivia! —se oyó de nuevo la voz de Em, aunque Iria todavía no conseguía verla.

Empezaron a correr soldados en todas direcciones, buscando a Olivia en esta ocasión. Se levantaron escudos. Iria alcanzó a oler la debilita mientras los soldados se cerraban con sus armaduras y sus escudos por todas partes.

Iria de pronto se dio cuenta de que Em no había estado diciendo el nombre de Olivia porque estuviera buscando a su hermana o tratando de detenerla: había estado advirtiendo a los soldados de Lera para que pudieran tomar posiciones.

Olivia giraba en círculos mientras los soldados la cercaban. Abrió los brazos y mandó volando a un par de ellos, pero la mayoría se mantuvo firme, todos ocultos tras sus escudos. Olivia bajó los brazos y dio la vuelta con el ceño fruncido. Por un momento, el enojo cedió el paso a la confusión.

Una mano se cerró alrededor del brazo de Iria y ésta se dio la vuelta para encontrar a Em a su lado.

—Los escudos están funcionando —dijo Iria, luego desvió la mirada hacia el sitio adonde Em apuntaba su espada. Estaba temblando.

Iria se percató de que ninguno de los soldados daba un paso hacia Olivia. Algunos miraban a Em y era evidente que esperaban que fuera ella quien atacara a su hermana.

Olivia, con expresión de rabia, detectó algo. Aren. Se destacaba un poco entre la multitud, subido en algo que Iria no alcanzaba a ver. Estaba de espaldas a Olivia, ocupándose de los guerreros de Olso que de repente lo habían embestido.

La mente de Iria se quedó en blanco. Empujó a Em a un lado. Sus pies avanzaron y de pronto ya estaba corriendo, quitándose de en medio a los asustados soldados de Lera. A uno de ellos le arrebató su escudo e ignoró sus gritos de protesta. Apretó la espada en su mano. Corrió tan rápido como pudo.

Iria hundió su arma en la espalda de Olivia y atravesó su corazón.

CUARENTA Y OCHO

Galo tapó su boca con una mano al ver cómo la espada de Iria rasgaba el pecho de Olivia. La espalda de Olivia se arqueó y ella cayó de rodillas dando un grito ahogado. Iria extrajo la espada y retrocedió varios pasos. Olivia se desplomó sobre el suelo.

Galo lanzó una mirada a Aren, quien tenía los ojos cerrados y había apartado el rostro. Pero Aren se permitió sólo un instante antes de abrirlos de nuevo y ver que una segunda ola de guerreros iba corriendo en su dirección.

Galo volteó a ver a Olivia, pero la multitud ya se la había tragado. Iria se abría paso a empujones, casi cargando a una Em sollozante.

—¿Te puedes asegurar de que Em entre al castillo? —le pidió Aren a Galo.

Éste asintió con la cabeza y se precipitó hacia Iria para quitarle delicadamente el brazo de Em del hombro.

—La tengo —le dijo—. Yo me aseguraré de que entre.

—Tiene la pierna herida —dijo Iria.

Galo se agachó y levantó a Em en brazos. Se dio media vuelta y comenzó a correr, con Em rebotando entre sus brazos. Tuvo que esquivar una estampida de guardias que salían del castillo para unirse a la batalla.

Atravesaron el umbral del castillo y los ruidos de la batalla se amortiguaron cuando las puertas se cerraron.

—¡Violet! ¿Está Cas...?

—Escondido —terminó Violet su frase y luego desvió la mirada hacia Em—. ¿Qué...?

—Está herida, pero bien. Olivia está muerta —dijo lo último en voz baja.

Galo oyó el ruido de pisadas corriendo y se volvió para ver a Mateo, que rápidamente se dirigía hacia él. Le quitó a Em de los brazos y dijo:

—Yo la llevo con Cas. Cuídate.

Galo le dedicó una veloz sonrisa antes de darse media vuelta y salir corriendo del castillo. Al otro lado de las verjas, cientos de soldados de Lera resistían a las tropas de Olso y de Vallos contra el sol poniente. Se elevaba una columna de humo de la esquina norte del castillo, donde una bala de cañón había golpeado el edificio, pero el daño parecía mínimo. La torre suroeste estaba en llamas y observó cómo un pedazo se estrellaba contra el suelo.

Encontró a Aren exactamente donde lo había dejado: parado frente a las verjas del castillo sobre un viejo contenedor de papas, rodeado de guardias y soldados leranos.

Unos gritos rasgaron el aire y de pronto una avalancha de guerreros de Olso se abrió camino a través de los soldados de Lera. Iban directo hacia Aren. No cesaban los ataques contra él: era evidente que a los guerreros se les había indicado que su prioridad absoluta era matarlo.

—¡Más! ¡Necesitamos más! —Galo siguió el sonido de la voz y encontró a un soldado apuntando hacia Aren. Necesitaban más gente para protegerlo.

Galo corrió abriéndose camino entre la creciente multitud de soldados. Suavemente envolvió la muñeca de Aren con su mano.

—¿Está Em a salvo dentro? —preguntó Aren sin voltear.

Galo no estaba seguro de cómo había sabido que era él.

—Sí. Mateo la llevó al escondite de Cas.

Aren se concentró en los guerreros a su izquierda y los lanzó a todos por los aires al mismo tiempo.

—Necesito llegar a algún lugar más elevado —dijo.

Un cuerpo se estrelló contra el de Galo y éste soltó el brazo de Aren. Se dio la vuelta empuñando su espada. Un guerrero lo embistió.

Galo levantó la espada pero el guerrero de repente ya no estaba ahí; su grito se fue apagando mientras se elevaba tan alto en el cielo que desapareció. También los guerreros a su alrededor salieron disparados y se fueron volando uno por uno.

Aren brincó del cajón y salió a toda prisa hacia el castillo.

—¡Necesito un lugar más alto! —volvió a gritar, quitándose de encima a un soldado de Lera que intentaba inmovilizarlo.

Galo salió tras Aren. Las flechas pasaban volando cerca de su cabeza y una le dio a la soldado que estaba a su lado, quien cayó con un grito ahogado.

Aren atravesó la verja del castillo hasta la muralla. Enganchó sus dedos a la piedra y comenzó a trepar.

Galo lo agarró de la camisa y lo jaló hacia el suelo.

—Estarás demasiado expuesto. Eres un blanco muy fácil para las flechas.

—Confía en mí. Sólo necesito unos cuantos segundos.

Galo no le soltó la camisa. Era demasiado difícil protegerlo allá arriba.

—¿Cómo te sientes? ¿No te estás debilitando?

—Ni siquiera un poco.

Galo lo liberó.

—Está bien.

Se asió de la muralla de piedra y empezó a trepar junto a Aren. Podría al menos tratar de cubrirlo.

Llegaron hasta arriba y Galo se puso lentamente en pie, buscando el equilibrio en ese espacio estrecho.

—Pónganse en posición para atraparlo si se cae —les dijo a los guardias que estaban en el suelo. Fue acercándose a Aren tratando de usar su cuerpo para protegerlo sin bloquearle la vista.

Aren observó la escena frente a él y Galo siguió su mirada. Frente al castillo había una hilera de soldados con ruinos apostados en sitios estratégicos. Distinguió a Mariana derrumbada por el agotamiento y a un grupo de guardias del castillo tratando de arrastrarla hacia un lugar seguro. Debía haber sido difícil distinguir entre los soldados de Lera y los enemigos sobre el terreno, y Galo entendió por qué Aren quería pararse en lo alto de la muralla: ahora podía ubicar fácilmente a los soldados leranos, con sus camisas negras de manga larga y la franja azul oscura en el cuello, destacando entre la multitud.

De entre la turba salieron disparadas dos flechas y Galo agarró a Aren y lo jaló junto con él para quedar en cuclillas.

Aren enseguida se levantó y usó el brazo de Galo para estabilizarse. Miró al frente y algunos guerreros empezaron a volar hacia atrás, en dirección al cielo. Se fueron en rápida sucesión y dejaron completamente despejada la zona frente a las tropas de Lera.

Los soldados leranos corrieron hacia el césped, ahora vacío, persiguiendo a los guerreros de Olso que seguían en pie. Mientras Galo observaba, varios guerreros cayeron con dagas y flechas sobresaliendo de su pecho.

Galo siguió con la mirada a un hombre que subió a su caballo de un brinco gritando algo mientras le daba la espalda al castillo. Era August. Los guerreros restantes empezaron a alejarse del castillo a toda prisa.

—Está llamando a batirse en retirada —dijo Galo riendo.

Señaló algo y Aren siguió su dedo. Una sonrisa se extendió en su rostro.

Galo se volvió para ver, en la otra dirección, a los guerreros del lado oeste. Vio a la guerrera que estaba parada con un guardia de Lera muerto a sus pies, una fracción de segundo antes de que disparara la flecha. Iba directo a Aren.

Galo echó su brazo hacia atrás y mandó a Aren lejos del muro hasta que se desplomó contra los guardias que estaban abajo. Intentó girar su cuerpo para evitar la flecha, pero ésta le dio tan fuerte que lo mandó volando hacia atrás. Cayó de la muralla y se estrelló contra un cuerpo. Alguien gruñó mientras amortiguaban su caída.

El dolor quemaba su pecho, y de repente ya estaba una multitud reunida a su alrededor. Todo mundo gritaba.

—No la saquen —dijo alguien—, podría sangrar demasiado.

Mateo apareció frente a él y vio la flecha con expresión horrorizada. Sobresalía de su pecho, del lado derecho inferior, en sus costillas. Galo soltó un suspiro y volvió a recargar la cabeza en el césped.

—Esto es bueno.

—¿Qué? —Mateo estaba conteniendo las lágrimas—. ¿Cómo va a ser bueno?

—Parece que no es un mal lugar para tener una flecha —dijo con una mueca por el dolor que atravesaba su pecho—. Doloroso, eso sí.

Aren rio.

—Él tiene razón. Gracias por el empujón, por cierto.

—Cuando quieras.

Mateo se secó las lágrimas.

—Eres un idiota —le dijo a Galo con una sonrisa.

Aren observó cómo entraban los guardias en el castillo con Galo. Quería seguirlos, asegurarse de que él estuviera bien, pero antes necesitaba encontrar a Iria. Le había perdido la pista después de que había matado a Olivia y ayudado a que Em entrara.

El sol ya se había ocultado casi por completo y los últimos rayos brillaban sobre el prado frente al castillo. Había cuerpos tirados por todas partes, algunos de soldados de Lera, y Aren contuvo una oleada de pánico mientras registraba el área.

Descubrió a Olivia: su cuerpo seguía desplomado en el césped donde había muerto. Había algunos ruinos cerca de ahí. Se atrevió a echar un último vistazo por la zona, haciendo su mejor esfuerzo por no ver a Olivia mientras buscaba a Iria.

Mariana caminaba fatigosa y lentamente hacia el castillo, con Patricio y Gisela flanqueándola. Le dedicó a Aren una sonrisa débil.

—¿Perdimos a algún ruino? —preguntó él.

—Ni a uno solo.

Aren respiró aliviado.

—¿Qué debemos pedirles que hagan con el cuerpo de Olivia? —preguntó Mariana.

Aren cerró los ojos por un instante.

—Mmm, creo que Em querrá enterrarlo —la garganta se

le cerró al decir esas palabras. No le quedaba mucho cariño por Olivia, pero sabía que Em estaría devastada. Todo eso había empezado como una manera de recuperar a su hermana y, al final, ella había fallado.

Mariana asintió con la cabeza.

—Les informaré.

Aren volvió a registrar la zona detrás de ellos y vio con ojos entrecerrados a los soldados que volvían al castillo. Evitaba mirar los cadáveres en el suelo: no quería siquiera considerar la posibilidad de que Iria estuviera allí.

—¿Has visto a Iria?

Mariana negó con la cabeza.

—Vete a descansar —le dijo él poniéndole una mano en el hombro por un instante.

Caminó más allá del castillo. El corazón se le estrujaba a cada paso. A su lado pasaban soldados y guardias, y algunos le sonreían y le agradecían, pero no veía a Iria.

Emprendió el regreso. A unos pasos, dos guardias ayudaban a una soldado a ponerse en pie.

—Estuvo usted increíble —le dijo la mujer.

—Gracias. ¿Sabe si hubo peleas en la parte posterior del castillo?

Un guardia negó con la cabeza.

—No, pero sí en el lado sureste.

—Gracias —dijo.

Se echó a correr en esa dirección. Todo lo que había eran unos cadáveres, muchos de ellos asesinados por Olivia, a juzgar por el estado de sus cuellos.

Los soldados a su alrededor estaban celebrando mientras él caminaba de regreso al frente del castillo. Pasaron a su lado dos ruinos; una le tomó la mano por un momento y le dijo algo amable. El corazón le martilleaba tan fuerte en los oídos que ni siquiera entendió lo que le dijo.

—¿Has visto a Iria? —le preguntó a una guardia conocida cuando la vio pasar.

—No desde que trajo a Em.

Se detuvo y apoyó una mano en la muralla. Debió haberla mantenido a su lado después de que había dejado a Em con Galo. Habría querido hacerlo, pero en ese momento había guerreros por todos lados, e iban por él. Había apartado los ojos de ella por un instante y, luego, ya no estaba.

—Tomé este escudo de un soldado. No estoy segura de quién era.

La cabeza de Aren volteó a toda prisa al escuchar esa voz familiar. Iria no estaba lejos de ahí, entregándole un escudo de debilita a un guardia.

—Tú eres quien mató a Olivia —dijo el guardia con una gran sonrisa—. Estoy seguro de que puedes conservar el escudo. Tal vez puedas quedarte con cualquier cosa que desees.

—Gracias, pero no lo necesito —dijo Iria sacudiendo la cabeza. Levantó la mirada y vio a Aren observándolos. El esbozo de una sonrisa se plasmó en su rostro. Levantó la mano para saludar.

Él avanzó a grandes zancadas y enseguida estuvo a su lado. Sea cual fuera la expresión que tenía, ella pareció sorprendida, porque los ojos se le abrieron un poco mientras él se acercaba.

Él puso las manos en sus mejillas y la besó. Ella de inmediato envolvió su cintura con los brazos y se paró de puntillas para estar más cerca. El cuerpo entero de Aren estuvo a punto de desmoronarse de alivio. Quizá nunca más se permitiría perderla de vista.

—Lamento lo de Olivia —dijo Iria en cuanto se separaron—. Iba por ti. Tuve que hacerlo.

—Lo sé —dijo él suavemente. Dejó las manos en las mejillas de Iria, negándose a soltarla.

—¿Em está bien?

—No la he visto, pero sabe que lo hiciste para protegernos.

Aren pensaba que Em podría estar incluso un poco agradecida en el fondo. Iria la había salvado de tener que hacerlo ella misma.

Aren se agachó y volvió a besarla, rodeándole la cintura con ambos brazos y apretándola contra él. Ella puso las manos en su pecho y él, apartándose, le tomó una y entrelazó sus dedos.

—¿Dónde estabas? —le preguntó—. Te perdí después de que dejaste a Em con Galo. ¿Entraste en el castillo?

—No. Ayudé a Mariana y a algunos ruinos más a rechazar a los guerreros.

Aren dio una inhalación brusca y miró su pie.

—Todavía no estabas en forma para pelear. Debiste quedarte donde yo pudiera protegerte.

—No necesito que me protejas. Está claro que me fue bien estando sola.

—No has terminado de curarte. Una vez que tú...

Iria lo interrumpió con otro beso y una risita sonaba en el fondo de su garganta.

—¿Me vas a gritar o a besar? —le preguntó a Aren apretándolo de la cintura.

—Ambas cosas, creo —dijo sonriendo, y de inmediato se inclinó y la volvió a besar.

CUARENTA Y NUEVE

—¿Algún día vas a morir?

Cas apretó los labios para evitar reír. Esas palabras las había pronunciado Jovita, mientras le lanzaba una mirada furibunda desde el otro extremo de su celda. La habían encerrado en el sótano del castillo desde el día de la batalla, y por lo visto había supuesto que Cas había muerto.

—Es inmortal —dijo Galo bajando las escaleras detrás de Cas—. Supongo que no te habías enterado.

Jovita los miró, como si no pudiera decidir si le estaban diciendo la verdad. Las mujeres ruinas evidentemente habían dañado su mente: se notaba en su rostro la confusión cuando los miraba con el ceño fruncido. Había pasado casi un mes desde que había regresado al castillo, el día de la batalla, y no había mejorado nada.

Cas sintió un destello de compasión por su prima, que ella no merecía. No merecía nada de lo que él estaba por hacer, pero sabía que era la decisión correcta. Era la primera vez que se sentía en paz respecto a Jovita desde la muerte de su madre.

—Te voy a enviar a la fortaleza —dijo Cas dando un paso al frente y sacando la llave de la celda—. Hay guardias esperando arriba. Te escoltarán hasta un carruaje y luego te llevarán al sur, a la fortaleza.

Ella lo miró con suspicacia cuando él abrió la puerta.

—¿Y luego qué? —preguntó.

—Y luego, puedes hacer lo que quieras en los confines de la fortaleza. Se te dará una habitación, no una celda, y tendrás pleno acceso a los terrenos, pero estarás vigilada en todo momento.

Ella rio. Fue una risa corta y sonora, y para nada divertida.

—Estás mintiendo. Me vas a mandar a otro lado para poder matarme sin ensuciarte las manos.

—No: eso es lo que tú habrías hecho. Los guardias tienen órdenes de no lastimarte —alargó el brazo hacia las escaleras—. Vete. Quizá se nos ocurra un nuevo acuerdo en el futuro, pero por ahora vivirás en la fortaleza y yo estaré aquí. Con un poco de suerte, nunca más nos volveremos a ver.

Despacio, Jovita se puso en pie. Mientras caminaba hacia la puerta de la celda no apartó la vista de él ni un momento. Salió y pasó rápidamente junto a Cas, como si tuviera miedo de que la sujetara. Subió a toda velocidad las escaleras.

—No se despidió de nosotros —dijo Galo al verla alejarse.

—Estoy desconsolado —dijo Cas fríamente.

Subió las escaleras con Galo detrás de él y observó a los guardias escoltar a Jovita por el pasillo. Era extraño haberle temido tanto unos meses atrás, cuando se rompía la cabeza pensando si debía matarla o no. Ahora ella sólo parecía un triste recordatorio del pasado.

Aren dio vuelta en la esquina y Jovita se encogió contra uno de los guardias en cuanto lo vio. Él rio cuando se detuvo al lado de Galo.

—Todavía asusto a algunas personas por lo menos —dijo—. Últimamente mi reputación se ha visto perjudicada: ya nadie se refiere a mí como "el malo".

—Estoy seguro de que todavía hay algunas personas en Olso que te dicen así —afirmó Galo.

—Gracias. Eso me hace sentir mejor —Aren golpeó su hombro contra el de Galo—. Vamos, creo que la mayoría de los ruinos ya están esperando.

—Tenemos una reunión —explicó Galo mientras se alejaba de Cas—. Debemos discutir algunas cosas antes de que llegue mañana el rey de Vallos.

Cas suspiró. El nuevo rey de Vallos lo había buscado para iniciar pláticas de paz y Cas no estaba entusiasmado con la visita. Los reinos de Vallos y Olso habían dejado en claro que no apoyaban la decisión de Lera de permitir que los ruinos participaran en el gobierno. De August todavía no había tenido noticia alguna sobre el tema de un tratado de paz. Violet decía que tal vez se sentía demasiado avergonzado tras su humillante derrota en el castillo de Lera. Se rumoraba que todo mundo había oído que Iria, la traidora más notable de Olso, había sido quien había derrotado a Olivia Flores. Incluso había habido un movimiento para perdonarla y permitirle regresar a su patria. Ella le dijo a Cas que August nunca aceptaría eso y que, aunque lo hiciera, no tenía ningún interés en regresar a Olso.

—Iria te está esperando en uno de los salones de entrenamiento —dijo Aren.

—Lo sé. Voy para allá en este momento —dijo Cas.

Galo se estremeció.

—¿Vas a entrenar con Iria? Pobre muchacha.

Cas rio.

Aren le dio un pequeño golpe en el hombro cuando empezaron a caminar y se alejaron de Cas.

—¡Hey!

—¿Alguna vez has entrenado con él? Es una lección de humildad.

—Yo no necesito una espada.

—¿Cómo logras decir eso con tanta petulancia?

Aren rio y sus voces se fueron apagando cuando doblaron la esquina. Cas fue hacia las escaleras y las empezó a subir. Le sonrió a una doncella cuando pasó a su lado. Había mucho ruido en el castillo. Nuevamente tenían al personal completo, y cada semana llegaban nuevos guardias. El castillo prácticamente había llegado a ser como antes.

Sin embargo, se sentía vacío sin Em. Se había ido desde hacía casi tres semanas.

De hecho, se había reído cuando Cas sugirió enterrar a Olivia en Lera. Según dijo Em, su hermana volvería de entre los muertos sólo para matarlos a los dos si la enterraban en Lera. Cas no podía discutir al respecto.

Em decidió que tal vez Olivia querría estar con su madre, así que decidió llevar sus cenizas a Ruina. Cas le recordó que tenía un tobillo fracturado y que los ruinos que habían sido leales a Olivia habían regresado a Ruina, pero nadie la hizo cambiar de opinión. Fueron diez ruinos con ella, entre ellos Mariana, quien aseguraba que estarían bien. *Hemos llegado hasta aquí,* dijo ella. *Por supuesto que no nos vamos a morir ahora.*

Eso no había calmado por completo la preocupación de Cas, pero debía reconocer que Em tenía razón. Los guerreros de Olso se habían retirado y parecía que no tenían planes de invadir de nuevo. El nuevo gobierno de Vallos tenía mucho miedo de hacer enojar a los leranos, ahora unidos con los ruinos, como para que dieran un paso en contra de Em. Y Aren afirmaba que la guerra entre los ruinos había muerto con Olivia.

Cas llegó al final de las escaleras y se dirigió al salón de entrenamiento. Encontró a Iria esperando en medio del salón, espada en mano.

—Perdona la tardanza —dijo—. Me estaba despidiendo de Jovita.

—¿Estaba agradecida de ir a la fortaleza?

Cas se puso su chaqueta de combate y tomó una espada.

—No creo que *agradecida* sea la palabra. Pudo haber perdido la razón, pero el odio hacia mí lo recuerda sin problemas.

—Yo tomaría eso como un cumplido. Habría sido peor si no pensara en ti para nada.

—Excelente observación.

—Gracias por hacer esto conmigo —dijo Iria.

—Lo disfruto —respondió Cas—. Además, en estos días Galo es una persona muy ocupada e importante, y casi todos los guardias me dejan ganar. Tú nunca me dejas ganar. Es decir, siempre te gano, pero tengo que esforzarme.

—Nunca habrá ningún peligro de que yo te deje ganar en nada.

Cas rio y levantó la espada. Iria dio un paso al frente y estuvieron combatiendo en silencio varios minutos. Cas la tocó dos veces. Ella ahora se movía suavemente, con el pie ya cicatrizado y una cojera leve cuando usaba la bota. Aún no elegía un cargo específico en el gobierno de Lera, pero la general Amaro había sugerido que podría empezar un programa similar al de los guerreros de Olso, para entrenar a luchadores leranos de elite.

De repente dio un paso atrás y con un movimiento de cabeza señaló algo a espaldas de Cas. Él se volvió y encontró a Mateo en la puerta.

411

—Perdone que interrumpa, su majestad —dijo Mateo con una sonrisa que abarcaba todo su rostro—, pero la reina acaba de regresar.

Em echó la cabeza atrás y cerró los ojos, dejando que el sol calentara su rostro. Iba en el carro descubierto tirado por caballos, con las piernas estiradas frente a ella; la izquierda todavía tenía una venda en el tobillo.

Iba sola. Mariana y Patricio cabalgaban a sus costados y los otros ruinos un poco más adelante. Ciudad Real se extendía a su izquierda, y el castillo estaba tan cerca que le resultaba difícil no saltar del carro y correr hacia él.

En vez de eso, se sentó un poco más erguida y contempló el lugar que se había convertido en su hogar. Estaba contenta de haber vuelto a Ruina una última vez, así fuera sólo para confirmar que ya no era su hogar. Había sido lo correcto llevar las cenizas de Olivia a los restos del castillo, y había sido lo correcto depositarlas allí.

Los ruinos que habían regresado tras abandonar a Olivia no parecían sorprendidos por su muerte, aunque Ester le había dicho muy claramente a Em que tenía las manos manchadas de la sangre de Olivia. Em tenía las manos muy manchadas de sangre, pero sabía que no de la de Olivia. Y se daba cuenta de que también Ester era consciente de ello.

Aunque Em no se culpaba por lo que le había pasado a Olivia, no había podido dejar de imaginar cómo podría haber sido. Si nunca se hubieran ido de Ruina, si August nunca hubiera ido con los guerreros, si Olivia hubiera regresado con Ester y los demás en vez de ir al castillo. Em imaginó un futuro diferente para su hermana, uno en el que llegara a vieja y aprendiera de sus errores. Un futuro en el que usara su poder de curar —un poder que ya ningún ruino tenía— y ayudara a la gente. Un futuro en el que entendiera que la satisfacción que le daba su furia no era la felicidad. El futuro que Em imaginaba para su hermana era tal vez mucho mejor que cualquiera que Olivia hubiera vivido en realidad, y trataba de no pensar en eso con demasiada frecuencia.

—A su derecha —dijo Mariana en voz baja, y tanto Patricio como Em se volvieron. No lejos de ahí, un grupo de humanos los miraba con expresión despectiva. Una mujer sacó el brazo como para proteger a la niña a su lado.

Em saludó con la mano. Uno de los hombres se mostró ofendido.

—No los hagan enojar —dijo Mariana con voz divertida.

—¡No estaba haciéndolos enojar! —dijo Em encogiéndose de hombros—. Pueden odiarnos, pero yo no tengo que sentir lo mismo por ellos.

Las puertas del castillo ya se estaban abriendo y los ruinos que iban al frente desmontaron sus caballos. Mariana le sonrió a Em.

—Creo que les emociona que hayamos regresado, su majestad.

Em se inclinó a un lado para ver más allá de los caballos y vio a la gente saliendo del castillo a raudales. En los dos costados del sendero frontal había guardias formados en fila, y Em supuso que era la manera habitual de recibir a un miembro de la realeza cuando regresaba al castillo. Antes de irse a Ruina, había firmado el nuevo documento de matrimonio. La buena voluntad hacia los ruinos había crecido después de que ayudaron a Lera a vencer a Olso y a Vallos, y los consejeros decidieron que no habría mejor momento para anunciar el casamiento de Em y Cas. Ella era, oficialmente, la reina de Lera, y detentaba los mismos poderes que Cas.

El carro se detuvo justo afuera de las verjas del castillo y Em cuidadosamente se puso en pie, tratando de recargarse en la pierna buena. Levantó la mirada y descubrió a Cas corriendo por el sendero de tierra; él sonrió de oreja a oreja cuando la vio.

Cas se paró junto al carro y extendió sus manos para ayudarla a bajar. Mientras ella descendía, la tomó de la cintura y la alzó en vilo. Ella le echó los brazos al cuello y enterró su cara en él. Cas dio un suspiro tan fuerte que se sintió el movimiento de su pecho.

—Te extrañé —le dijo con la cara en su cabellera.

—Todos los días —coincidió ella.

Suavemente la posó en el suelo y miró sus pies.

—¿Cómo está tu tobillo?

—Mejorando, aunque no me vendría mal un brazo donde apoyarme para caminar.

—Encantado —Cas le ofreció el brazo y Em lo tomó—. ¿Cómo está Ruina? ¿Algún problema?

Em negó con la cabeza. No había mucho más que decir de su viaje, o en todo caso, nada que pudiera expresar en ese momento, y Cas la miró como si entendiera. Y así era. Si había alguien que la comprendiera, que lo comprendiera todo, era él.

Em oyó unos pasos corriendo y al volverse descubrió a Aren y a Iria precipitándose hacia ella. Iria redujo la velocidad cuando se fueron acercando, con expresión vacilante. Em soltó el brazo de Cas y dio un paso adelante para abrazar primero a Iria. Cuando ésta se apartó un poco, Em le sonrió. Antes de irse le había asegurado que no culpaba a nadie por la muerte de Olivia.

Enseguida se volvió hacia Aren y lo apretó hasta que él la soltó. Parecía un poco preocupado cuando se desprendió de Em, pero le devolvió la sonrisa. Los dos habían coincidido en que lo mejor era que se quedara en Lera mientras ella iba a Ruina. Aren no quería dejar a Iria y Em no deseaba dejar Lera desprotegida, no tan poco tiempo después del ataque de Olso y Vallos.

Aren volvió a abrazarla. Ninguno de ellos dijo nada cuando se separaron y Aren se giró para saludar a Cas. Aren no parecía tener más palabras sobre Olivia que Em. Ella así lo prefería. Quizás algún día encontrarían la manera de hablar sobre ella.

Em volvió a tomar el brazo de Cas y se recargó en él cuando retomaron el sendero.

Cas volteó y le dio un beso en la frente.

—¿Tuviste algún problema al viajar por Lera?

Él debía estar enterado de los humanos hostiles que merodeaban el castillo. Cas y sus guardias eran conscientes de todo lo que ocurría en Ciudad Real por esos días.

—Nadie nos atacó —dijo ella.

Él sonrió.

—Ése es tu criterio para decir que las cosas marcharon bien, ¿cierto?, que nadie haya intentado matarte.

—Siempre es un buen día cuando nadie intenta matarme —respondió sonriéndole.

Sabía que él deseaba más. Anhelaba que todos en Lera pudieran ver lo que él veía en ella, que pudieran amarla como él, o al menos respetarla. Era impaciente, pero Em no. Mucha gente de Lera no la aceptaba como reina. No la entendían ni la respetaban, o no como Cas.

Pero algún día.

Esta obra se imprimió y encuadernó
en el mes de febrero de 2019, en los talleres
de Impregráfica Digital, S.A. de C.V.
Av. Coyoacán 100-D, Col. Del Valle Norte,
C.P. 03103, Benito Juárez, Ciudad de México.